Braver ses Défenses
Scène sociale de San Diego, Livre 7

Tess Summers

Seasons Press LLC

Copyright 2020 Tess Summers

Traduction française 2024

Date de publication : 2020
Publié par Seasons Press LLC
Copyright © 2021, Tess Summers
ISBN: 9798884075610
Date de traduction : 2024
Traduit de l'anglais par Sylvain Mark
Traduction révisée par Plume Editing
Couverture réalisée par OliviaProDesign

Tous droits réservés. Aucune partie de cette publication ne peut être reproduite, archivée ou transmise sous quelque forme ou par quelque moyen que ce soit (électronique, mécanique, par photocopie, sous forme enregistrée ou autre) sans l'accord écrit de l'auteure. Néanmoins, l'utilisation de citations dûment explicitées dans le cadre de contenus critiques ou didactiques est autorisée selon les lois concernant les droits d'auteur.

Ceci est une œuvre de fiction. Les personnages, événements et dialogues qui y sont décrits proviennent de l'imagination de l'auteure et ne sauraient être inspirés de faits réels. Toute ressemblance avec des événements historiques ou des personnes existantes ou ayant existé est purement fortuite.

Ce livre est destiné à un public averti. Il contient des scènes de sexe explicites et un langage cru qui pourrait choquer certaines personnes.

Tous les personnages se livrant à une quelconque activité sexuelle sont âgés d'au moins dix-huit ans.

Une nouvelle offerte !

https://dl.bookfunnel.com/euvw5uenbv Inscrivez-vous ici pour recevoir ma newsletter ainsi qu'une nouvelle exclusive réservée aux abonnés. Vous serez également parmi les premiers à recevoir des informations concernant mes projets en cours (mais je ne bombarderai pas votre boîte mail, promis !).

Le Petit-Déjeuner Est Servi
Scène Sociale de San Diego
Bonus

Avec ses amants, ce n'est que pour une nuit et certainement pas pour la vie. Il compte bien y remédier.

Lauren n'a de temps que pour l'entreprise qui est devenue son bébé et n'a que faire d'une relation sérieuse.

Ainsi, lorsqu'elle rentre à la maison en compagnie du patron de sa meilleure amie après un gala de charité et déjeune avec lui le lendemain, un problème évident se pose. Lauren ne passe jamais une nuit entière avec un homme – jamais.

La meilleure stratégie est sans doute de ne pas répondre à ses appels. Mieux vaut ne pas prendre de risques.

Hélas, Tristan n'est pas arrivé à la tête d'un des plus gros cabinets juridiques de Californie en abandonnant face au premier obstacle. Cet homme est prêt à tout pour obtenir ce qu'il veut – c'est-à-dire Lauren dans son lit chaque soir et dans ses bras chaque matin.

Braver ses Défenses

Toute action entraîne une réaction...

Elle n'allait pas sortir avec Ryan Kennedy.
Point barre. Fin de l'histoire.
Peu importe que le charme du pompier si sexy suffisait à faire imploser les ovaires de toutes les femmes qui croisaient sa route.
Les siens étaient épargnés. Oh que oui.
Grace avait du pain sur la planche – finir ses études de psychiatre et garder les pieds sur terre pour son internat imminent – et ne comptait pas laisser quoi, ou qui, que ce soit la distraire.
Le pompier pouvait s'en donner à cœur joie, mais ça ne changerait rien.
Qu'importe la largeur de ses épaules – ou la beauté de ses cheveux en bataille.
Et qu'importe ce que son sourire charmeur faisait à ses entrailles.
Il. Ne. Se. Passerait. Rien.
Impossible.
Fréquenter Ryan Kennedy la condamnerait à faire le tour de toutes les bouches. La pauvre ne pouvait pas se permettre de revenir au centre des ragots. Pas maintenant. L'enjeu était trop grand.
Mais le pompier si sexy semblait déterminé à braver le feu de ses doutes.
Et rester éloignée de lui semblait de plus en plus impossible...

Table of Contents

Le Petit-Déjeuner Est Servi iii
Braver ses Défenses iv
Prologue 1
Chapitre Un 7
Chapitre Deux 18
Chapitre Trois 25
Chapitre Quatre 29
Chapitre Cinq 35
Chapitre Six 46
Chapitre Sept 51
Chapitre Huit 56
Chapitre Neuf 66
Chapitre Dix 72
Chapitre Onze 74
Chapitre Douze 86
Chapitre Treize 89
Chapitre Quatorze 97
Chapitre Quinze 106
Chapitre Seize 116
Chapitre Dix-sept 118
Chapitre Dix-huit 130
Chapitre Dix-neuf 141
Chapitre Vingt 154
Chapitre Vingt et un 163
Chapitre Vingt-deux 169
Chapitre Vingt-trois 181
Chapitre Vingt-quatre 184
Chapitre Vingt-cinq 188
Chapitre Vingt-six 197
Chapitre Vingt-sept 212

Chapitre Vingt-huit	218
Chapitre Vingt-neuf	224
Chapitre Trente	235
Chapitre Trente-et-un	248
Chapitre Trente-deux	253
Chapitre Trente-trois	256
Chapitre Trente-quatre	266
Chapitre Trente-cinq	273
Chapitre Trente-six	278
Chapitre Trente-sept	284
Chapitre Trente-huit	293
Chapitre Trente-neuf	301
Chapitre Quarante	308
Chapitre Quarante-et-un	317
Chapitre Quarante-deux	328
Chapitre Quarante-trois	337
Chapitre Quarante-quatre	342
Chapitre Quarante-cinq	347
Chapitre Quarante-six	355
Chapitre Quarante-sept	361
Chapitre Quarante-huit	366
Épilogue	380
Scène Bonus !	384
Le Playboy et la Princesse du SWAT	384
Nouvelle Gratuite	386
Le Petit-Déjeuner Est Servi	386
Une remarque de Tess	387
Bientôt disponible !	388
C'est la bonne : Une deuxième chance à l'amour	388
Remerciements	390
Le Mécano et L'Héritière	392

Cendrillon et le Marine 393
Prêt à Tout 394
Le Désir du Général 395
Opération Bête de Sexe 397
Autres œuvres de Tess Summers: 398
L'élite de Boston : 398
Les Agents d'Ensenada 399
À propos de l'auteure 400
Contactez-moi ! 401

Braver ses Défenses
Scène sociale de San Diego, Livre 7

Prologue

Grace

Elle fut réveillée en sursaut assez tôt vendredi matin lorsqu'on toqua lourdement à la porte. Il était bien trop tôt, étant donné l'heure à laquelle elle s'était couchée la veille. Après quelques coups d'œil jetés sur cette chambre peu familière, il lui fallut un instant pour se rappeler où elle se trouvait.

On toqua de nouveau à la porte – sans doute la porte d'entrée, vu la distance. Grace ne savait pas vraiment quoi faire... Craig et Maddie l'avaient-ils entendue ? Devrait-elle attendre que l'un d'eux aille ouvrir ? Peut-être devrait-elle se dévouer, au cas où ils seraient *occupés* ? Grace sortit lentement du lit et passa la tête dans le couloir au moment où Craig, le copain de sa meilleure amie, passa à grands pas devant elle – torse nu et un pistolet à la main.

— Retourne dans ta chambre, lui ordonna-t-il.

Elle était sur le point de s'exécuter, jusqu'à ce qu'elle voie Maddie sortir de la chambre principale dans un peignoir blanc et bien trop grand pour elle. Son amie semblait inquiète et Grace la suivit jusqu'à l'entrée.

Elle entendit la porte s'ouvrir et une voix qu'elle avait déjà entendue la veille déclara :

— Bon Dieu, qu'est-ce que tu fous ?

Grace passa la tête derrière le coin du mur et vit Craig jeter un œil à l'horloge accrochée près de la porte.

— Je ne suis pas habitué à ce qu'on tape à ma porte à sept heures vingt du matin un vendredi, ducon, grommela-t-il.

Ryan, l'homme qu'elle avait rencontré la veille à son propre enterrement de vie de garçon – où Grace avait accompagné Maddie et Craig – commença à faire les cent pas. Ses cheveux étaient emmêlés et il ne s'était pas changé depuis la veille.

— Désolé, mais il faut que je te parle, mec. Je n'ai pas dormi de la nuit.

— Qu'est-ce qu'il y a ? demanda Craig.

Ryan passa une main dans ses courts cheveux noirs.

— Je ne peux pas épouser Lauren. J'ai rencontré *la bonne* hier soir et elle n'était pas ma fiancée.

Grace en eut le souffle coupé alors que Maddie s'avançait pour demander :

— Tu parles de Grace ?

Ryan se retourna rapidement vers elle au son de sa voix.

— Elle est ici avec vous ? demanda-t-il urgemment.

Grace eut le tournis. Que racontait-il ?

Elle sortit donc de sa cachette et déclara d'une voix douce :

— Je suis là.

Les sourcils froncés de Ryan se détendirent lorsqu'il la vit et il s'approcha ensuite lentement d'elle afin de tendre une main vers son coude.

— Tu l'as ressenti, hein ? Je sais que c'était réciproque. Ce genre d'alchimie ne se produit pas tous les jours.

— Tu as demandé la main de Lauren, Ryan. Es-tu en train de me dire que tu n'as pas ressenti d'alchimie avec la femme que tu as demandé en mariage ?

Ryan secoua furieusement la tête.

— Non, Grace. Je n'ai pas ressenti ce que j'ai ressenti hier soir, juste en te parlant. Je n'ai jamais vécu ça de ma vie. Jamais. Demander Lauren en mariage était ma tentative désespérée de la retenir parce que je ne savais pas quoi faire de notre relation si chaotique. Ça faisait deux ans qu'on se courrait après, à tour de rôle. J'avais la flemme d'en faire le deuil et j'ai continué. C'est grâce à toi que je m'en suis rendu compte.

Intérieurement, Grace fut soulagée de l'entendre. Après leur conversation de la veille, il avait été évident que se marier aurait constitué une erreur monumentale pour Ryan. Mais jamais elle ne pourrait le fréquenter après qu'il s'était débarrassé de sa fiancée. Hors de question.

— Tu ne vas pas annuler ton mariage à cause de moi, Ryan. Je ne peux pas endosser ce rôle. Je refuse.

Le visage de Ryan se tordit comme si elle venait de lui asséner un direct au foie.

— Es-tu en train de dire que, même si je ne l'épouse pas, tu n'accepteras pas ne serait-ce qu'un rendez-vous ?

Grace se voyait déjà faire la une des magazines.

— Pas avant un an, au moins. Tu ne peux pas simplement sauter d'une relation à une autre pour échapper au chagrin. Il faut que tu prennes un peu de temps pour te retrouver et réfléchir à ce que tu veux. Découvrir qui tu es vraiment.

Il lui lança alors le sourire enfantin qui lui avait coupé le souffle la veille.

— *Un* an ? Que dis-tu de six mois ? Trois, si bonne conduite ?

Grace croisa les bras.

— Un an. Si tu tiens tout ce temps sans te précipiter dans les bras d'une autre, j'irai dîner avec toi.

Cela devrait être une durée acceptable pour ne pas créer le moindre scandale. De plus, elle doutait fortement que Ryan puisse tenir un an sans sortir avec une femme. Dans tous les cas, Grace refusait d'être un pansement.

La voix de Craig retentit alors et leur rappela qu'ils n'étaient pas seuls.

— Qu'est-ce que tu racontes, mec ? Tu as rencontré cette fille il y a quoi, douze heures ? Et tu vas bouleverser ta vie pour elle ? Sans vouloir te vexer, Grace.

Elle savait pertinemment qu'il n'avait aucune mauvaise intention.

— Pas de problème, rassura-t-elle.

Ryan fit un pas en arrière et son regard oscilla entre son témoin et Grace.

— Ouais, je vais le faire. Je ne dis que j'ai envie de l'épouser demain, mais j'aimerais beaucoup passer plus de temps avec elle pour voir où la vie nous mènerait. Tu sais, dans les films et les contes, on nous bassine avec ces histoires de coup de foudre et d'amour au premier regard. Eh bien, c'est réel, mon pote.

Il se tourna vers Grace et continua.

— À l'instant où j'ai posé les yeux sur toi, j'ai su. Puis on a passé la nuit à discuter et je n'avais pas envie que ça se termine, parce que je voudrais apprendre à te connaître. Je pense que tu es géniale.

Grace sentit sa lèvre inférieure trembler face à ses aveux. Ryan n'avait pas vraiment tort – elle avait effectivement ressenti une connexion immédiate avec lui et ce sentiment s'était renforcé tout au long de la nuit. Malgré tout, il lui était impossible de le fréquenter. Pas pour le moment, du moins. Quel horrible timing.

Ryan la retrouva en quelques foulées et lui posa une main sur la hanche tandis que l'autre arrivait sur sa joue pour qu'ils se regardent dans les yeux.

— Si je dois attendre, dit-il, j'attendrai.

Grace ne savait pas quoi répondre. Elle ne désirait rien d'autre que sa patience mais, d'un autre côté, jamais Ryan ne parviendrait à tenir toute une année. Sa lèvre se remit à trembler.

Il se pencha ensuite et lui embrassa les cheveux en murmurant :

— C'est avec toi que je veux vivre, Doc.

Des papillons firent rage dans son estomac.

Ryan se tourna vers Craig et Maddie, qui les regardaient d'un air interloqué.

— Bon, je vous verrai ce soir au dîner, leur déclara-t-il.

Le dîner de répétition était censé se tenir dans la soirée, mais que voulait-il dire par là ?

Fort heureusement, Maddie devait être aussi confuse que Grace, car elle fit un pas en avant pour s'exclamer :

— Attends, ce soir ? Tu vas y aller ? Tu te maries toujours ?

Ryan pencha la tête et plissa les yeux comme s'il s'adressait à une folle.

— Non, mais ce weekend m'a coûté bonbon. Je vais au moins profiter du dîner. D'ailleurs, je vais garder la réception demain et la transformer en fête, j'imagine.

— Tant que tu y es, concéda Craig.

Maddie leva les yeux au ciel et Ryan revint vers Grace avec son sourire enfantin sur les lèvres.

— Tu es la bienvenue aussi. Rien de sérieux, juste pour s'amuser.

Ouais, mauvaise idée.

— Je vais y réfléchir.

Soudain, les épaules de Ryan s'affaissèrent et il sembla presque sur le point de s'évanouir lorsqu'il demanda à son meilleur ami :

— Est-ce que je peux faire une sieste sur le canapé de ton bureau ? Maintenant que j'ai vidé mon sac, ma nuit blanche vient de contre-attaquer. Je ne devrais pas conduire.

Craig lui donna une tape sur l'épaule et l'emmena dans le couloir.

— Et comment. Viens.

Un instant plus tard, Maddie arriva devant Grace et demanda :

— Qu'est-ce que je viens de voir ?

Son cerveau fonctionnait au ralenti alors que la scène se rejouait dans son esprit. Elle jeta un œil en direction de la porte du bureau de Craig et murmura :

— Je ne sais pas trop, mais je crois avoir brisé un ménage.

Un long soupir s'échappa de ses lèvres et Grace ajouta :

— Je vais me faire tuer par ma mère.

Chapitre Un
Six semaines plus tard

Ryan

Il arriva dans la rue qui menait à la maison de Craig et Maddie et fut surpris par le nombre de voitures garées près du trottoir. Le capitaine des pompiers comprit que beaucoup devaient se trouver là-bas lorsque le garde le laissa traverser le portail sans vérifier son identité. Enfin, il était possible qu'il ait reconnu sa voiture, puisqu'il passait ses journées chez son meilleur ami.

Cette petite fête au bord de la piscine pour le quatre juillet avait été sur toutes les langues depuis que l'ancien capitaine du SWAT et sa nouvelle recrue avaient annoncé leur couple aux enchères annuelles des Héros de San Diego. Ensuite, toutes et tous voulurent une invitation pour se rendre chez Craig.

Étant son meilleur ami, Ryan n'avait pas eu le moindre problème. Il était aux anges de le voir si heureux avec Maddie. Après tant de temps passé à se cacher – du public mais surtout d'eux-mêmes – les deux tourtereaux pouvaient enfin laisser libre cours à leurs sentiments. Ryan avait été le complice de Craig, tant pour l'aider avec sa hiérarchie qu'avec ses propres émotions, et était ravi du résultat. Les secrets avaient tendance à user les gens.

Mais fêter le quatre juillet avec ses amis n'était pas la véritable raison de sa venue. C'était Grace, la meilleure amie de Maddie, qui l'intéressait.

Pour le moment, il ne pouvait que sauter sur toutes les occasions qui se présentaient pour la voir – et ces dernières n'étaient pas assez nombreuses à son goût. Ce jour-là, elle porterait un maillot de bain. *Génial.* Sa tenue, composée d'un simple short de bain et d'un T-shirt moulant, allait sûrement convaincre la belle de lui donner une chance. En effet, il s'était déchaîné à la salle de sport ces dernière semaines afin de canaliser sa frustration sexuelle grandissante.

Enfin, les longues douches chaudes durant lesquelles Ryan imaginait se coller à son corps grand et agile avaient également aidé. Ce qui était fou, s'il analysait la situation – et il était certain que Grace l'avait analysée, puisqu'elle comptait devenir psychiatre. Elle analysait tout. D'ailleurs, ils ne s'étaient même pas fait un câlin jusqu'ici.

Mais ça ne saurait tarder.

Il savait très bien que Grace ne le croyait pas capable de rester totalement célibataire pendant un an, mais la belle se trompait. Ryan allait bien entendu essayer de s'extraire de cette condition – mais avec la seule femme qui l'intéressait.

****

Grace

Malgré le fait que tout le monde l'appella à son arrivée sur la terrasse, un gros pack de bières à la main, Grace prétendit ne pas remarquer le magnifique capitaine et ses cheveux de jais en bataille – sans oublier ses yeux bleus, où se cachait toujours une lueur espiègle.

Les femmes firent de leur mieux pour attirer son attention en jouant de leurs yeux de biches et de leurs mèches.

Après des échecs cuisants, certaines décidèrent de le peloter – en lui caressant le bras, en frottant leurs poitrines contre lui, ou en se penchant contre ses épaules rugueuses. Toutes le trouvaient hilarant.

Je vois que monsieur est populaire...

Pour sa défense, Ryan se montra toujours poli mais ne resta jamais bien longtemps entre leurs griffes.

Les hommes semblaient autant l'apprécier que les femmes. Il avait un charisme presque magnétique, mais son secret résidait dans son rire franc et grave – ainsi que dans sa capacité à mettre tout le monde à l'aise malgré ses allures de statue grecque.

C'était d'ailleurs ce qui l'avait attirée chez lui lors de leur première rencontre. Grace avait eu l'impression de le connaître depuis toujours – comme dans un film. Ils avaient discuté et ri durant toute la soirée tout en faisant la tournée des bars avec la dizaine de personnes qui se trouvaient avec eux. Sa fiancée était également présente. Et pourtant... Grace avait senti le monde s'effacer autour d'eux.

Cela la confortait dans l'alchimie qu'elle avait développée avec lui. Une alchimie bien entendu réciproque, puisque Ryan avait annulé son mariage le lendemain. Grace en était secrètement ravie – mais également très effrayée.

Elle ne put s'empêcher de le fixer du regard alors qu'il traversait la terrasse de Craig et Maddie. Après avoir rapidement discuté avec un groupe d'hommes qui l'avaient appelé, il se rendit directement vers Grace lorsqu'il la remarqua près de la piscine, assise sur une chaise-longue. Le capitaine s'installa au bord de la chaise voisine avec un sourire hésitant sur le visage. Il ne semblait pas certain qu'elle veuille le voir mais s'était bien gardé de demander la permission.

— Hé, Doc. Tu es magnifique. Comment ça va, depuis le temps ?

Grace lui retourna son sourire.

— Salut, Ryan. Ça va. Et toi ?

— Mon cœur se languit de toi mais à part ça, je n'ai pas à me plaindre.

Elle jeta un œil aux alentours afin de s'assurer que personne ne l'avait entendu. De nombreuses femmes l'observaient mais étaient à bonne distance.

— Je serai libre en mai, dit doucement Grace.

Hélas, il ne s'agissait même pas de la vérité. En mai, la pauvre déménagerait sans doute ailleurs pour son internat – raison de plus pour ne pas sortir avec Ryan.

Durant les six semaines qui avaient suivi leur rencontre, Grace était parvenue à se convaincre que l'idée même de se mettre avec lui empestait les ragots et les cœurs brisés. Elle n'avait ni le temps ni l'énergie pour cela.

Mais lorsque Ryan lui sourit, ses défenses s'affaiblirent.

— Je pense qu'il serait honnête de ma part de t'annoncer que je n'abandonne jamais aussi facilement, déclara-t-il.

Grace espéra dissimuler son enthousiasme lorsqu'elle répondit froidement :

— J'apprécie ton avertissement. Mais tu es censé prendre du temps pour apprendre à te connaître, tu te souviens ?

— J'ai déjà tout compris, Doc. Je suis un pompier qui déchire et qui a eu un énorme coup de cœur pour une femme merveilleuse et brillante. Je veux passer tout mon temps avec elle. Fin de l'histoire.

Maudit soit-il, avec ses lèvres si appétissantes.

Quelque chose dans sa ténacité lui plaisait, même si Grace ne l'admettrait jamais à quiconque – et surtout pas à elle-même.

— Ah bon ? répondit-elle. Qui ça ? Lauren ?

Le sourire de Ryan s'estompa.

— C'est un coup bas, Doc. Trop bas.

****

Ryan

Sa déclaration d'amour envers Grace Ericson aurait sans doute eu un plus grand impact sur elle s'il n'avait pas été techniquement fiancé à une autre femme.

Toutefois, il ne pouvait taire ses sentiments. L'avoir eue à ses côtés une seule soirée lui avait suffi. Le fait que cette révélation avait eu lieu durant son enterrement de vie de garçon – et l'enterrement de vie de jeune fille de Lauren – n'avait aucune importance selon Ryan.

Hélas, Grace n'était pas du même avis.

Cette dernière fit la moue et lui jeta un regard du coin de l'œil.

— Oui, c'était assez petit de ma part. Désolée.

Les yeux de Ryan ne pouvaient résister à ses lèvres roses et brillantes. Elles appelaient les siennes. Il lui serait si simple de se pencher pour les goûter...

Stop ! Stop !

Au lieu de cela, il indiqua le verre presque vide que Grace tenait dans sa main et demanda :

— Qu'est-ce que tu bois ?

— Le punch au rhum que Maddie a préparé. Il est dans la fontaine près des glacières.

Ryan saisit donc son verre en acrylique où était inscrit : *Cocktails, Des Péchés Intergalactiques.*

— Je reviens tout de suite, dit-il avec un clin d'œil.

Il sentit son regard lui brûler le dos alors qu'il s'éloignait et ne put s'empêcher de sourire. Qu'il neige ou qu'il vente, Ryan irait dîner avec Grace Ericson. Et il ne comptait pas attendre le mois de mai.

Tandis qu'il remplissait le verre de la belle, son ami Sloane approcha et ils se serrèrent la main.

— Ça fait un bail, mec, déclara Ryan. Comment tu vas ?

Le marine secoua les épaules.

— Plutôt bien. Je me prépare pour une excursion de deux mois au bac à sable.

Il avait horreur que ses amis soient déployés – surtout au Moyen-Orient. Ryan se trouvait sur les nerfs dès qu'il voyait des journalistes parler des conflits à la télévision. San Diego Action News mettait toujours un point d'honneur à informer le public de la situation sur place et des pertes humaines, le cas échéant. La chaîne entretenait également d'excellentes relations avec Camp Pendleton et Miramar, et savait que leurs téléspectateurs étaient toujours désireux de suivre l'état de leurs proches envoyés au combat. Ryan trouvait ces rapports très frustrants. En effet, il était un homme d'action et se sentait bien impuissant lorsque des gens qui – comme lui – donnaient leurs vies pour leur pays laissaient leurs familles en deuil.

Il donna une tape dans le dos de son ami avant de poser la main sur son épaule.

— Fais attention à toi.

— Toujours. Il faudra que tu viennes à ma fête, le mois prochain. Dernière fiesta avant le désert.

— Sans faute.

— Tu discutais avec Grace Ericson ?

Ryan jeta un œil là où se prélassait la déesse suédoise, vêtue d'un bikini turquoise. Ses longues jambes bronzées et le reste de son corps étaient musclés et fermes. Et ces nichons... La perfection incarnée, qui ne demandait qu'à sortir du carcan de tissu triangulaire qui la retenait.

— Oui.

Sloane lui lança un sourire entendu.

— Elle était présente à ton enterrement de vie de garçon, je me trompe ?

Ryan marqua une pause. Lorsque Grace lui avait expliqué que les gens allaient jaser si elle choisissait de sortir avec lui si tôt après l'annulation du mariage, il s'était dit qu'elle en faisait un peu trop. Avait-elle vu juste ?

Merde.

— Ouais, je crois.

— Pas de *je crois* avec moi, mon garçon. Tu le sais très bien, vu que tu as passé la nuit collé à elle.

Sloane sortit ensuite une bière de la glacière la plus proche et l'ouvrit avant de poursuivre.

— Et, *comme par hasard*, tu as annulé ton mariage le lendemain.

— Ne dis pas ça, répondit Ryan. Je n'ai pas annulé à cause d'elle. Lauren et moi étions sur la même longueur d'onde. Ce mariage était une erreur.

— Ouais, ouais.

— Grace et moi sommes amis, connard. C'est tout.
— C'est tout, hein ?
— Oui.

Sloane jeta une cacahuète dans sa bouche en souriant.

— Dans ce cas, tu ne verras aucun inconvénient à ce que j'aille l'inviter à sortir ? Elle est ultra bonne.

Ryan prit une profonde inspiration par le nez en remuant la mâchoire alors qu'il fusillait son ami du regard.

Cet enfoiré ne croyait pas un mot de son baratin.

Sloane savait pertinemment qu'il venait de le coincer et se contenta de sourire tandis que Ryan se frottait nerveusement le cou.

— Eh bien, non. Vas-y. Mais tu comptes l'inviter à sortir en revenant de mission, hein ? Je ne crois pas qu'elle cherche quelqu'un en ce moment. Ses études lui prennent beaucoup de temps.

Son ami éclata de rire et lui tapota l'épaule avant de murmurer :

— Je déconne. Ne t'inquiète pas, ton secret sera bien gardé, mec.

Il se redressa ensuite et jeta un regard en direction de Grace, toujours assise près de la piscine.

— Mais tu devrais sans doute retourner la voir avant que quelqu'un d'autre ne tente sa chance. Elle est vraiment très belle.

Retourner auprès de la véritable Vénus d'Urbin qui était allongée sur sa chaise-longue se révéla être une épreuve. Tous les invités semblaient s'être donné le mot pour l'arrêter sur son chemin afin de discuter. Lorsqu'il était célibataire, il aurait adoré que des femmes lui accordent autant d'attention, mais ce jour-là... il avait l'impression de se faire harceler. En effet, il n'avait d'yeux que pour une seule d'entre elles. Néanmoins, Sloane lui avait donné de quoi réfléchir. Peut-être devrait-il réellement attendre avant de concrétiser quoi que ce soit avec Grace.

Mais ça ne signifiait en aucun cas que Ryan ne passerait pas autant de temps que possible avec elle. Tout ceci resterait strictement platonique. Il adorait converser avec elle. Son rire parvenait toujours à la faire sourire jusqu'aux oreilles et le simple fait de la regarder le rendait heureux. Mais il ne s'agissait pas uniquement de cela. Grace était une femme brillante, avisée et avec une très bonne répartie – sans oublier un corps de rêve.

Ryan ne semblait pas être le seul homme touché par sa grâce, puisqu'un autre alla s'installer à côté de la belle. Isaac Dailey était un jeune officier du SWAT qui travaillait aux côtés de Maddie et Craig. Ryan le connaissait parce qu'il venait parfois les rejoindre le jeudi soir à O'Malley's. C'était un brave garçon, mais il devait partir.

Ryan quitta donc le groupe qui essayait de le retenir et se dirigea directement vers Grace en ignorant celles et ceux qui l'appelaient.

— Et un verre de punch pour la dame, déclara-t-il en lui tendant la boisson à la teinte rosée avant de s'asseoir sur le bord de sa chaise-longue.

Il désirait marquer son territoire – ce qui agacerait probablement Grace, mais tant pis.

Ryan jeta ensuite un regard à Isaac avant de feindre de se souvenir de son identité et de lui tendre la main.

— Ah, salut. Isaac, c'est ça ? Comment ça va ?

Le jeune homme lui serra la main.

— Pas trop mal. Et vous, capitaine Kennedy ?

Capitaine Kennedy. Ryan avait toujours apprécié le respect de la hiérarchie.

— Je bois une bière devant une piscine aux côtés d'une femme magnifique en maillot de bain. Je ne crois pas avoir de quoi me plaindre.

Isaac rit poliment, puis se leva.

Malin. Maintenant, circule.

— En parlant de bière, déclara-t-il en indiquant sa bouteille à moitié vide, je crois que je vais me resservir. Ravi de t'avoir vue, Grace. J'espère te retrouver plus tard.

Dans tes rêves, Roméo.

Grace tendit le bras devant Ryan pour serrer la main du jeune homme.

— Bien entendu. Ne pars pas avant.

— Sans faute, répondit Isaac avec des étoiles dans les yeux.

Sans succès, Ryan essaya tout de même de conserver une expression neutre – même après le départ d'Isaac.

— D'où est-ce que tu le connais ? demanda-t-il d'un ton qui se voulait nonchalant.

— On a grandi ensemble.

Ryan se sentit un peu mieux. L'avorton n'était donc pas là pour lui voler sa dulcinée en devenir.

— Ah, vous étiez dans la même école ?

— On peut dire ça, oui.

— C'est-à-dire ?

— Eh bien, nous étions ensemble jusqu'au collège mais je suis allée dans un lycée réservé aux filles, l'Academy of Our

Lady of Peace. Isaac, lui, est parti dans un lycée catholique. Mais nous nous sommes tout de même retrouvés pour nos bals de fin d'année en terminale.

— Donc, vous êtes sortis ensemble ?

Grace secoua les épaules.

— En quelque sorte. On a eu quelques rendez-vous ensemble avant les bals mais rien de sérieux. Je pense qu'il en aurait voulu plus, mais j'allais entrer à l'université et je ne voulais pas du poids d'une relation.

— Il n'est plus à l'université et tu as bientôt fini...

— Je suis loin d'en avoir fini, répondit Grace en gloussant.

— Je croyais que tu recevais ton diplôme au printemps prochain ?

— Eh bien, oui. Mais ensuite, je dois réaliser un internat qui va durer au moins quatre ans. Ensuite, si je choisis de devenir enseignante-chercheuse, c'est deux ans de plus.

— Je ne savais absolument pas que tu avais encore tant à faire.

— Comme beaucoup.

Ryan ne s'était pas douté un seul instant de la charge de travail que Grace devrait gérer après sa remise de diplôme. Enfin, il aurait pu s'en rendre compte s'il s'était arrêté une seconde pour réfléchir – au lieu de penser uniquement à la convaincre de sortir avec lui.

Entre ceci et les mots de Sloane concernant la soirée qu'ils avaient passée ensemble, Ryan comprenait désormais bien mieux les réticences de Grace.

Néanmoins, cela ne voulait pas dire qu'il les appréciait davantage.

Chapitre Deux

Grace

Passer du temps avec Ryan ce jour-là fut aussi facile que lors de leur première rencontre. Jamais leur conversation ne se trouva face à un blanc et elle rit bien plus facilement que d'ordinaire.

Après son quatrième verre de punch, Grace commença à jouer avec ses cheveux et à se pencher bien trop près de lui – sans oublier ses gloussements d'adolescente. Enfin, ce n'était pas sa faute ; Maddie avait si bien préparé le punch que l'alcool était indétectable et le T-shirt de Ryan dévoilait ses tatouages tout en le rendant irrésistible. Il se penchait également près d'elle en murmurant des remarques bien trouvées concernant les invités autour d'eux alors que sa main se posait sur son genou ou son bras.

Grace appréciait beaucoup trop la chaleur de sa peau.

Il est temps de boire de l'eau.

Du vacarme provenait de la piscine – des femmes se trouvaient sur les épaules des hommes pour s'affronter dans la partie la moins profonde.

— Ryan, Grace, appela quelqu'un. Venez !

Elle lui lança un regard.

— Est qu'on devrait y aller ?

— Probablement pas, répondit Ryan en souriant.

— Oui, il ne faudrait pas que tu te mouilles les cheveux. Je suis certaine que tu as passé des heures à atteindre ce style coiffé-décoiffé.

— Ah, dit-il, je vois clair dans ton jeu.

Ryan se leva ensuite en feignant l'indignation avant d'ôter son T-shirt et de tendre la main.

— Viens, Ericson. À prendre ou à laisser.

Puis il plongea dans la piscine, où l'eau dévala ses muscles saillants alors qu'il nageait jusqu'à la partie peu profonde. Grace fut incapable de le quitter des yeux tandis qu'elle s'approchait des marches. Une aura de dieu marin se dégagea de lui lorsqu'il ramena ses cheveux en arrière – ses bras tatoués bien en évidence. De là où elle était, Grace ressentit un brûlant désir de lécher les gouttes qui lui parsemaient le torse. Après un rapide regard jeté aux alentours, elle découvrit qu'elle n'était pas la seule. Deux beautés dotées de lunettes d'aviateur vinrent nager jusqu'à Ryan afin de discuter. Devrait-elle considérer cela comme un signe et s'échapper dans la maison ? L'une de ces femmes pourrait devenir sa partenaire de jeu.

Grace le vit secouer la tête et reporter son attention sur elle, qui avait toujours un pied dans l'eau.

— Allez, Doc !

Elle ne devrait pas se sentir si spéciale.

Ce fut donc timidement que Grace descendit les marches de la piscine, l'une après l'autre, jusqu'à ce que l'eau froide lui morde la taille. Elle se rendit ensuite lentement vers Ryan.

— Te voilà, déclara-t-il en l'éclaboussant légèrement. Tu aurais dû sauter comme moi.

— Tes cheveux sont toujours en place, répondit-elle d'un air taquin avant de se faire éclabousser encore plus fort. Hé !

Grace plongea ensuite sous l'eau afin d'en finir et vit les deux femmes s'éloigner en revenant à la surface. Ryan lui adressait un regard espiègle.

— T'ai-je déjà dit que tu étais sublime dans ce bikini ?

Elle s'efforça de paraître indifférente – comme s'il ne devait pas lui dire une telle chose – mais une joie immense l'envahit.

— Non, répondit Grace. Et tu ne devrais sans doute pas.

— Eh bien, c'est vrai, répliqua Ryan sans se démonter.

Elle ne savait pas quoi lui répondre. *Toi aussi ? Merci ? Tu veux qu'on s'embrasse ? Non ! Vilaine Grace !*

Au lieu de cela, elle reporta son attention sur la scène à quelques mètres d'eux. Deux couples s'affrontaient – les femmes étaient séduisantes et les hommes très musclés, tout comme leurs spectateurs. Un film grandeur nature où tous riaient et encourageaient leurs favoris. Les gagnants de cette bataille furent un marine assez séduisant répondant au nom de Sloane – que Grace avait déjà rencontré – et une jeune femme aux cheveux châtains et à la poitrine fabuleuse.

Sloane pointa alors Ryan du doigt d'un air faussement menaçant. Ce dernier lui sourit avant de déclarer :

— Amène-toi, le marine.

Puis il s'agenouilla pour que Grace puisse monter sur ses épaules.

Ses jambes étaient désormais enroulées autour de sa tête, tandis que les bras de Ryan lui tenaient fermement les cuisses.

— Attends, dit Sloane en laissant retomber la femme qu'il tenait. Nicole doit nous quitter un instant.

Il vint ensuite s'approcher pour discuter avec Ryan, qui ne semblait pas pressé de lâcher Grace. Non, il se contenta de lui caresser discrètement l'intérieur de la cuisse avec le pouce tandis qu'il parlait à leur future adversaire.

Elle n'avait aucune idée de ce dont ils parlaient – son attention était captivée par la sensation que lui procuraient ses larges épaules tandis que les mains de Ryan se trouvaient à seulement quelques centimètres de sa chatte. Tout ceci était bien trop intime, surtout après quatre verres de punch en plein soleil. Les défenses de Grace étaient au plus bas. Lorsqu'elle passa les doigts dans les cheveux de Ryan afin de garder l'équilibre, elle commença à imaginer des choses qui n'auraient pas dû lui traverser l'esprit alors que son visage se trouvait si près de ses parties intimes.

Voilà qui n'est pas bon.

Et pourtant si délicieux à la fois.

Nicole sauta ensuite dans la piscine près de Sloane, ce qui le fit sourire tandis que l'eau lui éclaboussait le visage. Grace avait la nette impression qu'il le lui ferait payer un peu plus tard.

Une fois de nouveau en place pour le duel, les deux équipes se firent face. Malgré la jeunesse de Nicole, Grace se montra plus agile et plus forte – ses cinq séances de Pilates et de yoga par semaine payaient enfin. Elle aurait pu aisément la renverser des épaules du marine mais se laissa vaincre. Il lui fallait absolument quitter le corps irrésistible du capitaine avant de commettre un acte regrettable.

Ou pire encore, un acte qu'elle ne regretterait pas.

À en juger par ce que Grace éprouvait à son égard, ce ne serait pas très difficile.

****

Ryan

Lorsqu'ils sortirent de la piscine, il lui tendit une serviette avant d'en prendre une pour lui. Ryan aurait tout donné pour chasser l'eau de sa peau délicate lui-même – avant de la prendre fermement dans ses bras.

Leurs hôtes arrivèrent ensuite dans leurs maillots de bain, main dans la main, et se dirigèrent droit sur eux. Bien évidemment, puisque Grace était la meilleure amie de Maddie et Ryan le meilleur ami de Craig. La vilaine cicatrice que Maddie avait gardée sur le bras à la suite d'un raid était toujours rouge.

— Vous vous amusez bien ? demanda-t-elle.

— Bien sûr. Très belle fête, répondit Ryan.

— Tout le monde se tient à carreaux ? ajouta Craig en essayant de dissimuler son sourire.

La question lui était évidemment destinée. Néanmoins, Ryan feignit l'ignorance et observa le reste des invités.

— On dirait. Pas de bagarres, pour l'instant.

Cette pensée sembla troubler Maddie, puisqu'elle se redressa pour inspecter la foule.

— Il vaut mieux qu'ils restent calmes.

— Ouais, répondit Grace en riant. Imagine devoir expliquer à ton chef pourquoi la police est passée chez toi le quatre juillet.

— Ce serait horrible, confirma Craig. Mais, je touche du bois. En cinq ans, il ne s'est jamais rien passé. Nos invités sont assez intelligents pour se tenir.

Effectivement, tous les invités se connaissaient plus ou moins intimement et personne n'avait envie d'expliquer une bagarre à sa hiérarchie. Sans oublier qu'ils entreraient ensuite sur la liste noire du capitaine Baxter et ne seraient plus jamais invités à ses fêtes – une bien pire punition que n'importe quelle sanction disciplinaire.

— Vous avez faim ? demanda Maddie. Craig allait allumer le grill.

— Mon ventre te remercie, répondit Grace avec entrain.

— Pareil, dit Ryan. J'ai amené des steaks de chez AJ's. Il y en a assez pour tout le monde.

Grace pencha la tête et se tourna vers lui.

— C'était très attentionné de ta part. J'ai amené du poulet mais un bon steak, ça ne se refuse pas.

Craig disposait d'un Napoleon Prestige Pro, un grill haut de gamme qu'il adorait presque comme son enfant. Néanmoins, il partageait volontiers la préparation des repas avec ses invités. Sur l'invitation, Ryan avait lu : *Apportez de la viande et de la bière*. Une fois à la supérette, il s'était permis d'imaginer à quoi ressemblerait des weekends à quatre autour du grill. Il adorait que la femme de son meilleur ami se trouve être la meilleure amie de celle qu'il voulait faire sienne. Ryan s'était donc laissé porter par ce fantasme et avait quitté la boutique avec les coupes préférées de son ami. La remarque de Grace l'emplit de joie.

— Revenez tous les deux demain et nous dégusterons le poulet, proposa Maddie.

Ryan voulut l'embrasser immédiatement. Passer du temps avec Grace deux jours d'affilée ? Oh que oui.

— Bien entendu que je serai là demain, s'exclama Grace. Tu vas avoir besoin d'aide pour le ménage.

Il serait prêt à jouer les fées du logis si cela lui permettait de revenir.

— Je viendrai aussi, assura Ryan.

Craig rit alors.

— Si tout se passe comme l'année dernière, tu dormiras quelque part sur la terrasse.

— Nan. Pas cette année.

Ryan se devait de raccompagner une très belle femme chez elle – sauf si, bien sûr, cette dernière décidait de dormir sur place. Cela pourrait lui convenir. Dans tous les cas, il désirait conserver toutes ses facultés mentales afin de savourer chaque seconde de sa compagnie.

Chapitre Trois

Grace

Ryan avait annulé son mariage seulement six semaines plus tôt. Elle devait calmer son envie de passer les doigts le long de son torse musclé et de s'accrocher à sa taille. Mais Dieu qu'il était sublime – et si agréable à vivre.

— Ce n'est pas juste, se plaignit-elle à Maddie dans la salle de bain principale tandis qu'elles se brossaient les cheveux avant de se changer.

— Ce n'est pas si compliqué que ça, Gracie. Tu l'aimes bien, il t'aime bien... Va dîner avec lui. Expérimente.

— Je peux déjà t'annoncer le résultat : je vais lui sauter dessus avant même le troisième rendez-vous. Peut-être dès le premier.

Grace arrêta sa brosse à la base de son cuir chevelu avant de reprendre la main.

— On aurait une amourette intense qui se finirait aussi vite qu'elle a démarré. Et ensuite, on parlera de moi comme de la fille qui a brisé le couple parfait et ma mère sera complètement furieuse en essayant de contrôler les dégâts. Je vais finir dans les journaux et mon internat sera foutu.

— D'accord. Déjà, Ryan et Lauren n'avaient rien d'un *couple parfait* et ça, tout le monde le sait. Ensuite, sans vouloir te vexer, mon amie, tu aurais bien besoin de t'envoyer en l'air. Je serais ravie de te voir lui *sauter dessus* dès le premier rendez-vous. Enfin, je ne crois pas que San Diego ait quelque chose à faire de tes histoires de cœur – ou de fesses. Tu n'auras pas de souci à te faire quant à ton internat. Et pourquoi penser que ça ne durera pas entre vous ? Ryan et toi semblez presque faits l'un pour l'autre.

— Bien entendu que ça ne durera pas. Il finira par se lasser et chercher la nouvelle femme qui fera battre son cœur. De plus, je vais très certainement déménager en mai, Maddie.

Grace essuya ensuite les traces de mascara qu'elle avait sur le visage et ajouta :

— Mes chances de rester à San Diego sont minces. Jamais nous ne pourrions entretenir une relation à distance. Il n'en est pas capable.

— Je sais que je n'ai rien d'une psychiatre, mais je connais Ryan depuis assez longtemps pour croire que c'est un type bien, Grace. Bien sûr, il est beau gosse et s'en est bien servi pour appâter les dames – quand il était célibataire. Il est resté fidèle à Lauren. Et, depuis qu'il t'a rencontrée, il n'a même pas posé les yeux sur une autre. Ryan t'a prise très au sérieux, ma chérie. Je le pense sincère. Il n'a absolument rien à voir avec Jason.

Grace se laissa alors tomber sur le tabouret en face du lavabo.

— Argh, ne prononce même pas le nom de ce salopard en ma présence, déclara-t-elle avant de se recoiffer. Je n'ai aucun doute quant aux sentiments de Ryan. *Pour l'instant.* Qui me dit qu'il ne va pas se lasser ? Et que se passera-t-il ensuite ?

Sa meilleure amie fit une grimace et haussa les épaules.

— En amour, il n'y jamais de garanties. Tu vas simplement devoir décider si tu es prête à te lancer.

Grace eut envie de pleurer.

— C'est juste impossible.

Maddie la regarda à travers le miroir alors qu'elle appliquait son rouge à lèvres.

— Dans ce cas, tu devrais au moins profiter de lui, expliqua-t-elle d'un ton neutre.

Grace gloussa malgré son humeur mélancolique.

— Je crois que ce ne serait pas une bonne idée. Ce serait comme... se contenter d'une seule frite alors que tu as toute une barquette à disposition.

— Exact, tu ne peux pas en manger qu'une seule, commença Maddie avant de refermer son rouge à lèvres. Des frites, il faut en manger plein. Surtout quand elles sont trempées dans ta sauce préférée.

— Ryan Kennedy ne peut pas être ma sauce préférée donc mieux vaut ne rien faire avec ses... sa frite. Point final. Je prendrai moins de risque.

— Vraiment ? Dans cinq ans, tu ne penses pas regretter de ne pas y avoir goûté ?

— Qui sait ? Je pourrais rencontrer l'homme de ma vie et regretter de m'être autant donnée à un autre avant lui.

Maddie leva les yeux au ciel.

— Allons bon. C'était peut-être le cas pour moi, mais ce n'est pas du tout ton style. D'ailleurs... tu viens peut-être de le rencontrer, l'homme de ta vie. Et tu t'entêtes à le repousser, pour des raisons qui me sont encore obscures.

Grace plongea son visage dans ses mains.

— Tu sais très bien pourquoi. Je ne peux pas me retrouver dans un nouveau scandale. Et puis, regarde un peu son palmarès ! Ryan n'est pas un homme avec qui l'on cherche du sérieux.

Cette fois-ci, sa meilleure amie lâcha un soupir exaspéré avant de lever les yeux au ciel.

— Sortir avec un capitaine de caserne qui a annulé son mariage – avec l'accord de sa fiancée – ne te propulsera pas sur la une des magazines. Et, je ne suis pas d'accord avec toi. Ryan est un homme avec lequel tu pourrais avoir une relation sérieuse. Je pense que c'est *ça* qui te terrifie, ma jolie.

Grace lança un regard noir à son amie avant d'abandonner.

— Et alors ? demanda-t-elle. Je ne sortirai pas avec lui, peu importe mes raisons.

— Au risque de me répéter : baise-le. Dans tous les cas.

Elle lui jeta un élastique.

— Tu ne m'aides pas ! s'exclama Grace. Quelle incroyable meilleure amie.

Maddie posa une main sur sa hanche.

— Tu préfères que je te mente ?

— Non, concéda Grace en fronçant les sourcils.

— C'est bien ce que je me disais, répondit Maddie alors qu'un sourire triomphant se dessinait sur son visage.

Chapitre Quatre

Ryan

Cette journée avec Grace s'était déroulée à la perfection. Elle ne connaissait pas beaucoup d'invités, mis à part Isaac, Sloane, et quelques autres qu'elle avait déjà rencontrés lors des rares occasions où elle s'était rendue à O'Malley's avec Maddie. Encore mieux, les invités ne la connaissaient pas et il fut donc plus aisé pour Ryan de passer autant de temps avec elle. Certains n'avaient d'ailleurs pas hésité à lui demander qui était Grace, mais à chaque fois, il avait répondu qu'ils étaient simplement amis. Les rumeurs iraient bon train et son statut de célibataire demeurerait intact. Ryan n'était pas inquiet quant à la réputation de Grace.

Tandis que la soirée se poursuivait, la peur que tout s'arrête commença à l'envahir. Fort heureusement, les événements de Craig duraient souvent jusqu'au matin. Plus l'heure se faisait tardive, et plus Ryan essayait de convaincre Grace de rester *un peu plus longtemps*. Hélas, un énième bâillement le força à admettre qu'il était temps pour elle de partir.

— Sauf si tu veux rester dormir, proposa Maddie lorsqu'elle annonça son départ. On te donnera la chambre d'amis.

— Non, je veux dormir dans mon lit, déclara Grace en observant le bazar qu'était le patio. Mais je serai là pour t'aider à nettoyer demain.

— Je peux te raccompagner, dit Ryan.

— Ah, pas besoin. Je suis en état de conduire.

— Oui, mais où est ta voiture ?

Elle pencha la tête.

— Dans l'allée, derrière celle de Maddie qui est dans le garage.

Bien entendu, Ryan était déjà au courant. Il avait été ravi de localiser sa Prius – dotée de la plaque personnalisée *GRACEE* – lorsqu'il s'était garé.

Il rit alors.

— Tu as vu l'allée ? Si tu n'es pas garée dans la rue comme moi, tu ne pourras pas ressortir à moins de foncer à travers la pelouse. J'ai retenu la leçon il y a des années. J'ai dû rester là la première fois parce que j'étais coincé.

Grace écarquilla les yeux.

— Ah, je n'y avais pas pensé.

Craig ricana.

— Erreur de débutante. La plupart savent qu'il faut se garer dans l'allée seulement si on compte dormir sur place. Je me disais que c'était ton cas, sinon je t'aurais prévenue.

— Et si vous étiez appelés en urgence ?

Le capitaine de police passa un bras autour de sa petite amie afin de la ramener contre lui, tout en faisant attention à son bras.

— On ne nous appellera pas. Après une soirée arrosée, nous ne pouvons plus être sollicités.

Maddie gloussa en se penchant contre lui. Quel beau couple.

— C'est pourquoi de nombreux policiers boivent un coup lors de leurs jours de congés. Ça leur donne une excuse pour ne pas revenir, déclara Ryan avec un clin d'œil.

— Les pompiers aussi, répliqua Craig avec un sourire avant d'embrasser les cheveux roux de Maddie.

Grace leva un sourcil tandis que son visage se faisait réprobateur.

— Hmm, dit-elle en se tournant vers Ryan. Ceci explique cela. Mais si tu as bu, tu ne devrais pas prendre le volant. Je peux appeler un Uber.

Il pencha alors son gobelet rouge afin de lui en montrer le contenu. Ryan avait déjà tout prévu.

— Ah, je n'ai bu que du thé glacé depuis sept heures, Doc. Je suis aussi sobre qu'un prêtre le dimanche.

Elle lui jeta un regard sceptique. Grace s'était changée plusieurs heures auparavant et avait enfilé un short en jean qui mettait ses longues jambes bronzées en valeur ainsi qu'un T-shirt bleu marine de l'université de San Diego dont le logo doré se trouvait exactement sur sa ferme poitrine. Ses sandales et son chignon négligé complétaient à merveille ce style d'étudiante.

Ryan leva l'index, le majeur et l'annulaire de la main droite.

— Parole de scout. Tu peux même me tester.

Un éthylotest était toujours présent aux soirées des policiers. Au départ, il ne s'agissait que d'une ruse afin de pouvoir ramener la femme de son choix à la maison, mais cela se transformait inévitablement en jeu. Tout le monde devait deviner le nombre qui s'afficherait. En général, c'était une bonne façon pour l'hôte de savoir qui ne devait absolument pas reprendre le volant.

— Non, dit doucement Grace. Je te fais confiance.

Ryan n'aurait pas dû se sentir aussi fier.

— Tu n'as qu'un mot à dire, Doc. Je suis prêt.

— Je vais chercher mon sac.

Lorsqu'elle disparut, Craig et Maddie lui lancèrent un sourire entendu.

— Mon conseil ? déclara Maddie. Ne la presse pas. Grace va devoir prendre son temps. Si tu veux aller plus vite que la musique, ça se retournera contre toi.

— Et si je la charmais ? Est-ce que ça compte ? Je pourrais être si charmant qu'elle n'aurait d'autre choix que de tomber folle amoureuse ?

— Bien sûr, joli cœur, répondit Craig en ricanant.

— Ferme-la. Je peux me montrer irrésistible.

Maddie vint pincer les joues de Ryan en répondant d'une voix mielleuse :

— Bien sûr que tu peux.

Puis elle reprit son sérieux.

— Mais ne le fais pas. Fais-moi confiance.

Grace revint avec un sac aux allures de panier passé par-dessus l'épaule.

— Ne fais pas quoi ? demanda-t-elle.

Ryan jeta un regard paniqué aux hôtes. Il n'avait jamais été bon menteur mais il lui semblait que la vérité ne jouerait pas en sa faveur. La belle pourrait penser qu'il cherche à la manipuler.

— Je lui disais de ne pas venir trop tôt demain, expliqua Maddie avec un sourire sur les lèvres.

Je ne vais pas échapper à cette séance de nettoyage.

— On vous préparera même le petit-déjeuner, ajouta Craig.

— Ah. Et à quelle heure voulez-vous que je vienne ? demanda Grace en ajustant son sac. Je me disais que vous voudriez dormir un peu.

— Non, vous pouvez venir le matin. Mais pas trop tôt. Onze heures ? demanda Maddie.

— Je ne vais pas attendre onze heures pour le petit-déjeuner.

Voilà le signal.

— Je peux passer te prendre, puisque tu n'auras pas de voiture. On pourra aller manger quelque part.

Grace pinça les lèvres, indécise. Ryan lui donna donc un – très – léger coup de coude.

— Allez, Doc. On est amis, non ? Ce n'est que le petit-déjeuner. Il n'y a pas de mal à ça. C'est moi qui invite.

— Je sais bien, mais ce serait très facile pour les gens de se faire des idées s'ils nous voyaient au petit matin – comme si on avait passé la nuit ensemble.

Ryan voulut grogner : *et alors ?* ; mais se ravisa. Maddie avait raison et il se devait d'adopter une approche plus subtile.

— Les amis ne prennent jamais le petit-déjeuner ensemble ?

— Apportez un bloc-notes, proposa Craig comme si la solution était évidente.

Grace et Ryan se tournèrent vers lui à l'unisson, les sourcils levés.

— Quelle différence est-ce que ça ferait ? demanda-t-elle avec amusement.

Le capitaine de police haussa les épaules.

— Je ne sais pas. Ça ajoute un côté professionnel à votre rencontre. Vous pouvez aller n'importe où, personne ne s'imaginera quoi que ce soit si l'un de vous a un bloc-notes.

Grace secoua lentement la tête.

— Je crois en avoir appris bien plus sur la police que je ne l'aurais voulu.

Craig lui lança un clin d'œil.

— Mais accroche-toi, ma petite, ce n'est que le début. Il y a encore beaucoup à découvrir.

— Je ne sais pas si je devrais être intriguée ou terrifiée, dit-elle avant de se tourner vers Ryan. Oui, bien sûr qu'on peut prendre le petit-déjeuner ensemble. Tu as raison, c'est ce que font les amis. Je suis juste parano.

Un sourire sur les lèvres, Grace ajouta ensuite :

— Et tu n'auras même pas à apporter un bloc-notes.

Ryan en était capable, si cela lui permettait d'arriver à ses fins. Son plan initial avait été de se donner à deux cents pourcent afin de la conquérir mais il devait maintenant réfléchir à une nouvelle stratégie. Il fallait vraiment y aller en douceur. Grace devrait d'abord apprendre à le connaître avant de tomber amoureuse de lui – sans même s'en rendre compte.

Chapitre Cinq

Grace

L'Audi A7 gris foncé de Ryan dotée d'un intérieur en cuir noir était impeccable. Elle avait presque peur de toucher quoi que ce soit, au risque de laisser des traces.

— Mon Dieu, on voit tout de suite que tu es célibataire, songea Grace en mettant sa ceinture.

Ryan ricana.

— Ah ouais ? Pourquoi ?

— Ta voiture est nickel chrome. Il est évident que tu ne transportes pas d'enfants ou de passagers.

— Eh bien, j'ai hâte de le faire mais pour l'instant... répondit-il en tapotant le tableau de bord, j'ai le temps de la bichonner.

— Et que se passera-t-il lorsque ce ne sera plus le cas ?

Le clin d'œil que Ryan lui lança en démarrant le moteur lui fit bondir le cœur.

— C'est pour ça qu'on a inventé les stations de lavage.

Maudit soit son adorable visage et sa répartie sans faille. Grace regrettait que cette journée touche à sa fin.

— Tu veux t'arrêter pour une glace ? lâcha-t-elle sans réfléchir.

— À cette heure-ci ? demanda-t-il en lui jetant un regard du coin de l'œil alors qu'il quittait la rue.

— Oui, pourquoi pas ? Je crois que le Lighthouse Ice Cream ne ferme pas avant minuit.

— Il est vingt-trois heures trente.

Grace sourit.

— Dépêche-toi, alors.

****

Ryan

Il s'avéra que la boutique fermait à vingt-deux heures.

Ryan roula lentement sur le parking désert qui s'étendait devant le Lighthouse Ice Cream.

— Désolée. J'aurais dû regarder les horaires sur mon portable avant de te faire cavaler jusqu'ici. J'aurais juré qu'ils étaient ouverts jusqu'à minuit le weekend.

Au lieu de passer la marche arrière, il se gara sur une place qui faisait face à l'océan et éteignit les phares. Les vagues du Pacifique reflétaient le clair de lune tandis que Ryan actionnait le frein à main.

— Aucun problème, Doc. J'aime passer du temps avec toi.

La façon dont Grace lui sourit avant de baisser les yeux lui indiqua que ses sentiments étaient réciproques.

Ryan voulait se pencher au-dessus du levier de vitesse, attraper ses cheveux blonds et soyeux avant de l'embrasser fougueusement. Il avait dévoré ses lèvres roses du regard et imaginé la scène toute la nuit, entre autres… Nul besoin de vous faire un dessin.

Mais les mots de Maddie lui revinrent en tête. Bien sûr, il se fichait pas mal de devoir attendre – même si son désir pour Grace était plus qu'ardent. Ryan désirait bien plus que son corps et l'avait d'ailleurs annoncé à Craig le matin même de sa rupture avec Lauren.

— Comment tu peux le savoir ? lui avait demandé son ami.

Ryan était incapable d'épouser Lauren alors qu'il n'avait d'yeux que pour la belle blonde qu'il avait rencontrée la veille.

— Je le sais, c'est tout, avait-il répondu. Je n'arrive pas à l'expliquer mais toutes les fibres de mon corps me disent qu'elle est la femme de ma vie. Je ne peux pas l'ignorer.

Le problème était que Grace refusait de sortir avec lui. Enfin, pour l'année à venir – dix mois et demi, techniquement. Elle lui avait dit qu'il lui faudrait découvrir qui il était réellement et ce qu'il désirait de la vie. Des trucs de psy, en bref.

Je sais qui je suis, bordel. Un des meilleurs pompiers de San Diego, et je sais ce que je veux dans la vie. Toi.

Hélas, Ryan ne pouvait pas le lui dire. Il accepta donc de jouer le jeu jusqu'à ce que la belle change d'avis.

Il était également question des rumeurs – et du fait que, selon Grace, les gens penseraient qu'elle avait fait voler en éclat le mariage imminent de Ryan et Lauren. Bien entendu, elle se devait de garder son image de femme modèle intacte. Être la fille d'une mondaine et d'un juge de la cour fédérale demandait une certaine tenue – Ryan pouvait le comprendre.

La remarque de Sloane, ainsi que celles d'autres invités, lui avaient fait comprendre cela. Il respecterait donc le choix de Grace et ne serait que son ami – pour le moment.

Au lieu de l'embrasser comme il en mourrait d'envie, Ryan demanda :

— Puisqu'on est là, ça te dirait de faire une balade sur la plage ? La nuit est si belle.

Grace lui jeta un regard suspicieux.

— En tant qu'amis, Doc, ajouta-t-il. Tu as ma parole. Je n'essaierai pas de te séduire sous le clair de lune.

Ryan marqua une pause avant de poursuivre.

— Même pendant que les vagues nous lèchent délicatement les pieds et que la brise d'été nous balaie les cheveux.

Il aurait pu jurer que Grace semblait déçue. Sa réplique lui avait paru intelligente mais Ryan se rendit vite compte qu'elle était surtout très romantique.

La belle défit sa ceinture.

— D'accord, ouais. Allons nous balader sur la plage, dit-elle en ouvrant sa portière.

Il éteignit le moteur et la suivit rapidement pour la rejoindre devant le capot. Ensuite, il lui prit la main et sentit le regard de Grace se poser sur lui malgré l'obscurité qui régnait sur le parking.

— Quoi ? Je veux simplement m'assurer que tu ne trébuches pas.

— Quelle galanterie, répliqua-t-elle sans pour autant le lâcher.

— Je respire la galanterie, Doc. Je vole au secours des petits chatons coincés dans les arbres et des vieilles dames tombées chez elles. À quoi est-ce que tu t'attendais ?

Son rire était une véritable symphonie dans ses oreilles.

Ryan adorait la sensation que lui procurait sa douce main alors qu'ils foulaient désormais le sable de la plage. Grace lui lâcha la main afin de retirer ses sandales et il l'imita en enlevant ses claquettes. Après avoir pris les chaussures dans une main, il reprit la sienne dans l'autre.

Cette fois encore, Grace se laissa faire.

Les amis peuvent se tenir la main, non ?

Ils se baladèrent le long du rivage et le sable devint plus dur et mouillé à mesure que la marée remontait lentement au niveau de leurs chevilles. Leurs rires résonnaient dans l'air humide de la nuit tandis qu'ils discutaient tranquillement.

— Ça fait combien de temps que tu sauves la veuve et l'orphelin ? demanda Grace en passant le gros orteil sur la surface de l'eau.

— Quinze ans. Je me suis engagé dès que j'ai pu. J'ai fait deux ans de préparation après le lycée avant de décrocher le poste.

— Tu as toujours voulu être pompier ?

— Je crois. Enfin, j'avais des rêves assez classiques quand j'étais petit : astronaute, cowboy, vétérinaire, biologiste, camionneur...

Elle gloussa.

— Camionneur ?

— Ouais. Je croyais que c'était le meilleur boulot du monde. Et j'y crois encore un peu aujourd'hui. Tu vois du pays et on te paie pour ça ? Je signe tout de suite. Et conduire un camion géant ? Pourquoi pas ?

— Je n'y avais jamais pensé sous cet angle.

— Et réfléchis une seconde à quel point nous dépendons des camionneurs. S'ils s'arrêtent de travailler, c'est fini. La société s'effondre.

— Et pourtant, tu as choisi de devenir pompier, déclara Grace d'un air taquin.

— Hé ! Je fournis un service tout aussi important.

Ryan la vit sourire sous le clair de lune. Elle était si belle. Ses cheveux blonds semblaient quasiment blancs et furent balayés par la brise, mettant en valeur son visage en forme de cœur – comme celui d'un mannequin.

Il lui fallut fournir un effort surhumain pour ne pas la prendre dans ses bras et l'embrasser doucement.

— Quoi ? demanda Grace.

Ryan comprit alors qu'il avait fixé sa bouche du regard et secoua la tête.

— Rien. J'aime te voir sourire, c'est tout.

Elle donna un coup de pied à la vague qui arrivait.

— Je l'ai beaucoup fait, aujourd'hui, concéda Grace sans le regarder.

— C'est vrai. Je me demande bien pourquoi.

Elle lui fit enfin face avec un regard de braise.

— Tu sais pourquoi.

Et comment qu'il savait.

****

Grace

Cet homme qui lui tenait la main alors qu'ils se baladaient au bord de l'océan lui faisait ressentir des choses comme nul autre auparavant. Physiquement, bien sûr, mais également émotionnellement. Grace se sentait *bien* avec Ryan. Heureuse. Apaisée.

En plus de son physique d'Apollon, il était intelligent, drôle, éloquent – et il la faisait se sentir en sécurité.

Cela la terrifiait.

Elle lui avait interdit de l'inviter à sortir avant un an, six semaines plus tôt. En effet, Grace ne le pensait pas capable de tenir aussi longtemps sans fréquenter une nouvelle femme.

S'il sortait avec une autre, elle aurait ainsi eu raison – et son cœur demeurerait sain et sauf.

Cependant, cette petite balade au clair de lune lui avait fait tout remettre en question. Son cœur était-il déjà en danger ?

Ryan avait accepté de jouer le jeu et de satisfaire ses demandes en restant amical, la plupart du temps. Il l'avait invitée à déjeuner plusieurs fois mais ne s'était jamais offusqué de ses rejets. D'ailleurs, il avait pris de ses nouvelles, de temps à autre. En vérité, Grace avait attendu ses messages avec bien plus d'impatience qu'elle ne l'aurait dû – surtout pour une femme qui avait mis un point d'honneur à le faire attendre.

Hélas, le sourire enfantin que Ryan avait sur les lèvres à chaque fois qu'il posait les yeux sur elle commençait à miner ses défenses.

Ainsi, lorsqu'il lui demanda :

— On devrait sans doute retourner à la voiture pour que je te ramène chez toi.

Grace ne sut pas trop quoi penser.

Était-elle reconnaissante ? Soulagée ? Déçue ? Confuse ?

Si elle était honnête avec elle-même, sa première réaction fut la déception.

Ryan dut le voir dans ses yeux parce qu'il ferma les siens et grogna avant de lui lancer un sourire ironique.

— J'essaie de me tenir à carreau, Doc.

Grace acquiesça, ne sachant pas trop ce qu'elle devait répondre. Enfin, elle trouva les mots.

— Je sais. Je crois que le romantisme du décor m'a perturbée. Je te suis reconnaissante de tenir parole.

Menteuse.

Elle aurait préféré qu'il prenne son visage entre ses mains pour l'embrasser, ici sur le sable. Mais son esprit cartésien lui indiqua que cela n'était pas très juste. Bien sûr, Grace serait satisfaite sur le moment ; mais elle regretterait tout le lendemain.

Enfin, quelque chose lui disait que ce ne serait peut-être pas le cas, en fin de compte.

Au moins, jusqu'à ce que la machine à potins ait vent de leur relation – ou que le mois de mai arrive. Elle devrait ensuite le quitter, dévastée.

Grace n'avait pas le temps de se remettre d'un chagrin d'amour. Si elle débutait son internat avec un cœur brisé, elle ferait n'importe quoi. Elle avait parfaitement connaissance des effets de la tristesse sur le corps et la psyché. De nombreuses études de cas lui avaient prouvé que l'on ne s'en remettait pas du jour au lendemain.

Il valait mieux ne pas commencer ce qu'elle serait incapable de finir, peu importe les sentiments qu'elle éprouvait près de son corps de bête sous le clair de lune. Grace était certaine qu'elle serait contente de son choix, à l'avenir.

Hélas, la pauvre n'était pas si certaine d'y croire elle-même.

****

Ryan

Il remonta la longue allée menant à la maison très bien entretenue de Frannie et Robert Ericson.

— Gare-toi vers le garage, dit Grace. Je passe par la porte de la dépendance.

— Pourquoi tu ne vis pas dans la maison ?

Elle haussa les épaules.

— J'imagine que j'imite ma sœur Ava. Elle vivait dans la dépendance quand elle travaillait sur son doctorat. J'étais presque jalouse. Elle avait son propre espace, à l'écart, mais assez proche pour manger avec nous. Quand j'ai décidé de faire des études de médecine, mes parents me l'ont proposé pour que je n'aie pas de loyer à payer. Je pouvais me concentrer sur mes cours. C'était gagnant-gagnant. Je pouvais aussi garder la maison quand mes parents voyageaient.

— Tu as de la chance qu'ils en aient eu les moyens, remarqua Ryan.

— Je sais. Je...

Le fait qu'il éteigne le moteur la fit paniquer, apparemment.

— Je... euh... Tu... tu ne peux pas entrer.

Il ricana.

— Je n'y comptais pas, mais ma mère m'a élevé en gentleman. Je vais donc te raccompagner jusqu'à ta porte.

— Ah, tu n'es pas obligé.

— Non, mais je vais le faire. Viens.

Ryan ouvrit sa portière pour mettre fin au débat. Grace était déjà dehors et récupérait son sac lorsqu'il arriva du côté passager.

Alors qu'ils dépassaient le portail de ses parents, il voulut lui tenir à nouveau la main, mais se ravisa.

— J'ai passé une journée presque parfaite en ta compagnie, Grace. Merci.

— *Presque* parfaite ? demanda-t-elle en levant les sourcils. Que manquait-il ?

Ryan observa son visage un moment et contempla sa beauté ainsi que sa grâce. Elle portait bien son nom. Dieu que ça le démangeait de ramener une de ses mèches derrière son oreille avant de lui caresser doucement la joue.

— Il aurait fallu que je puisse t'embrasser comme je le désirais – et aussi souvent que possible.

Grace baissa timidement les yeux en essayant de dissimuler le sourire flatté qu'elle avait sur les lèvres. Néanmoins, elle n'était pas encore prête. Ce fut avec tristesse que la belle croisa son regard.

— Ryan, tu sais que nous ne pouvons pas...

Il secoua la tête pour la faire taire.

— Je sais, Doc. Je t'ai dit que j'allais respecter tes limites, mais tu m'as posé une question et je te promets l'honnêteté en toute circonstance.

Ses yeux plongèrent dans les siens lorsqu'elle répondit :

— Tu es vraiment un type bien, n'est-ce pas, Ryan Kennedy ?

Ryan lui fit un clin d'œil avant de se pencher pour lui déposer un baiser sur la joue.

— Ne le dis à personne, murmura-t-il dans le creux de son oreille. J'ai une réputation à tenir.

Le sourire que Grace avait sur le visage était tout bonnement adorable, tout comme son clin d'œil.

— Ton secret sera bien gardé.

— Je passe te prendre vers neuf heures et demie ? On ira au Connie's. Ils font les meilleures omelettes de la ville.

— Je les adore, répondit Grace, une main sur la poignée de la porte. À demain. Merci de m'avoir ramenée.

— Tout le plaisir était pour moi.

Ryan venait tout juste de se retourner lorsqu'il l'entendit parler doucement.

— Et tu as raison. C'était une journée presque parfaite.

Son sourire ne le quitta pas jusqu'à ce qu'il se couche.

Chapitre Six

Grace

Ryan arriva à neuf heures vingt-cinq dimanche matin, toujours aussi sexy avec ses cheveux humides, ses lunettes d'aviateur, un T-shirt bleu et blanc des Padres de San Diego et un jean délavé qui moulait ses jambes sans pour autant être un slim. Grace l'attendait déjà au bout de l'allée lorsqu'il se gara devant chez elle. Ses parents buvaient un café sur la terrasse près de la piscine avant de se rendre à l'église, et elle n'avait pas vraiment envie de répondre à mille et une questions concernant ce petit-déjeuner avec le capitaine de caserne.

Ryan descendit sa vitre et lui lança le sourire ravageur dont il avait le secret avant de la taquiner.

— Tu avais hâte de me voir ce matin, Doc ?

— Oui, pourquoi pas, répondit Grace en ouvrant la portière avant de se glisser sur les sièges moelleux.

Enfin, pour être honnête, elle n'avait pas arrêté de penser à lui depuis son réveil.

— Ah, Gracie. Tu devais savoir que tu n'as aucune honte à avoir en ma compagnie. Ta mère m'adore.

Elle lui lança un regard sceptique et le sourire de Ryan s'estompa. Un vent d'inquiétude souffla sur lui.

— N'est-ce pas ? demanda-t-il.

— Ryan, ma mère règne au sommet de l'élite mondaine de San Diego depuis bien avant ma naissance. L'une des principales ruses lui permettant de garder cette position est de faire croire à tout le monde qu'elle les *adore*.

Ryan plissa les yeux en passant la première avant de secouer la tête.

— Non. Je serais capable de le remarquer. Elle m'adore sincèrement.

— Si tu le dis, répondit-elle d'un air taquin.

En réalité, Francine Ericson adorait probablement Ryan. Il était charmant, très beau et participait volontiers aux différents événements qu'elle organisait sans se plaindre. Mais sa mère avait eu vent de sa séparation avec Lauren, un jour avant le mariage. Ce n'était pas un péché capital, mais un beau faux pas – qui ne manquait pas de faire jaser.

Les Ericson ne commettaient *jamais* le moindre faux pas et n'étaient *jamais* l'objet de rumeurs.

Enfin, ça, c'était la théorie. Sa grande sœur Ava était tombée enceinte hors mariage et cela aurait pu constituer un *énorme* scandale dans l'univers de leurs parents. Fort heureusement, le très riche et très respecté avocat qui l'avait mise enceinte lui avait également mis la bague au doigt. La cérémonie qui s'en était suivie avait tout pardonné.

Malheureusement, personne n'avait été là pour sauver Grace avec une grande soirée. Enfin, sa famille ne l'avait pas déshéritée – même si elle ne leur en aurait pas voulu. Être la petite dernière de la famille lui avait valu d'être chouchoutée par ses deux parents ainsi que le reste de la fratrie, durant toute sa vie. Ils avaient l'habitude de régler ses problèmes.

Avec du recul, ses transgressions n'avaient rien d'extraordinaire, mais lorsque l'on est la fille d'un juge fédéral, nos actions entraînent des conséquences bien plus lourdes.

Grace l'avait appris à la dure.

****

Ryan

Pour être tout à fait franc, découvrir que la bienveillance de Frannie Ericson pourrait n'être qu'une façade le fit souffrir. Il aurait pu jurer que la vieille dame l'adorait.

Enfin, Grace avait raison. Tel était le secret de sa popularité – tout le monde se pensait spécial à ses yeux.

Mais, merde, Frannie ne le trouvait-elle pas génial ?

Ryan avait plutôt misé sur son soutien lorsque viendrait le temps de sortir avec sa fille. N'était-il pas assez bien pour fréquenter Grace ?

Cette dernière lui tapota la main sur le levier de vitesse.

— Je suis certaine que tu as raison, dit-elle. Bien sûr qu'elle t'adore. Elle sait qu'elle peut toujours compter sur toi pour son gala en faveur de la Fondation des Blessés de Guerre. Tu vas aussi au bal ?

— Non, je n'y suis jamais allé. Ce n'est pas vraiment mon truc.

Grace grimaça.

— Ah. J'ai peut-être parlé trop vite en disant qu'elle t'adorait.

Le regard de Ryan oscilla entre la route et elle. Il était abasourdi.

— Sérieusement ? Juste parce que je ne vais pas au bal ?

— Il est important d'être vu aux bons endroits.

Waouh. Visait-il trop haut avec Grace ? Les seuls endroits où Ryan était *vu* étaient la salle de sport, la maison de Craig, ou O'Malley's.

— Euh, j'imagine que je pourrais me rendre au prochain, si tu penses que ça me placerait dans ses bonnes grâces.

Grace se mit à glousser sur le siège passager.

— Je te taquine. Enfin, je suis certaine qu'elle adorerait te voir au bal.

— Ce n'est pas drôle !

— Tu devrais voir la tête que tu fais. C'est très drôle.

— C'est méchant. Moi qui me disais que ta mère ne m'aimait pas... tout ça pour une histoire de bal !

— Désolée. Je suis sûre qu'elle t'aime beaucoup. Mais c'est une mondaine, ce genre de détail a son importance.

Ryan hocha la tête, perdu dans ses pensées.

— Tu marques un point, Doc.

Ainsi, il ne lui prit pas la main pour l'emmener dans le petit restaurant et, lorsque Grace marcha devant lui, il s'efforça de ne pas observer ce que son jogging moulant gris faisait à son cul déjà magnifique.

Ryan savait déjà qu'il allait être pris la main dans le sac en lui reluquant la poitrine. Comment faire autrement ? Elle était tout simplement parfaite. Son débardeur turquoise faisait ressortir le bleu de ses yeux et le blond de ses cheveux. Sans oublier l'allure qu'il donnait à son corps.

Comme toujours, la conversation ne rencontra aucune difficulté.

— Est-ce que Hope et Ava sont tes deux seules sœurs ? demanda Ryan après qu'ils eurent passé commande.

— Oui, mais j'ai aussi un frère, qui est le plus vieux de nous quatre. Il s'appelle Steven et il est chirurgien au Boston General, dans le Massachusetts. C'est d'ailleurs là que j'ai fait une demande d'internat, entre autres. Hope y est aussi.

Ah oui, son internat. Ryan avait presque oublié.

— Et quelles sont les autres villes de ton choix ? demanda-t-il en essayant de dissimuler son désespoir.

— Voyons, dit Grace en tapant son index sur ses lèvres. San Diego, bien sûr.

Dieu merci !

— Boston. Tucson. San Francisco. Salt Lake City.

Il pourrait survivre à de telles options. Enfin, toutes sauf Boston.

— Et toi ? demanda Grace. Des frères et sœurs ?

— Deux frères. Je suis l'aîné.

— Et moi la cadette.

— Oui ? répondit Ryan. Et donc ?

— Tu connais les compatibilités entre deux personnes, par rapport à leurs places dans leurs fratries respectives ?

— Non ?

— On formerait un bon couple, expliqua Grace avec un clin d'œil avant de porter sa tasse de café à ses lèvres.

— Eh bien, j'aurais pu te le dire tout de suite. Pas besoin d'en savoir beaucoup pour comprendre que nous sommes parfaits l'un pour l'autre.

Sa réponse dut lui plaire, puisqu'un immense sourire se dessina sur ses lèvres – ou était-ce dû à la grande assiette de pancakes qui venait d'arriver sur la table ?

Chapitre Sept

Grace

Maddie leur ouvrit la porte, vêtue d'un T-shirt trop grand et d'un short assez court. Aucun maquillage et ses cheveux auburn étaient empilés sur son crâne.

— Tu as l'air enjoué, ce matin, déclara Grace en lui faisant la bise. Enfin, bien plus enjoué que je m'y attendais.

Elle lui tendit ensuite un macchiato glacé au caramel – son préféré.

— Tu es vraiment la meilleure amie du monde, s'écria Maddie avant de la serrer contre elle avec son bras valide.

Ryan suivit ensuite les deux femmes à l'intérieur en souriant.

Il avait accepté de s'arrêter au café avant de se rendre chez Craig lorsque Grace avait insisté.

— Maddie est de bien meilleure humeur avec du café dans le ventre, avait-elle dit. Fais-moi confiance, tu me remercieras plus tard.

Ryan s'était contenté de hocher la tête en répondant :

— C'est toi qui commandes.

Craig les rejoignit ensuite et remarqua le gobelet dans la main de sa petite amie.

— Oui ! Merci ! Elle allait me forcer à sortir pour en chercher un.

Il passa ensuite un bras autour de sa taille.

— Et tu y serais allé parce que tu es le meilleur petit ami du monde, répondit la rousse d'un air taquin en se penchant brièvement contre lui.

— Tu me flattes pour que j'y aille demain, vile tentatrice, répliqua Craig avant de lui déposer un baiser sur le nez.

Grace jeta un œil en direction de Ryan, qui observait le couple avec amusement.

Il la remarqua ensuite, et son regard lui transmit un message.

Ce sera nous, un jour.

Elle lui rendit son regard avant de baisser les yeux.

— Très bien, les tourtereaux. Par quoi est-ce qu'on commence ?

— En fait, répondit Craig, il n'y a plus grand-chose à faire. Nous avons déjà fait le plus gros avant d'aller nous coucher hier soir. Et les gens qui sont restés dormir nous ont aidés ce matin. Je me sens un peu coupable de vous avoir fait venir pour rien.

— On pourrait aller au zoo, proposa Ryan.

Cela semblait être une bonne idée et Grace manqua de le dire à voix haute – avant qu'une petite voix ne vienne lui rappeler qu'ils ne sortaient pas ensemble et qu'une sortie au zoo ressemblait fortement à un rendez-vous amoureux. Ils naviguaient déjà en eaux troubles. Elle s'en était presque voulu d'avoir accepté cette balade sur la plage – et d'avoir ressenti autant de chaleur dans son corps en voyant ces fossettes dans la matinée.

Grace lança alors sa meilleure grimace et pencha la tête afin de feindre la déception.

— Je ne peux pas. Je... euh... je dois aller à la bibliothèque pour réviser avec mon groupe.

Ryan leva brièvement les yeux au ciel en pinçant les lèvres. Son scepticisme était palpable.

— Comment peux-tu avoir prévu quelque chose alors que nous allions passer des heures ici à nettoyer ?

Mince. Grace n'avait pas très bien réfléchi.

Heureusement pour elle, sa meilleure amie vola à son secours. En quelque sorte.

— Eh bien, annule et viens avec nous. On va bien s'amuser.

Grace, la fille qui s'est bien amusée. J'en ferai mon épitaphe.

****

Ryan

Il fut quelque peu décontenancé par l'excuse que Grace avait trouvée pour éviter cette sortie au zoo. Ryan avait voulu passer du temps avec elle mais ses signaux contradictoires lui donnaient le tournis.

Il secoua donc la tête en direction de Maddie.

— Nan. Grace est occupée et, maintenant que j'y pense, j'ai des trucs à préparer pour cette semaine.

— Non ! protesta Maddie. Tu ne peux pas me narguer avec une sortie au zoo pour te dérober ensuite. C'est vilain, Kennedy ! Très vilain !

Ryan haussa les épaules.

— Craig peut toujours vous emmener. Il adore le zoo.

— Ouais, répondit Maddie en tapotant le ventre de son petit-ami. Mais il se contente de regarder les otaries. Il me faut quelqu'un pour lui tenir compagnie pendant que j'explore le reste du zoo.

— Où est le mal ? demanda Craig en feignant l'indignation. Ces petits monstres sont super marrants. Et ce n'est pas vrai, d'ailleurs ; j'aime aussi les ours polaires. Il y a un grand banc devant leur bassin.

Maddie leva les yeux au ciel.

— Ah oui, j'oubliais. Tu aimes *deux* espèces animales. Au temps pour moi.

Puis elle se tourna vers Ryan et ajouta d'un air plaintif :

— S'il te plaît ? Allez ! C'était ton idée.

Le silence de Grace ne lui avait pas échappé – et elle n'avait toujours pas accepté de les accompagner au zoo, d'ailleurs. La belle se lancerait peut-être si Ryan n'était pas dans les parages.

Il secoua donc la tête.

— Une prochaine fois. Promis.

Pour l'instant, il devait emporter sa fierté blessée avec lui et s'atteler à des tâches productives pour le reste de la journée. Ryan irait sans doute s'entraîner à la salle de sport ou faire les courses. Peut-être même se déciderait-il à laver ses draps avant de dîner devant le match de baseball qui serait diffusé dans la soirée. Quitte à faire, il pourrait aussi payer quelques factures avant d'aller au lit.

— Bon, dit-il en ouvrant la porte. Vu que vous n'avez pas besoin de moi, les amis, je vais décoller.

Grace sembla vouloir protester mais se ravisa et un sourire poli se dessina sur ses lèvres. Sa mère aurait été fière d'elle.

— Merci pour le petit-déjeuner, déclara-t-elle. J'ai été contente de te voir ce weekend.

— Moi aussi, Doc.

Ryan salua ensuite Maddie et Craig, qui observaient cet échange presque gênant.

— Je vous verrez dans la semaine, ajouta-t-il. On pourra peut-être déjeuner ensemble.

Il prit le soin de ne pas inviter Grace.

Ce ne fut pas vraiment la colère qui motiva sa réaction, mais l'indignation quant à la piètre excuse que la belle lui avait lancée au visage. Jusque-là, Ryan avait pensé s'être comporté en ami. Il avait tenu parole. En réalité, c'était Grace qui ne savait pas ce qu'elle voulait.

Sur le chemin de la salle de sport, il décida qu'il s'agissait peut-être de la raison pour laquelle Grace avait refusé d'aller au zoo. Elle était probablement perdue dans ses propres sentiments et s'inquiétait qu'un après-midi avec lui ne ferait qu'empirer les choses.

Dans tous les cas, Ryan n'était pas encore prêt à lâcher l'affaire.

Retrait tactique.

Chapitre Huit

Grace

Presque un mois s'était écoulé depuis la petite fête chez Craig et Maddie. Elle n'avait pas revu Ryan depuis son départ précipité après son refus d'aller au zoo avec lui.

Avec du recul, Grace aurait dû passer un après-midi avec lui. Elle s'en voulait beaucoup.

J'aurais dû aller au zoo. Où aurait été le mal ? Craig et Maddie nous accompagnaient. Ça n'aurait pas été un rencard.

En vérité, Ryan lui manquait – ce qui n'était pas très logique puisqu'ils ne s'étaient vus que trois fois. Pourtant, ils semblaient se connaître depuis toujours.

Le fait qu'une alchimie évidente régnait entre eux compliquait fortement la situation.

Et Dieu que cette alchimie était intense.

Comment Grace pourrait-elle lui résister ? Son sourire arrogant lui donnait une vue imprenable sur ses fossettes, et ses yeux bleus cachaient toujours une lueur si taquine. Sans oublier ses épaules et ses bras puissants... La pauvre ne pouvait s'empêcher de s'imaginer dans leur étreinte – et parfois, sous leur contrôle. Et lorsqu'il portait son uniforme ? Grace avait vu ses photos dans le calendrier des Héros de l'année précédente. Il décorait le mois de mai – assez approprié puisqu'il s'agissait du mois de leur rencontre – et il n'était vêtu que de son pantalon ignifugé avec ses bretelles.

Lorsque les calendriers étaient distribués, toutes les femmes de la ville voulaient lui mettre le grappin dessus.

Voilà pourquoi Ryan était parmi ceux qui rapportaient le plus aux enchères des Héros.

Néanmoins, il la traitait avec une telle déférence, comme si Grace était unique au monde. Aucune autre femme n'arrivait à captiver son attention autant qu'elle – pas même sa fiancée Lauren, lorsqu'ils étaient encore ensemble. Bien entendu, cela avait fini par poser problème.

Lors de leur conversation cette fameuse nuit, il s'était révélé évident que Ryan ne voulait pas se marier. Lauren lui avait forcé la main. Elle avait décidé de déménager à Las Vegas et Ryan avait demandé sa main afin de la garder.

Grace s'était efforcée de ne pas laisser sa formation de psychiatre prendre le dessus afin de l'écouter comme une amie l'aurait fait. Elle lui avait posé des questions directes – auxquelles Ryan avait beaucoup réfléchi.

Elle aurait aimé se voir surprise de son arrivée chez Craig pour annoncer l'annulation de son mariage. Hélas, les sentiments qu'il avait pour elle compliquaient fortement les choses.

D'après Maddie, Lauren s'était rendue à la *fête* qui aurait dû être la réception du mariage. Apparemment, Ryan et elle se seraient mis d'accord pour annuler la cérémonie et ils seraient restés en bons termes afin de célébrer leur séparation avec leurs amis. Cela avait ôté un certain poids des épaules de Grace.

Tout de même, la bienséance réclamait un éloignement de sa part. Elle n'avait rien à faire dans cette histoire.

— Je dois m'entraîner dur pour le mois prochain, déclara Maddie un après-midi d'août, devant sa piscine.

— Ah, c'est vrai. Ma mère m'a dit que les photos seront bientôt prises pour le calendrier de l'an prochain. Je suis si heureuse que vous soyez M. et Mme Juillet, Craig et toi.

— Devine qui sera M. Mars, cette année ?

Grace avait déjà compris mais feignit l'ignorance.

— Qui ?

Son amie leva les yeux au ciel.

— M. Jean-Paul... Ryan, voyons !

— Vraiment ? Je croyais qu'il ne participait pas aux enchères cette année. Ce n'est pas là que l'audience vote ?

— Si, mais Craig a insisté pour que l'on prenne les photos ensemble, donc un mois s'est libéré.

— Pourquoi n'ont-ils pas mis quelqu'un qui sera aux enchères, alors ?

Maddie haussa les épaules.

— J'imagine que ta mère a passé un décret pour l'avoir dans le calendrier.

— Ah.

Grace n'avait pas beaucoup vu ses parents ces derniers temps. Elle passait le plus clair de ses journées à la clinique psychiatrique de l'hôpital et n'avait pas eu l'occasion de discuter durant le petit-déjeuner. Cependant, l'idée que sa mère s'entretienne avec Ryan la fit sourire. Le capitaine avait dû être aux anges en recevant l'appel de Frannie. Grace était certaine qu'il s'était coupé en quatre pour satisfaire les demandes de sa mère.

— Pourquoi es-tu incapable d'admettre que tu l'aimes bien, Gracie ? demanda gentiment Maddie.

— Je l'aime bien, oui. C'est un très bon ami.

— Tant mieux, répondit-elle en souriant. Parce qu'il va venir dîner ce soir. Craig et lui vont bientôt arriver.

Grace se redressa d'un bond sur sa chaise-longue.

— *Maintenant* ?

— Quoi ? Tu ne vas pas partir, dit Maddie d'un ton sévère.

Grace posa les pieds sur le sol.

— Je dois aller à la salle de bain, expliqua-t-elle avant de s'élancer vers la maison.

— Garde tes cheveux détachés, s'exclama Maddie d'un air taquin. Et ton rouge à lèvres rose te va le mieux.

Sa meilleure amie se croyait sûrement très fine. Grace avait seulement besoin de vidanger sa vessie. Si elle en profitait pour se brosser les cheveux et se maquiller légèrement, ce n'était pas à cause de Ryan. Non, elle aimait simplement se faire belle quand elle en avait l'occasion.

Ce n'est qu'un ami.

Ryan ne pouvait être rien de plus pour le moment – et Grace savait très bien qu'il n'allait pas attendre jusqu'à ce qu'il puisse en être autrement.

****

Ryan

— Qu'est-ce que tu fais ce soir ? demanda Craig lorsque Ryan tomba dans le fauteuil qui faisait face à son bureau.

Le capitaine de police rédigeait un rapport sur son ordinateur.

— Rien, répondit Ryan. Je crois que je vais prendre un chien.

— Je peux te donner les miens, dit Craig en riant.

Il n'était pas sérieux, bien sûr. Craig adorait ses deux bergers allemands – mais pas autant qu'eux. Maddie et lui avaient récupéré Fritz et Greta au bord de la route après qu'une voiture avait percuté cette dernière. Le gros dur au cœur tendre avait payé les soins de la chienne avant de ramener les deux chiens chez lui pour mener une vie de rêve.

— Je ne sais pas, déclara Ryan. Je pensais à un labrador noir ou à un pitbull.

— Il y en a plein au refuge. Sans vouloir changer de sujet, tu as ramené la fille qui te faisait du rentre-dedans hier soir à O'Malley's ?

— Nan. Pas intéressé. Je suis rentré chez moi pour regarder un porno.

Ryan n'avait d'yeux que pour une certaine Grace Francine Ericson. Sa main gauche devrait suffire jusqu'à ce que Grace accepte de se tenir dans ses bras.

Son meilleur ami hocha la tête avant de refermer son ordinateur pour se lever.

— Je vais faire griller des steaks ce soir, annonça-t-il. Tu veux venir ?

— Ouais, pourquoi pas.

C'est mieux que de manger chinois tout seul chez moi.

— Allons-y.

**

La Prius argentée de Grace se trouvait dans l'allée lorsqu'ils se garèrent. Ryan se positionna derrière sa voiture afin que Craig puisse faire entrer son Range Rover dans le garage. Son ami verrouilla ensuite le SUV et retrouva Ryan devant son Audi.

— Tu étais au courant ? demanda-t-il en indiquant la Prius.

— Ça se pourrait.

— Elle sait que je viens ?

— Je ne sais pas si Maddie le lui a dit.

Ryan fusilla Craig du regard. Il ne voudrait vraiment pas que Grace se croie prise au piège.

— Entre et assure-toi que ma présence ne la dérange pas. Sinon, je rentre chez moi.

— Elle va bien le prendre, j'en suis sûr, répondit Craig d'un air nonchalant.

— Je ne plaisante pas, mec. Je ne vais pas la voir si elle n'en a pas envie. Tu as bien vu sa réaction quand j'ai proposé d'aller au zoo.

Craig lui jeta un regard un instant et réalisa qu'il avait raison.

— D'accord, d'accord. Je reviens.

Ce fut Maddie qui vint le trouver. Elle fit le tour de la maison et le trouva penché sur le capot de son bolide.

— Qu'est-ce que tu fais là ? Amène ton cul à l'intérieur !

— Je voulais simplement m'assurer que Grace n'est pas dérangée par ma présence.

— Elle ne l'est pas, assura Maddie en passa un bras dans le sien pour le guider vers la maison. Ne va pas jouer les difficiles.

— Je refuse de lui faire penser que je lui ai tendu un piège.

— Ne t'inquiète pas, elle sait très bien qui a organisé cette rencontre.

— Vous deux… vous devenez de vrais manipulateurs.

— On fait de notre mieux, répondit la rousse en souriant.

Ils traversèrent donc la maison jusqu'à la porte-fenêtre qui menait à la terrasse et Ryan la vit, vêtue d'un paréo en lin blanc qui caressait ses courbes tout en s'arrêtant au milieu de ses cuisses bronzées. Il parvint à distinguer son bikini rouge malgré la barrière du tissu. De grosses lunettes de soleil étaient posées sur le haut de son crâne et Grace riait à ce que Craig venait de dire.

— Rappelle-moi de vous remercier un jour, murmura Ryan.

Maddie se tourna vers lui pour lui faire un clin d'œil avant d'avancer.

— Ne t'inquiète pas.

****

Grace

Lorsque Craig était arrivé seul sur la terrasse, une légère déception lui avait traversé la poitrine.

— Je croyais que Ryan était avec toi, dit Maddie en levant les sourcils.

— Eh bien, je ne lui avais pas dit que Grace était là…

D'abord, Grace pensa qu'il avait refusé de venir à cause d'elle. Fort heureusement, une vague de soulagement l'emporta lorsque Craig poursuivit.

— Il veut s'assurer qu'elle ne soit pas dérangée par sa présence avant d'entrer.

— Bien sûr qu'il ne me dérange pas, assura Grace. D'ailleurs, c'est ta maison. Tu peux inviter qui tu veux.

— Je vais aller le chercher, annonça Maddie en se levant de sa chaise-longue.

— Il veut que tu saches qu'il n'a rien à voir dans cette rencontre, ajouta Craig.

— Est-ce que tu crois qu'il ne serait pas venu en sachant que j'étais là ?

Craig la regarda un long moment en ouvrant et fermant successivement la bouche avant de soupirer.

— Je n'en sais rien.

— Il sort avec quelqu'un ?

— Voilà une question à laquelle je peux répondre. Non.

Une nouvelle vague de soulagement déferla sur son être.

Vint ensuite Ryan, un doux sourire sur les lèvres. Était-il devenu plus séduisant depuis leur dernière rencontre ?

— Salut ! s'exclama-t-elle joyeusement en se levant pour lui faire un câlin.

Les bras de Ryan l'entourèrent délicatement mais il se détendit lorsqu'elle lui serra la taille.

Merde, il sent bon ! Bon, on se concentre. Un. Deux.

Grace le lâcha à contrecœur après trois secondes et le regarda avec des étoiles dans les yeux.

— C'est si bon de te revoir !

Ryan alla s'asseoir à la table de la terrasse.

— Pareillement.

Il n'avait pas l'air très sûr de lui, et Grace pencha la tête.

— Je ne sais pas si j'arrive à te croire, dit-elle.

Il jeta un œil à la piscine avant de croiser son regard à nouveau.

— Je ne voulais pas que tu croies que j'avais planifié ma venue à l'avance. J'ai très bien compris la dernière fois.

Cela aurait dû être un soulagement, mais Grace ne le voyait pas de cette manière. Elle n'aimait pas beaucoup l'idée que Ryan abandonne aussi facilement.

— Mais on peut toujours être amis, n'est-ce pas ?

L'expression qu'il avait sur le visage ne dégageait pas son charme habituel. Ryan était sérieux, presque guindé.

— Je ne sais pas, Doc. Dis-moi. Je le croyais possible mais tu as fait volte-face.

— Je suis désolée.

Ses excuses semblèrent le surprendre et son visage se fit plus tendre, ce qui encouragea Grace à continuer.

— Les sentiments que j'ai pour toi sont assez compliqués et ils m'effraient. Parfois.

— Ils n'ont pas à l'être, Grace. C'est toi qui choisis de les compliquer.

— Tu as peut-être raison, mais je ne peux pas raisonner mes émotions.

— Juste pour ton information, répondit Ryan, un sourire enfin sur les lèvres, ta mère m'adore. Elle me l'a dit lorsque je l'ai eue au téléphone la semaine dernière.

— Ah oui, Maddie m'a dit que tu allais être M. Mars cette année.

— Tu veux venir au shooting ?

— Ce ne serait pas une bonne idée.

— Pourquoi ?

Pourquoi ? Parce que Grace savait très bien qu'il serait chaud comme la braise dans son uniforme et que ses hormones allaient la faire imploser. Voilà pourquoi.

— Je suis sûre que je serais de trop. Et j'ai deux mains gauches. Demande à Maddie.

Maddie, qui venait justement d'arriver pour mettre la table, hocha solennellement la tête.

— Une vraie empotée, confirma-t-elle. Pour quelqu'un d'aussi athlétique, on s'attendrait à une certaine dextérité, mais la pauvre trébuche sans arrêt.

— Mais tu n'aimerais pas l'avoir au shooting pour un peu de soutien ? demanda Ryan.

— Ah... commença Maddie avant de se tourner vers Grace. En fait, c'est une bonne idée. Je vais être la seule femme. J'aimerais beaucoup que tu m'accompagnes.

Impossible de laisser tomber ma meilleure amie, hein ? Mon Dieu...

Après un soupir, Grace demanda :

— Quand est-ce que je dois venir ?

Chapitre Neuf

Ryan

— Qui est partant pour une partie d'Horrible Vérité ? demanda Maddie alors qu'ils s'installaient autour du feu, boissons à la main.

— Tu n'as pas autre chose ? grogna Grace. Comme un Trivial Pursuit ?

— Si, et c'est bien le problème. Tu nous exploserais. Voilà pourquoi je préfère jouer à Horrible Vérité.

— Qu'est-ce que c'est ? demanda Ryan.

Grace le regarda et fit la grimace en secouant la tête.

— C'est un jeu où on te pose des questions du genre : *Suis-je au naturel, ou est-ce que je m'épile l'entrejambe ?* Tout le monde doit deviner la bonne réponse. Ou bien tu dois dessiner des dinosaures qui baisent.

Sa queue remua immédiatement. Ryan aimerait bien connaître ses préférences en termes de poils.

— Donc, ajouta-t-il, comment est-ce qu'on gagne ?

— Si tu devines correctement, tu gagnes des points. Lorsque tu dessines, la personne qui a joué la carte décide du gagnant.

— Je ne sais pas, répondit Ryan. Ça a l'air marrant.

Il remarqua alors que Grace lançait un regard noir à Maddie – cette dernière fit semblant de ne rien voir. *Intéressant.*

— Craig, qu'est-ce que tu veux faire ? demanda-t-il à son ami.

— Je veux boire une bière devant mon feu.

— Quelle fantastique manière de nous départager, bébé, répliqua Maddie.

— Eh bien, je n'ai pas envie d'y jouer non plus. Et pourquoi pas un euchre ?

Craig porta ensuite sa bière à ses lèvres.

— Un quoi ? Qu'est-ce que c'est que cette bestiole ? demanda Ryan en riant.

— C'est un jeu de cartes où l'on joue avec un partenaire, expliqua Maddie sans être très intéressée. Craig l'adore mais il ne joue qu'en ligne ou qu'avec ses sœurs lorsqu'elles viennent, parce que personne ne connaît ce jeu sur la côte ouest.

— Ah, c'est vrai ! Tu viens du Midwest. Apprends-nous tes rituels.

— Oui, apprends-nous ! ajouta Grace en tapant dans ses mains.

Leur enthousiasme sembla contaminer Craig, qui se leva de sa chaise.

— C'est parti.

— J'espère que ce sera sympa, murmura Ryan à l'oreille de Grace tandis qu'ils se dirigeaient vers la maison.

Craig alla s'asseoir à la table en chêne sur laquelle il prenait habituellement son petit-déjeuner et retira les cartes inférieures à neuf du jeu. Ensuite, il se mit à expliquer le but de l'euchre, ainsi que le rôle des valets. Grace et Ryan échangèrent un regard confus avant de reporter leur attention sur leur hôte.

— D'accord, dit Craig en soupirant. On va faire une ou deux parties en montrant les cartes. Ce sera plus simple pour vous expliquer. Mais d'abord, il faut faire les équipes.

Maddie fut la première à répondre.

— Je pense que, pour le bien de notre couple, Craig et moi devrions faire équipe. Jusqu'à ce que je comprenne comment jouer.

— Tu n'as pas envie de perdre, surtout, dit Grace d'un ton accusateur.

— Aussi, oui.

Grace leva les yeux au ciel.

— Nul, répliqua-t-elle avant de se tourner vers Ryan. J'imagine qu'il ne reste que toi et moi. J'espère que tu es compétitif, Kennedy. Sinon, je vais devoir t'échanger.

— Ne t'inquiète pas, Doc. Je suis une bête féroce.

— Il n'exagère pas, assura Maddie. Il faut le voir quand on l'emmène au stand de tir.

— Tu vois ? demanda Ryan en lui faisant un clin d'œil.

Grace le fixa du regard et son sourire lui alla directement à l'entrejambe. Ses yeux bleus semblaient lui jeter un sort dès qu'elle se rapprochait de lui.

Nous sommes juste amis, se rappela-t-il. *Juste amis.*

Plus facile à dire qu'à faire, mais si Ryan désirait conquérir la belle, il se devait d'être patient.

Lorsque Grace se mit à le draguer durant la partie, il ne sut pas trop quelle attitude adopter. Après tout, la dernière fois s'était soldée par un échec cuisant et une volte-face de sa part.

Tout de même, Ryan décida de lui rendre la pareille sans pour autant aller trop loin. Il n'essaierait pas d'aller plus vite que la musique – Grace se montrerait peut-être plus à l'aise. Leur amitié serait donc légèrement ambiguë.

Pourquoi pas ? Quel était le pire qui pouvait arriver ?

****

Grace

Elle n'aurait pas dû douter de Ryan et de son amour pour la compétition. C'était un véritable lion – et si sexy, en prime.

Le voir établir des stratégies l'excita fortement et ils finirent par battre Craig et Maddie à deux jeux contre un. Grace n'eut alors qu'une envie : le chevaucher pour embrasser son si beau visage.

— La chance du débutant, grommela Craig en se levant pour aller chercher du thé glacé dans le réfrigérateur. Quelqu'un veut quelque chose pendant que je suis debout ?

— Un verre d'eau, répondit Ryan.

— Oui, s'il te plaît. De l'eau.

— Prend le pichet, bébé, ajouta Maddie en se levant à son tour. Je vais chercher les verres.

— Tu étais spectaculaire, s'exclama Grace en prenant la main de son partenaire de jeu sur la table. C'était super sympa.

— Attention. Il ne faudrait pas que Craig t'entende. Il va vouloir organiser des tournois tous les weekends jusqu'à ce qu'on y joue tous.

— Je pourrais me laisser tenter, protesta-t-elle avant de le regarder un peu trop intensément. Mais je te voudrais avec moi.

Dans mon lit.

Waouh ! Qu'est-ce qui me prend ?

Ryan devait être sur la même longueur d'onde puisque sa réponse fut aussi aguicheuse.

— J'aime bien être avec toi. Je me demande ce que nous pourrions accomplir ensemble.

— J'ai quelques idées.

Il la regarda droit dans les yeux et dit doucement :

— Ouais, moi aussi.

— C'est-à-dire ? demanda Grace d'un air de défi.

Ryan leva un sourcil, un sourire salace sur les lèvres.

— Tu es douée au billard ? demanda-t-il d'une voix traînante.

Elle se mordit la lèvre inférieure alors que son regard croisait le sien. Ses yeux bleu clair la captivaient.

— Je me débrouille.

— Tu devrais me le prouver, à l'occasion.

Maddie et Craig revinrent ensuite s'asseoir et brisèrent la magie du moment. Ryan but son verre d'eau et se leva.

— Je devrais y aller. Je dois me lever tôt demain.

— Moi aussi, déclara Grace à contrecœur.

Sa meilleure amie – qui avait sans doute observé leur échange depuis la cuisine – demanda rapidement :

— Grace, tu es en état de conduire ? Est-ce que Ryan devrait te ramener ?

— Euh, je peux...

— Je me sentirais mieux s'il te ramenait, ajouta Craig. Mes margaritas étaient assez corsées.

— Je ne voudrais pas déranger Ryan, répondit Grace en regardant le magnifique capitaine du coin de l'œil.

— Mais pas du tout, Doc. Je serais ravi de te ramener.

Son dernier Uber l'avait effrayée, et les margaritas l'avaient quelque peu éméchée.

— D'accord. Ça me fait plaisir. Merci.

Alors qu'ils se dirigeaient vers la porte d'entrée, Maddie déclara :

— Donne-moi tes clés, je déposerai ta voiture devant chez toi en allant à la salle demain matin.

— Ne te donne pas cette peine. Je peux appeler un Uber pour venir la chercher.

— Ça ne nous dérange pas du tout, Gracie, assura Craig. C'est sur la route.

Grace sortit donc ses clés de voiture de son sac à main et les tendit à Maddie avant de la prendre dans ses bras.

— Je t'aime. Merci d'être si attentionnée.

— Allons, ce n'est rien comparé à tout ce que tu fais pour moi, murmura Maddie dans son oreille. Ne réfléchis pas trop, d'accord ? Écoute ce que te dis ton cœur.

Plus facile à dire qu'à faire. Voilà le grand problème de Grace : elle réfléchissait *tout le temps*. Elle analysait toujours tout, jusqu'à se rendre malade. Jusqu'à se saboter.

Elle savait pourtant ce qu'elle conseillerait à une patiente qui lui exposerait une telle situation. Hélas, il était plus facile de donner un conseil que de le suivre.

— Prête, Doc ?

Grace jeta un regard au bel homme qui l'attendait patiemment près de la porte et décida qu'elle ferait peut-être bien d'écouter son amie.

— Prête.

Chapitre Dix

Ryan

Comme toujours lorsqu'il était question de Grace, Ryan était perdu. Il était parvenu à accepter de rester son ami pour l'instant et voilà que la belle le draguait ouvertement dans la voiture.

L'alcool y était peut-être pour quelque chose, mais Grace jouait beaucoup avec ses mèches blondes tout en gloussant sur le siège passager. Elle ne se gênait pas pour lui toucher le bras – et ce pendant de longues secondes.

— C'était vraiment une super soirée, déclara Grace en lui caressant le biceps. On forme une très bonne équipe, toi et moi.

Avait-elle changé d'avis quant à leur amitié ? Ryan était sur le point de le lui demander lorsque son téléphone sonna. Il s'agissait de la sonnerie réservée à la caserne.

C'est une blague ?!

Il lui lança un sourire tendu.

— Désolé, je dois répondre, dit-il avant de cliquer sur un bouton du volant. Kennedy, j'écoute.

— Hé, capitaine, c'est Jackson. On a deux alarmes et les bras nous manquent. Le capitaine Lewis voulait que je vous appelle pour voir si vous êtes disponible.

— Je dois d'abord déposer ma passagère et j'arrive tout de suite.

— Bien reçu. Je vais informer le capitaine Lewis.

— À plus tard, répondit Craig avant de raccrocher.

Il lança un regard à Grace, ainsi qu'un sourire empli de tristesse.

Sauvée par le gong.

Chapitre Onze

Grace

Elle tira sur sa mini robe bleu ciel afin de la ramener sur ses cuisses après être descendue de la Toyota Camry de Maddie. C'était une soirée assez fraîche au début du mois de septembre, mais Grace avait décidé de n'emporter ni pull ni veste. Il ne s'agissait pas de faire grande impression au cas où *il* serait déjà là. Non, pas du tout. Elle ne voulait simplement pas avoir à s'inquiéter de perdre quoi que ce soit.

— Tes nichons sont magnifiques, d'ailleurs, déclara Maddie d'un ton neutre alors qu'elles s'approchaient de l'enseigne lumineuse de O'Malley's. Ryan va baver sur place.

Grace lui avait parlé de cette fameuse virée en voiture, lorsque Ryan l'avait ramenée à la maison. Cet appel de la caserne avait laissé leur désir en suspens. Pourtant, Ryan ne l'avait pas contactée une seule fois depuis. Peut-être avait-il été soulagé de devoir s'éclipser.

— Qui ? demanda-t-elle en tirant la grosse porte en bois.

Tandis que leurs yeux s'adaptaient au faible éclairage de l'entrée, leurs narines furent frappées par un mélange de friture et de bière. Des gens parlaient alors que le jukebox jouait une musique d'ambiance.

— Ah là là, répondit Maddie en attrapant le bras de Grace avant de la faire avancer.

Elle devait changer de sujet.

— Est-ce que Sloane sait quand sa section partira ?

Maddie leva les yeux en l'air tout en réfléchissant.

— Jeudi matin, je crois.

— Je ne le connais pas aussi bien que toi mais je suis tout de même inquiète. Que doivent ressentir ses proches ?

— Eh bien, c'est sa quatrième mission outre-Atlantique – ce qui explique pourquoi il reste célibataire, selon moi. Craig m'a dit qu'il était parti pendant presque un an, la dernière fois.

Grace écarquilla les yeux.

— Waouh. Un an... C'est vraiment un héros.

— Un homme bien, oui.

— Tu sembles les attirer comme des mouches.

Son cœur s'emballa en pensant à l'un d'entre eux. Grace s'efforça de paraître nonchalante lorsqu'elle demanda :

— Euh, en parlant d'hommes bien... Est-ce que Ryan fréquente quelqu'un ?

Cela expliquerait ce manque de communication.

— Pas que je sache. D'après ce que j'ai entendu, il a rejeté toutes les rencontres arrangées qu'on lui a proposé au boulot. Les rares fois où il vient ici le jeudi soir, il rentre chez lui tout seul – malgré les avances de quasiment toutes les femmes du bar.

Une pointe de jalousie vint lui percer les tripes. Bien entendu que les femmes le voulaient toutes. Regardez un peu le morceau.

Grace jeta un œil nerveux aux alentours afin de chercher des visages familiers. Elle ne sortait plus beaucoup ces temps-ci et se contentait d'accompagner Maddie à O'Malley's. En tant que membre du SWAT, sa meilleure amie était traitée comme tous les autres hommes de la section – sauf par Craig, bien sûr. Son petit ami l'adorait.

Tandis qu'elle examinait le bar, Grace était rongée par la peur de voir Ryan en plein baiser avec la femme qui aurait su lui faire de l'œil. Il n'allait pas l'attendre éternellement. Les plans de Grace reposaient en partie là-dessus.

— Salut, bébé, dit Craig en leur donnant une bière chacune. Tu es magnifique. Toi aussi, Gracie.

Il passa ensuite un bras autour de la taille de Maddie et lui embrassa les cheveux avant de sourire.

— Il n'est pas encore arrivé, annonça-t-il. Il était d'astreinte.

— Je ne vois pas de qui tu parles, répondit Grace avant de boire une gorgée.

Craig lui jeta un regard.

— Si. C'est l'homme que tu t'efforçais de trouver depuis ton arrivée.

— Pas du tout, murmura Grace en baissant les yeux.

— Menteuse.

Et alors ? Tout cela n'avait aucune importance. Elle s'était quasiment jetée sur lui dans la voiture et Ryan n'avait pas pris la peine de la recontacter après son urgence à la caserne.

**

Grace se tenait au billard et jouait en équipe contre Maddie et Craig. Son partenaire était l'invité d'honneur de la soirée, Sloane Davidson, un beau marine avec de fabuleux yeux gris ainsi que des cheveux de jais. Elle l'avait vu quelques fois. Grace appréciait son côté quelque peu décalé. Maddie lui avait dit qu'elle avait réfléchi à l'idée de les présenter durant l'enterrement de vie de garçon de Ryan. Grace était contente que cela ne se soit pas produit car, malgré sa personnalité sympathique, Sloane ne lui dégageait rien de spécial. Seul ce maudit pompier était en mesure d'attiser le feu de son désir. Quelle ironie.

Un vent froid la frappa dans le dos lorsque la porte du bar s'ouvrit pour accueillir l'homme qui hantait ses pensées. Avec son sourire éblouissant et ses cheveux noirs toujours humides – comme s'il sortait de la douche – Ryan était l'incarnation du *sex appeal*. Sa tenue très décontractée ne lui donnait que plus de charme encore. Son jean délavé donnait à Grace des envies de lui mordre le cul, son T-shirt gris à manches longues dotait ses yeux bleus d'un air électrique, et ses bottes si masculines complétaient l'ensemble.

Salut, beau gosse.

Comment allait-il réagir en la voyant ? Ferait-il semblant de ne pas la remarquer ou serait-il heureux de la retrouver ?

Grace observa une belle brune s'approcher de Ryan alors qu'il attendait au bar. Elle se pencha pour lui dire quelque chose et lui toucha le bras.

Le capitaine rit avant de secouer la tête tandis que le barman lui tendait une bière pression – de la Blue Moon, à en juger par la couleur et la tranche d'orange sur le bord du verre.

— C'est ton tour, murmura Maddie dans son oreille afin de la ramener dans le jeu.

Grace parvint à empocher une bille en faisant cogner la blanche sur le rebord de la table mais ne réussit pas à conserver l'avantage. Elle retourna ensuite vers la table haute où elle avait laissé sa bière et se pencha contre sa queue de billard. Où était donc passé le beau pompier aux cheveux en bataille ?

Grace le trouva dans un box avec les collègues de Maddie – et la belle brune du bar, assise à côté de lui. Néanmoins, les yeux de Ryan étaient rivés sur Grace. Elle détourna donc la tête alors que son cœur bondissait de joie. Il fallait se débarrasser du sourire qui se formait sur ses lèvres.

Ryan l'avait remarquée. Et alors ? Il refuserait sans doute de lui parler.

Elle leva les yeux et le vit s'approcher lentement sans la lâcher du regard alors qu'il naviguait à travers le bar avec une grande facilité. La dizaine de mètres qu'il parcourait semblait en mesurer une centaine. Grace n'aurait pas dû se sentir aussi euphorique.

Enfin, Ryan arriva devant elle – et quelle vue magnifique.

— Salut, Doc. Tu es somptueuse. Quoi de neuf, depuis la dernière fois ?

— Salut, répondit-elle timidement en dissimulant son sourire. Rien de spécial. J'étais occupée. Et toi ? Pas trop de travail ?

— Ah oui, tes cours ont commencé, hein ? Je parie que tu as beaucoup à faire.

Ryan la regarda un moment avant de poursuivre.

— J'ai été pas mal occupé aussi, ce qui est une bonne chose. Ça m'aide à passer le temps jusqu'à... tu sais.

Au lieu de finir sa phrase, Ryan but une longue gorgée de bière.

Et, non, Grace ne savait pas. Hélas, il continua avant qu'elle ne puisse le lui demander.

— Je *bricole* dans la maison. J'ai quelques projets. Ça m'évite de m'attirer des ennuis.

Grace sourit en entendant l'accent qu'il mettait sur ce mot. Son père prenait le même lorsqu'il disparaissait dans le garage.

Ryan lui retourna son sourire sans la lâcher des yeux.

Dieu qu'il était sublime. Ses yeux espiègles la clouaient sur place. Comment pouvait-il être aussi charmant en toute circonstance ?

Craig vint ensuite saluer Ryan en lui serrant la main, alors que Maddie opta pour un câlin. Grace fut légèrement jalouse de son amie lorsque les gros bras du pompier entourèrent son petit corps.

— Hé, princesse, dit-il en déposant un baiser sur le haut du crâne de Maddie.

— Hé.

Sloane s'approcha après avoir raté son coup afin de saluer Ryan à son tour.

— Je suis content de te voir, déclara-t-il.

— Je me devais de venir, mec. J'aimerais bien que tu puisses rester mais je suis au moins content de te voir ici avant ton départ. Avec un peu de retard, je sais. Il y avait un incendie.

— Ah, merde. Du coup, je suis vraiment heureux de te voir.

Maddie hocha la tête avec enthousiasme.

— Des blessés ? demanda-t-elle.

— Non, même les chatons ont survécu. Enfin, les propriétaires n'étaient pas au courant qu'ils en avaient. J'étais dans la véranda quand j'ai entendu miauler. Ils étaient coincés sous des débris donc je les ai mis dans mon manteau. Je n'ai pas pu trouver leur mère et j'étais inquiet. Heureusement, elle les attendait dehors en miaulant. Vous auriez dû voir sa réaction quand j'ai sorti ses petits du manteau.

Maddie porta alors une main sur sa poitrine.

— Mon Dieu, c'est trop mignon. Combien de chatons ?

— Trois.

— Donc, que va-t-il arriver à la maman et aux petits ? demanda Grace en résistant à la folle envie de le prendre dans ses bras pour l'embrasser.

Il a sauvé des chatons, nom de Dieu. Comment était-elle censée lui résister ?

— Eh bien, ils sont bien au chaud à la caserne pour l'instant. Je crois qu'une des jeunes recrues a été envoyée leur chercher une litière et des croquettes. Les autres pompiers les adopteront quand ils auront grandi, j'en suis sûr.

— Et la mère ?

— Elle sera adoptée aussi. Enfin, on pourrait très bien la garder comme mascotte. Après une stérilisation, bien sûr.

— Hé, la blonde ! C'est ton tour, s'écria Sloane depuis le billard.

Maddie pointa le beau marine du doigt.

— Pour toi, ce sera *Docteur*, mon ami.

— Pas encore, corrigea Grace avant de se préparer.

La bille blanche frappa la jaune pour l'envoyer dans un coin avec autorité.

— Je n'aurai mon diplôme qu'en mai.

Elle passa un peu de craie sur le bout de sa queue tout en examinant les billes restantes. Du coin de l'œil, Grace remarqua le regard intense de Ryan. Il ne manquait jamais de la faire se sentir désirable – sans même la toucher.

Elle fit le tour de la table en réfléchissant à son prochain coup. Elle dut quasiment s'allonger sur le feutre devant Ryan afin d'empocher la bille numéro huit – et sa robe, déjà très courte, remonta en haut de ses cuisses. Le mètre quatre-vingts de Grace venait surtout de ses grandes jambes. Avec ses talons, elle gagnait presque cinq centimètres. Elle sentit les yeux de Ryan lui brûler le dos alors qu'elle s'étirait avec une aise remarquable.

Une fois la victoire remportée, Grace se leva, tapa deux fois sa queue contre le sol en ciment du bar, puis tapa dans la main de Sloane lorsqu'il vint la féliciter.

— Très bien joué, déclara Ryan d'un ton admiratif.

Elle n'était pas certaine si le compliment était adressé à sa victoire ou à son style de jeu.

— Belle partie, grommela Craig en rangeant sa queue sur le râtelier avant de s'occuper de celle de Maddie.

— Un whiskey sour, s'il vous plaît, demanda Grace aux perdants.

— Je vais prendre une autre Sam Adams, ajouta Sloane en indiquant la bouteille presque vide qu'il tenait dans la main.

— Ouais, ouais, marmonna Craig avant de se diriger au bar avec sa dulcinée, main dans la main.

Ryan était assis sur un tabouret et Grace vint se tenir près de lui alors qu'elle attendait son butin. Sloane disparut sans un mot.

— Alors, murmura Ryan tandis que sa main se posait dans le creux de ses reins. Et si on jouait ?

Il désigna le billard d'un coup d'œil.

— Je crois me souvenir que tu te débrouilles.

Grace haussa les épaules.

— D'accord.

— Et si on rendait la partie plus intéressante ? demanda-t-il au creux de son oreille.

Elle fut immédiatement frappée par la chair de poule et espéra que ses tétons n'étaient pas trop visibles à travers le tissu de sa robe. Grace se mordit la lèvre en s'efforçant de rester calme.

— Qu'as-tu en tête ?

— Si je gagne, tu dois m'embrasser. Si je perds, je dois t'embrasser.

Elle ne put réprimer un sourire face à son audace. L'idée même de l'embrasser lui donna des papillons dans le ventre. Au cours du mois, Grace avait imaginé la scène plus d'une fois.

Enfin, Ryan n'avait même pas pris la peine de l'appeler.

— Que dis-tu de ça, proposa-t-elle d'un air faussement détaché. Si je gagne, tu m'offres un verre. Si je perds, je t'offre un verre.

Son cœur ne battait pas du tout la chamade.

— Si je perds, répliqua Ryan, je t'offre un verre. Mais si je gagne, je te ramène chez toi.

Grace lui lança un regard sceptique.

— Je serai un parfait gentleman, assura-t-il en bondissant du tabouret avant de se rapprocher d'elle. Et je ne t'embrasserai que lorsque tu me le demanderas.

Elle leva les yeux au ciel.

— Je n'ai pas de souci à me faire, alors.

— Je ne sais pas. Je peux être assez irrésistible... répondit Ryan avec un sourire avant d'insérer une pièce dans le billard. Les billes arrivèrent et il put ensuite les positionner sur la table.

— Puisque tu as gagné, c'est à toi de casser.

— Ah, j'ai toujours fait le contraire.

— Tu es sûre ? demanda Ryan en fronçant les sourcils.

Grace hocha la tête et il s'éloigna de la table.

— Dans ce cas, tu devrais finir de préparer les billes.

Tandis qu'elle s'occupait de la table, Ryan saisit différentes queues du râtelier et les testa les unes après les autres en faisant glisser ses doigts autour du bois. Une fois décidé, il déposa de la craie au bout avant de prendre position devant la bille blanche alors que Grace enlevait le triangle de la table.

Maddie et Craig revinrent avec sa boisson. Sa meilleure amie jeta un œil à leur partie et tira Craig par le bras.

— Il faut qu'on apporte son verre à Sloane, déclara-t-elle alors qu'ils n'avaient rien dans les mains.

Le premier coup de Ryan envoya les billes voler partout sur la table. Lorsque Grace inspecta le résultat, il avait déjà empoché deux billes pleines. Il lui fit un clin d'œil en remettant de la craie sur sa queue.

— On dirait que j'ai les pleines.

Grace plissa les yeux tandis que Ryan faisait le tour de la table pour préparer son prochain coup.

— Pourquoi ai-je la vilaine impression de m'être fait piéger ?

Enfin, le fait de se retrouver à nouveau seule avec lui dans sa voiture adoucirait le goût amer de la défaite.

— Je ne vois pas de quoi tu parles, répondit-il en souriant alors qu'il empochait une autre bille. Je n'ai jamais prétendu être nul au billard. Ça, ce serait te piéger.

— Eh bien, tu ne m'as pas non plus dit que tu étais *doué*, dit Grace en faisant des guillemets avec ses doigts.

Ryan fit rebondir la bille blanche contre le rebord de la table pour empocher la bille numéro trois avant de lui jeter un regard amusé.

— Tu ne m'as rien demandé, affirma-t-il. Je ne suis pas dans l'obligation de t'informer spontanément de mes compétences.

— Hmm, répliqua simplement Grace en croisant les bras.

— Alors, qu'est-ce que je gagne si je débarrasse la table en une fois ? demanda Ryan d'un air arrogant avant de prendre position.

Il était temps de contre-attaquer. Grace posa son verre et se dirigea vers lui.

— Une nuit torride avec moi, ronronna-t-elle au creux de son oreille alors qu'il jouait.

Ses mots eurent l'effet escompté car Ryan manqua la bille qu'il visait tout en menant la bille blanche dans l'une des poches.

— Que c'est dommage, déclara-t-elle d'un air moqueur en reprenant la bille.

— C'est de la triche !

— Pas du tout, affirma Grace en replaçant la bille sur la table. Tu m'as demandé ce que tu gagnerais en débarrassant la table et je t'ai répondu.

— Mais tu n'étais pas sincère, accusa Ryan en penchant la tête. N'est-ce pas ?

Elle lui lança un sourire satisfait avant de jouer.
— J'imagine que tu ne le sauras jamais.

Chapitre Douze

Ryan

Il l'observa, complètement hypnotisé, bouger autour de la table en préparant son prochain coup. Ses jambes étaient parfaites. *Elle* était parfaite. Une telle perfection aurait dû être illégale mais Grace dépassait allègrement la perfection elle-même. Une femme belle, sexy, drôle et si brillante.

Lors de leur toute première rencontre, elle avait bouleversé tout son univers, et Ryan s'était efforcé de le remettre en ordre depuis.

Grace joua et alla le rejoindre.

La bouche de Ryan se targua d'un sourire alors qu'il posait sa bière près de son whiskey sour. Si elle voulait jouer, il n'allait pas se gêner. De plus, il désirait réellement la ramener chez elle ce soir-là. Pourquoi ne pas la distraire par la même occasion ?

Ryan lui posa donc une main sur la hanche alors qu'elle visait.

— J'ai beaucoup pensé à toi, Doc, murmura-t-il dans son oreille.

Elle rata sa cible.

— Hé ! s'exclama-t-elle en se retournant.

Il ne put s'empêcher de passer les bras autour de ses hanches alors qu'elle lâchait :

— Ça, c'était de la triche !

Ryan remarqua cependant que Grace ne cherchait pas à s'échapper de son étreinte et chercha son regard.

— Je pensais devoir te le dire... au cas où tu te poserais des questions.

Ses yeux furent tendres lorsqu'ils croisèrent les siens. L'espace d'un instant, le bar tout entier avait disparu. Ryan avait rêvé d'un tel moment depuis si longtemps.

Puis Grace fit la moue.

— Je me posais des questions, pour tout te dire.

— Ah bon ? Pourquoi ? demanda-t-il en penchant la tête.

Grace lui adressa un sourire forcé et secoua la tête, comme si elle en avait déjà trop dit.

— Je... laisse tomber. Je ne me posais aucune question.

— Je ne te crois pas. Qu'est-ce qui te tracassait ?

— Tu ne m'as jamais recontactée après m'avoir ramenée chez moi, murmura-t-elle en baissant les yeux avant d'essayer de s'éloigner.

Ryan fronça les sourcils mais ne la laissa pas partir.

— Je ne pensais pas que tu voulais avoir de mes nouvelles, Doc.

Il amena une main près de son visage afin de lui caresser la mâchoire.

— Tu voulais que je t'appelle ? demanda Ryan d'une voix douce.

Grace se mordit la lèvre tout en le regardant, ce qui lui donna encore plus envie de l'embrasser.

— Oui, avoua-t-elle.

Il ne lui en fallait pas plus. Ryan approcha ses lèvres des siennes.

— Votre attention, s'il vous plaît !

Le son d'une cuillère contre un verre retentit en même temps que la voix de son meilleur ami. Ryan ferma donc les yeux en tentant de contrôler sa frustration avant de lâcher un grand soupir alors que Craig criait :

— Puis-je avoir votre attention ?

Lorsqu'il baissa les yeux sur Grace, son visage avait changé. Elle n'était plus sous l'emprise de l'émotion et se dégagea de son emprise. La belle prétendit être captivée par le discours de Craig.

Chapitre Treize

Grace

Ryan lui tendit son verre avant de prendre le sien et ils rejoignirent le groupe. Elle avait parfaitement conscience de la main posée dans le creux de ses reins.

Grace essaya de se concentrer sur les mots de Craig, mais le courant électrique qui lui traversait le corps l'obnubila totalement. Ryan avait été à deux doigts de l'embrasser et elle le voulait – plus que tout. Dieu merci, Craig les avait ramenés à la réalité.

Avec un peu de chance, personne ne les avait vus. Grace n'avait absolument pas envie que la rumeur parvienne aux oreilles de sa mère – ou pire encore.

Sloane prit la parole, mais seule la main de Ryan dans son dos avait de l'importance. Il ne l'avait pas lâchée. Tout à coup, elle se rendit compte que tous les yeux étaient braqués sur eux. Un silence assourdissant envahit la pièce. Qu'avaient-ils raté ?

Ryan tira sa main de son dos afin de tousser avant de lancer son sourire inimitable à la foule.

— Je te l'ai déjà dit, je suis ravi de t'aider. Tank est le bienvenu chez moi jusqu'à ton retour. Et je te promets de le faire courir autant que possible.

Il leva ensuite son verre.

— Reviens en un seul morceau, c'est tout ce que je veux en échange, mon pote.

Les autres levèrent leurs verres pour trinquer. Quelques regards curieux se posèrent sur eux. Se demandaient-ils ce qui se passaient entre Ryan et elle ?

Trois femmes éblouissantes – et dont les traits étaient totalement différents – approchèrent et se mirent à poser les mains sur le torse de Ryan. Elles se disputaient son attention alors qu'elles semblaient être venues au bar ensemble. Les harpies ne prirent même pas la peine de jeter un regard à Grace, alors qu'elle se tenait juste à côté.

— Dis-moi si tu as besoin d'aide avec le chien de Sloane, ronronna la plus grande, qui avait les cheveux châtains et les yeux marron.

— Je serais ravie de t'aider aussi, ajouta une petite blonde qui reçut un regard assassin de la part de la première.

— Il n'aura réellement besoin que de l'une d'entre nous.

La troisième inconnue aux yeux verts étincelants et aux cheveux de jais s'approcha de Ryan en passant un bras autour de sa taille – ce qui lui permit de chasser Grace par la même occasion.

La malotrue caressa ensuite son torse avec une carte de visite.

— Tu sais, je suis disponible pour *tout* ce dont tu pourrais avoir besoin. N'importe quand. Appelle-moi.

Elle glissa la carte dans sa poche.

Non sans amusement, Ryan la sortit pour la regarder. Il appréciait être au centre de l'attention – ce à quoi il devait être habitué, selon Grace.

Au lieu d'inspecter la carte plus en détail, il sourit et la rendit à la harpie aux yeux d'émeraude avant de se pencher pour attraper le poignet de Grace afin de la rapprocher. Il lui passa ensuite un bras autour de la taille.

— J'apprécie votre offre, mesdames, mais Grace m'a déjà promis de m'aider pour tout ce dont je pourrais avoir besoin.

Ryan fit courir ses doigts le long de son dos, une expression tendre sur le visage.

— N'est-ce pas ? demanda-t-il.

Grace n'aurait pas dû se sentir si spéciale. Le beau pompier avait des femmes à tire-larigot – et des femmes avec qui elle ne pourrait jamais rivaliser – mais il la regardait comme si elle était la personne la plus importante au monde.

— Bien sûr, répondit Grace.

— Merci, Doc, répliqua Ryan avec un clin d'œil qui lui fit presque perdre l'équilibre. J'ai l'impression que je vais avoir besoin de beaucoup d'aide.

Les trois beautés firent semblant de remarquer sa présence et la regardèrent comme si elle n'était qu'une tache dans le décor.

— Eh bien, quand tu changeras d'avis, commença la grande.

— Tu sais où nous trouver, continua la blonde avant que le trio ne balaie leurs cheveux à l'unisson.

Elles se dirigèrent ensuite vers leur prochaine victime.

Ryan éclata de rire et tira Grace contre lui. Son rire était contagieux et elle se mit rapidement à glousser.

— Ces trois-là, déclara-t-il en secouant la tête, sont des croqueuses d'hommes. Merci de m'avoir sauvé.

Grace s'était presque autorisée à croire que tout ceci n'avait pas été une farce, mais la dure réalité la frappa. Ainsi, elle se dégagea immédiatement de lui.

— Ah, oui. Pas de problème.

Ryan se rapprocha et ses doigts vinrent lui dessiner des cercles sur la hanche tandis qu'il la regardait d'un air insondable.

— Tu sembles douée pour t'en assurer, dit-il doucement.

****

Ryan

Plus aucun doute pour lui : il était ensorcelé par Grace Ericson.

Même s'il avait voulu l'embrasser toute la nuit, il se rendit vite compte que cette envie n'était rien face au désir qu'il avait de passer du temps avec elle. Sa présence insufflait la vie dans sa poitrine et le rendait plus heureux qu'il ne l'était au quotidien. Le rire de Grace était une véritable mélodie.

Comme toujours, ils passèrent chaque minute à discuter en ignorant le reste du monde.

Ryan s'était penché plusieurs fois pour l'embrasser – et la belle semblait réceptive – mais ils avaient toujours été interrompus.

Par chance, les astres s'alignèrent et Maddie vint les rejoindre, dans un piteux état.

— Est-ce que tu peux ramener ma meilleure amie chez elle ? Je ne conduis pas ce soir.

Un large sourire se dessina sur le visage de Ryan lorsqu'il posa les yeux sur Grace.

— Bien sûr. Je crois que je gagnais la partie, de toute façon. Donc j'étais déjà préparé.

Ce n'était pas un mensonge, mais il n'était pas certain que Grace accepte puisqu'il n'avait pas gagné, techniquement.

Cette dernière leva les yeux vers lui.

— Ah oui ? ronronna-t-elle.

Il ne la lâcha pas du regard et répondit :

— Oui, je gagnais.

— Bien ! déclara Maddie en tapant dans ses mains. Voilà qui est réglé. Merci.

Elle fit ensuite un câlin à Grace.

— Est-ce que tu es toujours partante pour prendre le petit-déjeuner ensemble demain ? demanda-t-elle.

— Oui, mais pas trop tôt. Je crois que je vais m'envoyer en l'air ce soir.

Grace secoua la tête face au ton bourru de son amie.

— D'accord, amuse-toi bien.

Maddie passa un bras autour de ses épaules et fixa Ryan du regard. Elle gloussa bruyamment avant de murmurer – à voix haute – dans l'oreille de Grace :

— Tu devrais essayer. Je crois que je connais le type parfait.

On est deux, alors.

Puis Craig apparut et Maddie passa les bras autour de sa taille d'un air théâtral.

— Allez, mon bon ami. Emmène-moi au lit, ou perds-moi pour toujours.

Ryan sourit à Craig, qui secoua la tête.

— Tu vas t'endormir avant même qu'on arrive chez nous, princesse.

— Ou vomir, ajouta Grace.

— Ou les deux, intervint Ryan.

Maddie agita un doigt en l'air en essayant de les pointer tous les trois.

— Je ne ferai rien de tout ça.

— Ouais, bien sûr, répondit Craig en riant avant de retenir sa petite amie pour qu'elle ne tombe pas.

Maddie se concentra et parvint à pointer Ryan du doigt.

— Toi, déclara-t-elle. Occupe-toi de mon amie. Elle veut vraiment être avec toi mais elle est têtue.

Grace attrapa son poignet et jeta un regard à Ryan pour lui intimer de faire en sorte que sa meilleure amie s'éloigne.

— D'accord, Maddie. Craig va te ramener. Bois plein d'eau avant de te coucher.

Grace lui lança alors un sourire embarrassé.

Il aurait bien voulu croire que la belle était simplement têtue comme une mule – mais il se doutait que le problème était bien plus profond.

****

Grace

— Des shots ! s'écria Sloane alors qu'il traversait le bar avec un plateau où se trouvaient des petits verres remplis d'un liquide ambré. Allez, tout le monde doit boire un shot avec moi !

Craig n'avait pas encore passé la porte avec Maddie et cette dernière essaya d'attraper un shot. Grace avala le sien rapidement en essayant de ne pas grimacer avant de le tendre à son amie.

— Il est vide, se plaignit Maddie.

— Tu viens de le boire, chérie, dit Craig.

— Ah, répliqua-t-elle en faisant la moue.

Puis, comme la femme ivre qu'elle était, Maddie sourit de toutes ses dents et s'exclama :

— Gracie doit en boire un !

Sloane sourit et lui tendit un nouveau shot.

Géééééénial.

Grace leur adressa donc son meilleur sourire forcé, prit une profonde inspiration en levant son verre, puis le vida d'un seul coup en se tenant la poitrine.

Ça brûle.

Sloane essaya de convaincre Ryan d'en boire un, mais le capitaine refusa.

— Désolé, je conduis.

— Je vais ramener cette demoiselle à la maison, ajouta Craig en désignant une Maddie chancelante près de lui. Mais on va organiser une grosse fête pour ton retour.

Il alla étreindre Sloane avant de murmurer :

— Fais attention, mec. On pensera à toi tous les jours.

L'alcool aidant, Maddie se mit à pleurer en prenant à son tour Sloane dans ses bras.

— Tu vas tellement nous manquer ! Je vais t'envoyer un paquet toutes les semaines, promis ! Fais attention et reviens en un seul morceau.

Sloane accepta le câlin tout en l'écoutant radoter dans l'ivresse la plus totale.

— Je ferai attention, promis. Pas besoin de m'envoyer un colis par semaine – mais de temps à autre, pour me rappeler que vous pensez à moi. En général, on peut correspondre avec des gens via l'association Soldiers' Angels. C'est pas mal.

— C'est génial. Je suis certaine que ça vous aide à tenir, répondit Grace.

— Exactement. Parfois, on oublie que des gens pensent à nous et ça peut vite devenir infernal. Puis on reçoit une lettre ou un paquet d'un inconnu qui nous remercie de défendre son pays... Ça touche toujours beaucoup.

— Quelle asso... associ... déclara Maddie en mâchant ses mots.

— Association ? proposa Grace.

— Oui, dit-elle en la pointant du doigt avant de revenir vers Sloane. C'est quoi, le nom ? Je vais regarder.

— Soldiers' Angels.

— Ne l'oublie pas, Gracie, répondit Maddie en soupirant alors que Craig la traînait presque dehors.

— Au revoir ! On se verra demain matin ! Craig, dis-lui de m'envoyer un message quand elle se réveillera.

— Pas de soucis, assura-t-il avant de fermer la porte.

Entre le whiskey et les shots, Grace se sentit soudain enivrée et repensa aux mots de son amie.

Était-elle simplement têtue ? Était-ce la seule raison derrière ses réticences vis-à-vis de Ryan ?

Vu son état, mieux valait attendre avant de se lancer dans une analyse plus poussée.

Mais Dieu qu'il sentait bon.

Chapitre Quatorze

Ryan

Grace était éméchée et ses côtés les plus coquins remontaient à la surface alors qu'ils se dirigeaient vers son Audi.

Durant toute la soirée au bar, les murs qu'elle avait érigés autour de son cœur semblaient s'être effondrés – et Ryan ne savait pas trop quoi en penser. Ironie du sort, cela l'agaçait. Il ne savait pas quoi faire d'une Grace aussi vulnérable.

Une fois lancés sur la route, elle lui caressa l'épaule et le bras du bout des doigts.

— Maddie et Craig sont adorables, hein ?

Ryan ricana face à sa remarque et à sa témérité, mais ne chercha pas à l'arrêter.

— Ouais.

Sans crier gare, elle ajouta :

— Mais ils ne forment pas une très bonne équipe à l'euchre. Pas comme nous. On forme une très bonne équipe, tu ne crois pas ?

— C'est vrai. Mais on dirait que ça te surprend.

Sa main s'arrêta et Ryan sentit ses yeux se braquer sur lui.

— En fait, non, répondit Grace en se redressant comme si elle venait d'avoir une épiphanie. Pas du tout, même.

— J'ai pourtant essayé de te le dire, Doc. Quelque chose de magique nous unit. Je ne saurais pas trop dire quoi, mais c'est un fait.

Ryan savait exactement ce qu'il voulait lui dire, mais il n'avait pas été convaincu des sentiments que Grace éprouvait à son égard. Son comportement semblait venir des tréfonds de son cœur et cela le perturbait énormément.

Sa main descendit ensuite sur sa cuisse et sa queue se raidit instantanément.

Il alla garer l'Audi dans un parking désert, enclencha le frein à main, et éteignit le moteur. Ryan détacha sa ceinture et se tourna vers elle.

— Qu'est-ce qui se passe, Grace ?

— Ce n'est pas évident ?

— Non. On dirait que tu veux aller plus loin mais je ne vois pas vraiment ce que tu désires. Est-ce que tu veux te faire baiser ce soir ou est-ce que tu recherches un ami ? Parce que ce sont deux choses très différentes et je dois savoir sur quel pied danser.

— Ma tête me dit que c'est une erreur, mais je m'en fiche. Ce soir, ne réfléchissons pas. Existons, simplement.

La ceinture de Grace était détachée et elle se pencha par-dessus le levier de vitesse afin de passer les doigts dans ses cheveux tandis que sa bouche explorait son cou.

Ryan sentit sa poitrine se coller à son torse. Une sensation fabuleuse.

S'il avait été question d'une autre femme, Ryan n'aurait pas cherché plus loin – mais il ne pensait pas être capable de se limiter au sexe avec Grace. Il désirait bien plus d'elle.

Il l'attrapa par les cheveux et rapprocha ses lèvres des siennes.

— Doc...

Grace ne lui laissa pas finir sa phrase et enroula les bras autour de son cou avant de capturer sa bouche avec la sienne.

Ses lèvres avaient un goût de menthe poivrée avec une touche de cannelle – provenant sans doute des shots. Leur baiser fut d'abord tendre alors qu'elle entrelaçait doucement sa langue avec la sienne. Autant de détermination était érotique à souhait et Ryan lui laissa le contrôle tout en faisant redescendre son siège au maximum. Il tira ensuite Grace sur ses genoux afin qu'elle le chevauche. Elle ne perdit pas une seconde et remua immédiatement contre sa queue, qui était sur le point de transpercer son jean.

— Grace...

Hélas, la belle ne comptait pas le laisser parler et le fit taire avec sa bouche.

La sensation que lui procuraient ses hanches et leur baiser l'envoya directement dans un autre monde. Cela faisait maintenant des mois que Ryan avait imaginé ce moment.

Pourtant, sans trop savoir pourquoi, il n'avait pas l'impression d'être à sa place. Quelque chose manquait.

Grace refusait de mettre des mots sur ce qui se passait, mais il devait savoir ce qu'il en était avant de passer à l'étape supérieure. Leur première fois ensemble n'allait pas se dérouler dans l'habitacle de son Audi. Oh que non.

Ryan la repoussa donc en lui maintenant les bras en place.

— Doc, dit-il à bout de souffle, attends.

À en juger par l'expression meurtrie sur son visage, Grace pensait sans doute qu'il la rejetait – ce qui ne pouvait être plus éloigné de la vérité.

— Je dois savoir ce que tu désires réellement. Si je te ramène dans mon lit ce soir, est-ce que tu reviendras le lendemain ?

— Je ne suis pas obligée.

— Voilà le hic, Gracie. Je *veux* que tu reviennes. Je ne peux pas simplement t'avoir une seule fois et je n'ai pas envie d'être un vilain petit secret. Donc, si on se lance, on se lance à fond. Tout ou rien.

Grace recula, confuse. Elle ne s'attendait manifestement pas à ce qu'il lui ordonne quoi que ce soit.

Ryan ricana intérieurement. Il était évident qu'elle était habituée à mener la danse. *Pas avec moi, Doc.*

On toqua à la vitre du conducteur et la lumière d'une lampe torche fit sursauter Grace.

Les vitres étaient embuées et la belle alla se rasseoir sur son siège tandis que Ryan frottait sa manche contre la vitre – un insigne de police se trouvait de l'autre côté. Il fit donc descendre la vitre.

— Bonsoir, monsieur l'agent, dit-il en plissant les yeux face à la lampe torche.

L'agent éteignit l'appareil et demanda :

— C'est bien le capitaine Kennedy que je vois là ?

Il fallut une seconde à ses yeux pour se réadapter à l'obscurité.

— Hé, Corey. Comment ça va, mec ?

— Tout va bien ? Tu es tombé en panne ?

— Non, non, répondit-il en ricanant. Tout va bien.

Le jeune agent de police inspecta l'intérieur de la voiture avec sa lampe torche et éclaira Grace – mais pas son visage.

— Tout va bien, madame ?

Grace plissa les yeux en se tournant pour lui adresser un sourire poli.

— Oui, merci. Tout va bien.

— Alors... qu'est-ce que vous faites là, vous deux ? demanda Corey. Pourquoi rester dans un parking désert à minuit en milieu de semaine ?

Le ton amusé de sa voix indiquait que la question était rhétorique.

Tout de même, Ryan essaya de répondre.

— Nous étions en plein, euh, débat assez animé et j'ai préféré me garer.

L'agent sourit en indiquant la condensation sur les vitres.

— On dirait que vous aviez beaucoup à dire.

— Oui, tu me connais, déclara Ryan en riant nerveusement. Un vrai moulin à paroles.

— Eh bien, je vais devoir vous demander de remettre ce *débat* à plus tard, jusqu'à ce que vous trouviez un endroit plus approprié.

Ryan remontait déjà son siège.

— Sans faute. Merci, Corey.

— Passez une bonne nuit.

L'agent s'éloigna et Ryan jeta un œil en direction de Grace, qui se couvrait le visage.

— Mon Dieu. Je suis si gênée.

Il alluma le moteur et enclencha le dégivrage alors que la belle osait enfin le regarder. Lorsque leurs yeux se croisèrent, ils éclatèrent de rire – même si sa voix était assez aigüe et nerveuse.

— Un débat assez animé ? dit-elle d'un air moqueur. Un vrai moulin à paroles ?

— Hé ! Je ne sais pas mentir, et encore moins sous pression. Je ne t'ai pas entendue dire quoi que ce soit pour m'aider.

— J'étais trop occupée à imaginer ce que je deviendrais s'il me demandait ma carte d'identité.

— Et alors ? Nous sommes deux adultes consentants, habillés. S'embrasser n'est pas illégal, si ?

Grace secoua la tête.

— Non... mais ça aurait pu mal tourner, expliqua-t-elle en parlant de plus en plus vite. Je crois que ça pourrait être considéré comme une violation de propriété. Il aurait pu nous mettre une prune ou un truc du genre.

— C'est un parking public. Rien n'indique que l'on n'a pas le droit d'être ici, assura Ryan en prenant sa main moite. Grace, ça va aller. On va partir. Il n'y a pas mort d'homme.

— Mais ça aurait pu...

Ryan lui serra la main et sa voix se fit plus douce.

— Détends-toi, Doc. Tout va bien. Nous sommes des adultes et nous ne faisions rien de mal.

— Est-ce qu'on peut y aller ? dit-elle simplement d'un air anxieux.

Ryan fronça les sourcils en regardant son visage sévère. Il ne comprenait pas ce qu'il y avait de si grave. Grace était peut-être bien plus ivre qu'il ne l'avait cru.

— Oui, bien sûr, répondit-il en lui lâchant la main pour passer la première.

Qu'est-ce qui vient de se passer ?

****

Grace

Qu'est-ce que je viens de faire ? Qu'est-ce que je viens de faire ?! Je suis vraiment idiote !

Elle avait été à *ça* de se retrouver à la une des magazines. Fort heureusement, le policier ne lui avait pas demandé une pièce d'identité – sinon, un journaliste obsédé par les histoires grivoises comme celle-ci aurait vu son nom dans un fichier et Dieu sait combien de mensonges auraient noirci les pages des journaux.

Ryan arriva dans le quartier huppé où vivaient ses parents et ralentit la voiture – juste assez pour gagner du temps, mais pas assez pour qu'elle puisse sauter de la voiture.

— Tu comptes me dire pourquoi tu es contrariée ?

— Est-ce que tu sais ce qui serait arrivé si le policer m'avait demandé ma carte d'identité ? On ferait la une des magazines de demain et le portrait ne serait pas beau à voir.

Grace voyait déjà les gros titres pour attirer les lecteurs : *La cadette du juge Ericson récidive ! Arrêtée avec son amant le pompier, la fiancée annule le mariage !* Ou pire encore, quelque chose qui suggérerait que son père aurait usé de ses contacts pour la tirer de ce faux pas. Que feraient alors les hôpitaux qui étaient censés examiner ses demandes d'internat ?

— Et alors ? demanda Ryan. Les gens lisent encore ces torchons ?

À moins de l'avoir personnellement vécu, impossible de comprendre ce traumatisme. Encore moins si l'on est un pompier comme Ryan – qui n'a jamais connu la moindre critique tant ses actes sont héroïques.

Il n'a jamais connu un scandale, pas comme Grace.

— Fais-moi confiance, Ryan, dit-elle. Tu n'as pas envie de faire la une.

— On dirait que c'est du vécu.

Grace regardait les pelouses parfaitement entretenues des voisins de ses parents.

— On peut dire ça.

— Tu veux m'en parler ?

— Pas vraiment. Mais fais-moi confiance quand je te dis que tu ne veux pas vivre ça.

Ryan tourna au coin d'une rue pour se diriger vers la maison des Ericson. L'ascenseur émotionnel qu'avait constitué cette soirée la rattrapait enfin, et elle dut essuyer les larmes qui commençaient à couler.

Il gara la voiture et éteignit le moteur avant de lui faire face.

— Où en sommes-nous, Grace ? Parce que je dois te dire que je ne comprends rien du tout.

— Je crois… commença-t-elle avant de se mordre la lèvre pour l'empêcher de trembler. Je crois que ce que nous avons fait ce soir était une erreur. Je suis désolée. Je sais que c'est moi qui t'ai sauté dessus et tu dois penser que je suis une vraie garce, mais ça aurait pu tourner au désastre. Si les gens savaient que nous sommes ensemble…

— Mon mariage a été annulé il y a plus de trois mois, Grace.

— Je t'ai dit d'attendre un an pour une bonne raison, Ryan. On ne peut pas me voir avec toi pour le moment.

Il hocha la tête, perdu dans ses pensées. Il était manifestement contrarié.

Enfin, il répondit d'une voix calme mais déterminée :

— D'accord.

— D'accord ?

— Ouais, Grace. Qu'est-ce que tu veux que je dise d'autre ? J'ai bien entendu : tu ne veux pas me fréquenter. Ce serait gênant d'être vue avec moi. J'ai compris, c'est bon. Il n'y a rien d'autre à ajouter.

Pourquoi Grace était-elle aussi déçue de le voir abandonner si vite ? C'était pourtant ce qu'elle voulait, non ?

— On peut toujours être amis...

Ryan rit jaune.

— Non, Grace. On peut rester courtois et *amicaux* quand on se croise, mais on ne peut pas être amis. Enfin, je ne peux pas. C'est trop dur.

— Ah.

Voilà qui fit sa gorge se nouer. Il venait de lui claquer la porte au nez. Ryan renonçait à leur amitié – et donc à la fondation de tout ce qu'ils pourraient construire ensemble.

Il démarra le moteur afin de lui indiquer que la discussion était terminée. Un sourire abattu se dessina sur ses lèvres lorsqu'il dit :

— Nous aurions pu aller loin ensemble, Doc. Dans une autre vie, peut-être.

Grace vit la douleur dans ses yeux alors qu'il se garait devant la maison. Elle saisit la poignée de la portière tout en réprimant ses propres larmes.

Avant de partir, elle lui déposa tout de même un baiser sur la joue, puis se rua vers le portail.

Au plus profond d'elle-même, Grace savait que Ryan avait raison. Ils auraient pu aller loin. Dans *cette* vie.

La pauvre parvint à entrer dans la dépendance avant de s'effondrer sur son lit pour pleurer jusqu'à ce que Morphée lui accorde le repos.

Chapitre Quinze

Ryan

Le reste du mois de septembre s'écoula à une vitesse fulgurante, puisque Ryan ne cessa jamais de bouger, de travailler ou de s'occuper l'esprit. Le chien de Sloane était promené deux fois par jour – chose que Tank appréciait beaucoup. Ryan décida de se noyer dans les activités qui permettraient à son esprit d'échapper à Grace. Cette tactique fonctionnait durant la journée, mais la belle savait comment le hanter dès qu'il fermait l'œil. Il avait sans doute besoin de s'envoyer en l'air. Hélas, le reste des femmes ne valaient absolument rien à ses yeux. Il revivait en boucle leurs baisers dans sa voiture. Impossible pour Ryan d'oublier l'odeur de ses cheveux, le goût de ses lèvres, le poids de son corps contre le sien...

Mais le temps guérissait tous les maux, non ?

Le jour du shooting pour le calendrier des Héros arriva ; Ryan ne savait même pas si Grace comptait toujours s'y rendre avec Maddie, mais il était empli d'enthousiasme – ainsi que de peur – à l'idée de la revoir. Il s'entraîna d'arrache-pied à la salle de sport ce matin-là. Excellente chose puisqu'il devrait poser torse nu pour un calendrier que la moitié de San Diego verrait. Qui sait, peut-être que la femme qui lui était *destinée* le verrait aussi et viendrait le rencontrer à la caserne.

Peut-être ressentirait-il les étincelles que Grace avait enflammées en lui. Elle lui était destinée.

Peu importe. Elle ne veut pas de toi. Cela avait été dur à avaler, mais Ryan s'était donné du mal pour le faire.

Il gara son Audi et se dirigea vers le parc où se tenait un camion de pompier, une voiture de police, un fourgon du SWAT et des tentes blanches. Inutile de réfléchir longtemps pour comprendre où il devait aller.

Après s'être identifié auprès d'une jeune femme dotée d'un bloc-notes – Craig avait eu raison, rien de mieux pour paraître professionnel – Ryan se rendit là où les photos semblaient être prises.

Personne ne se trouvait encore sur place – sauf des gens portant des T-shirts du personnel.

Puis il la vit, dans une robe d'été couleur menthe et des talons, les cheveux maintenus en arrière par ses lunettes de soleil. Grace se tenait aux côtés de Maddie et elles semblaient en pleine discussion. Craig était assis sur une chaise pliante non loin, vêtu d'un T-shirt bleu marine et d'un jean, le regard perdu dans son téléphone. Bien entendu, son cœur fit un bond en voyant la belle. Jamais une femme ne l'avait fait réagir de la sorte, pas même sa fiancée. Après tout ce temps, il ne s'était toujours pas habitué à sa beauté.

Grace Ericson allait le hanter pendant longtemps, mais Ryan se devait d'essayer de tourner la page. Cette nuit-là, devant la maison de ses parents, il avait décidé que la plaisanterie était terminée. Donc, au lieu de chercher à passer chaque minute de chaque jour en sa compagnie, Ryan l'évitait.

Ça avait été la plus grande épreuve de sa vie – et il bravait le feu pour gagner sa croûte.

— Ryan ! s'exclama la voix grave de son meilleur ami.

Son instinct lui intima d'abord de l'ignorer, mais Craig l'appela à nouveau.

Ryan soupira longuement et baissa la tête. Impossible d'ignorer son ami. Il prit donc une profonde inspiration et força un sourire sur son visage avant de se retourner.

— Hé ! Quoi de neuf ? demanda-t-il avec entrain, sans pour autant se déplacer.

Il jeta un œil en direction des deux femmes et remarqua qu'elles mettaient un point d'honneur à ne pas le regarder.

Heureusement, Craig vint à sa rencontre.

— Je ne t'ai pas vu depuis des lustres, mec. Comment tu vas ?

Ryan tenta de forcer la joie.

— Je, euh...

Oh, et puis merde. Pourquoi mentir à son meilleur ami ?

— Je suis misérable, avoua-t-il en baissant les yeux.

Craig lui posa une main sur l'épaule et le guida en direction des tentes.

— Eh bien, si ça peut te consoler, tu n'es pas le seul.

— Ça me console. Un peu.

— Je ne connais pas très bien Grace, mais Maddie pense réellement que tu dois te montrer patient. Elle dit que Gracie a besoin de plus de temps pour accepter ses sentiments envers toi.

— Peut-être. Ou peut-être que je perdrais un temps fou à attendre un dénouement qui n'arrivera jamais, parce qu'elle aura toujours honte en ma compagnie. Je devrais peut-être passer à autre chose.

— Hé, je suis en faveur de tout ce qui te rendra heureux. Tu me manques, donc je ferai tout ce que je peux pour que tu reviennes dans les parages. Dis-moi ce qu'il te faut. Tu veux que je t'accompagne chasser la demoiselle ? Sortons, et je serai la meilleure des épaules sur laquelle tu puisses t'appuyer. Tu veux que je te trouve une femme ? Je peux. Comme ça, en un claquement de doigts.

Il claqua en effet des doigts.

— Deux ou trois collègues m'ont demandé si tu étais prêt à revenir sur le marché. Tu n'as qu'un mot à dire, mon ami. Je t'arrangerai un rendez-vous en moins d'une heure.

Ryan secoua la tête.

— Nan, pas tout de suite. Tu sais, le jour où j'ai annulé mon mariage, Grace m'a fait remarquer que je n'avais jamais pris le temps de faire mon deuil quant au couple que je formais avec Lauren. C'est bien pour ça que je l'ai demandée en mariage contre toute logique, pour ne pas me retrouver seul. Je voulais éviter le chagrin. Je crois que je vais essayer le célibat pendant un temps.

— Tu sais, être célibataire ne t'empêche pas de fréquenter des femmes – et plus important encore, de te faire plaisir.

— Tu as sans doute raison, mais... pas tout de suite. Je ne suis pas prêt.

— Reçu cinq sur cinq, mec. Après avoir rencontré Maddie, aucune autre ne me plaisait non plus.

— Ouais, mais la grande différence tient dans le fait que Maddie voulait de toi.

— Mais je ne l'ai pas su avant longtemps.

Ryan ricana.

— Oui. Tu étais célibataire pendant, quoi, six mois ?

Craig rit à son tour.

— Mais j'en suis content aujourd'hui.

Ryan leva un sourcil face à son ami.

— D'accord, dit Craig, d'accord. Je te l'ai dit, je comprends ta position. Mais est-ce qu'on peut *au moins* se voir ? Merde, ta vieille trogne me manque, mec.

— Je sais. Désolé de m'être fait discret. J'étais débordé ce mois-ci.

— Tu nous évitais, tu veux dire.

— Peu importe. Je me suis fait un paquet d'argent et j'ai accompli pas mal de choses, donc le tableau n'est pas tout noir. Il va falloir que je soulève des poids avant de faire tomber la chemise.

L'une des tentes contenait des haltères afin que les *modèles* puissent se préparer avant le shooting. Même si Ryan était déjà passé à la salle de sport un peu plus tôt, il était prêt à tout pour ne pas croiser Grace.

— Je vais venir avec toi, déclara Craig. Je passe voir Maddie et j'arrive.

— À tout de suite.

****

Grace

Craig arriva derrière Maddie et passa un bras autour d'elle, prenant une pose à laquelle Grace était habituée.

— Je vais dans la tente équipée avec Ryan, donc si on me demande, vous saurez où je suis.

— Je crois que Gracie et moi irons dans l'espace détente.

— Tu peux les rejoindre, intervint Grace. Vraiment, je vais m'en sortir.

La rousse fit glisser une main le long de son corps.

— Allons, ma chère. Est-ce que j'ai l'air d'avoir besoin de plus d'exercice ? *Je* n'ai pas besoin d'artifices de dernière minute pour avoir l'air en forme.

Elle tapota ensuite le ventre de Craig.

— Contrairement à d'autres.

Grace savait bien qu'il ne s'agissait que de taquinerie. Le corps de Craig, tout comme celui de Maddie, était spectaculaire. L'un des avantages de s'entraîner tous les jours pour le travail.

Craig claqua la langue.

— Pff, dit-il. Princesse, tu sais que je suis beau. Tu l'as dit toi-même ce matin quand tu m'as reluqué en sortant de la douche.

— Je n'ai rien dit du tout, répliqua Maddie en levant les yeux au ciel.

Craig agita les sourcils, un sourire espiègle sur les lèvres.

— Eh bien, pas avec des mots...

— Bon, les tourtereaux... interrompit Grace.

Craig toussa afin de réprimer un rire.

— Enfin, vous me trouverez là-bas. Tu peux venir aussi, Grace.

Elle se doutait qu'il faisait simplement preuve de courtoisie et lui lança un regard sceptique.

— On sait tous que ton ami n'est pas directement venu te voir pour une bonne raison. Et cette raison se trouve devant tes yeux.

— Ne le prends pas pour toi, Grace. Il souffre.

— Il n'est pas le seul, répondit Maddie pour prendre la défense de Grace.

— Personne n'a dit ça, assura Craig en lui déposant un bisou sur la joue.

— J'ai horreur qu'il se sente obligé de m'éviter, remarqua Grace.

— Donne-lui un peu de temps. Quand il fréquentera d'autres femmes, il sera plus facile pour lui de te voir.

Quoi ? Fréquenter d'autres femmes ?
Bien entendu qu'il va voir ailleurs, idiote.

— Ah, oui, répondit Grace en agitant une main en l'air. Oui. Tu as raison. C'est logique.

— Eh bien, peut-être que Grace fréquentera quelqu'un aussi, affirma Maddie pour défendre son amie une fois de plus.

Craig sembla apprécier l'idée.

— Ça l'aiderait sans doute à tourner la page. Aïe !

Maddie s'était éloignée de lui et lui jeta un regard noir tandis qu'il se frottait l'avant-bras.

— Pourquoi tu m'as pincé ? demanda-t-il.

— Parce que, malgré ton intelligence remarquable, tu peux être vraiment con, parfois.

Elle passa ensuite un bras autour de celui de Grace.

— Viens, allons à l'espace détente, dit Maddie en jetant un regard sévère à son petit ami.

— Quoi ? demanda Craig. Qu'est-ce que j'ai dit ?

Maddie se pencha plus près de Grace.

— J'aime cet homme plus que tout, mais j'ai parfois l'impression qu'il vit dans un autre univers.

— Ne t'en fais pas, répondit Grace. D'ailleurs, il a probablement raison. Ryan tournerait la page s'il voyait quelqu'un. Mais... puisque Craig en a parlé... comment va-t-il ?

— En toute franchise, je n'en sais rien. Je ne l'ai pas vu depuis la soirée de Sloane. Tu sais, la nuit où tu as failli te faire arrêter.

Maddie prit le soin de former des guillemets avec ses doigts. Selon elle, Grace avait grandement exagéré les faits.

— Je ne crois pas avoir utilisé ce mot-là, répliqua Grace.

— L'idée reste la même.

— Enfin, bref. Tu ne l'as pas vu du tout ?

— Non. Et je sais que Craig non plus, puisqu'il s'en plaignait ce matin. Il avait hâte de le voir aujourd'hui.

— Ah, quelle belle amitié virile.

— Oui, concéda Maddie en gloussant. Totalement.

— Il a l'air en forme.

Comme toujours, Ryan était resplendissant. Un véritable dieu grec dans son short noir, son T-shirt blanc et ses baskets noires. Mais la pièce de résistance était sans doute sa casquette à l'effigie des Padres vissée à l'envers sur son crane... ou sa montre argentée, qui donnait à son bras une allure quasi pornographique. Les deux, peut-être.

— Vraiment ? demanda Maddie. Je trouvais qu'il avait une sale tête. Comme s'il n'avait pas dormi depuis des semaines.

— Eh bien, on serait dans le même bateau. J'imagine que je ne l'ai pas remarqué.

— C'est un type bien, Grace.

— Je sais. Je sais, affirma-t-elle d'une voix mélancolique face à la futilité de cette situation. Nous... nous n'étions simplement pas faits l'un pour l'autre, j'imagine. Comme il l'a dit : dans une autre vie, peut-être.

— Je t'aime, tu sais, commença Maddie.

Grace savait déjà qu'un *mais* allait arriver.

— Je sais.

— Mais...

Le voilà.

— Ces conneries d'*autre vie*, c'est n'importe quoi. Tu as construit toi-même les obstacles qui t'empêchent d'aller plus loin avec Ryan. C'est *toi* qui refuses le bonheur. Pourquoi ?

Elles entrèrent dans l'espace détente, main dans la main.

— N'essaie pas de m'analyser, Madeleine Monroe. C'est mon travail.

— D'accord. Mais un docteur devrait pouvoir se soigner.

— Ne fais pas ton petit chef.

— C'est tout ce que tu as en stock ? *Ne fais pas ton petit chef ?* Je vois que j'ai tapé en plein dans le mille.

Grace soupira bruyamment.

— Eh bien, tu n'as pas vraiment... tort.

— Qu'est-ce que tu comptes faire, dans ce cas ?

À cet instant, Craig et Ryan les rejoignirent sous la tente, l'un vêtu d'un uniforme de policer et de bottes et l'autre torse nu, avec pour seul vêtement un pantalon de pompier et des brettelles – sans oublier les bottes en caoutchouc. Après avoir enfin quitté Ryan des yeux, Grace remarqua que Craig était lui aussi torse nu. Les deux hommes riaient.

Dieu qu'il est beau. Le corps du capitane semblait taillé dans le marbre. Impossible de l'ignorer plus d'une seconde.

Leurs regards se croisèrent ensuite, et le sourire qu'il avait sur les lèvres s'estompa avant que Ryan ne détourne les yeux.

Malgré le fait que Grace s'y était attendue, la douleur demeurait.

— Rien, dit-elle enfin en parvenant à reporter son attention sur Maddie. Pas la peine de revenir là-dessus.

Craig jeta un œil à sa petite amie.

— Hé, princesse ! Ils te cherchaient. C'est l'heure de se changer.

— Voilà le signal. Tu viens m'aider ? demanda Maddie à Grace.

— Bien sûr.

Elle remarqua que Ryan les observait alors qu'elles partaient et ne put s'empêcher de lui lancer un sourire – mais parvint tout de même à ne pas agiter la main.

Grace dut réprimer ce sourire envahissant lorsque Ryan lui fit un clin d'œil.

Peut-être n'avait-il pas totalement abandonné.

Chapitre Seize

Ryan

— Waouh, déclara Craig en lui tendant un pack de bières Bottlecraft tout en s'agenouillant pour caresser Tank.

Il examinait la maison de Ryan, où il s'était rendu pour le onze novembre.

— C'est superbe, ajouta-t-il. Voilà donc où est passé ton salaire ces derniers temps.

En effet, Ryan avait gagné une quantité phénoménale d'argent à la caserne ces derniers mois. Lorsqu'il n'était pas au travail, il était occupé chez lui à finir les projets qui avaient été remis à plus tard. En trois ans, le pauvre n'avait jamais vraiment eu la motivation de s'atteler à la tâche. Désormais, tout était en ordre.

— Pile à temps pour les fêtes.

Craig traversa lentement la maison pour se rendre dans la cuisine. Il passa une main le long des placards que Ryan avait rénovés et dit :

— Tu as fait du bon boulot. Je suis impressionné.

— Ça m'a tenu occupé.

— Évidemment, répliqua son ami.

Il n'avait pas beaucoup apprécié l'absence de Ryan. Ce dernier ne lui avait même pas demandé d'aide.

— Je ne sais pas ce que je vais faire maintenant, déclara Ryan. Je pourrais louer la maison et en acheter une autre pour la rénover. Devenir un magnat de l'immobilier.

— C'est une idée. Ou... peut-être serais-tu intéressé par les devoirs d'un témoin ?

Ryan pencha la tête, confus.

— Les devoirs d'un témoin ? Qui...

Puis il vit le sourire que Craig avait sur les lèvres.

— Oh, putain ! Tu t'es lancé ! Félicitations !

— Enfin... je n'ai pas encore demandé sa main, mais j'ai la bague. J'attends le bon moment pour mettre un genou à terre.

— Je suis si heureux pour vous deux. Vous formez le couple parfait.

— Donc, tu veux être mon témoin ? Mais je dois te prévenir qu'il est fort probable que Grace soit la demoiselle d'honneur de Maddie. Tu vas devoir passer beaucoup de temps avec elle.

— J'en serais honoré. Et pour ce qui est de Grace...

Ryan lâcha un soupir.

— Ça va aller. Nous sommes adultes, tous les deux.

— Tu en es sûr ?

— Absolument.

Une lueur d'espoir dont il ne voulait pas lui inonda l'esprit. Voilà qui l'aiderait à conquérir le cœur de Grace – ou à mettre fin à leur histoire déjà compliquée. En toute honnêteté, tout était mieux que le purgatoire dans lequel Ryan s'était fourré.

Ils n'étaient pas en couple, mais il était impossible pour lui de fréquenter une autre femme. Il désirait uniquement Grace. Point final.

Peut-être était-il temps de ferrer le poisson ou de remonter la ligne. Une bonne fois pour toute.

Le problème, hélas, était que Ryan ne savait pas comment.

Chapitre Dix-sept

Grace

— Donc, tu es *sûre* qu'il va te demander en mariage ? Ma mère ne va pas être ravie de me voir manquer un repas de famille, mais je pense qu'elle me pardonnera si je lui explique pourquoi. Mais si on revient et que tu n'as pas de bague au doigt, elle va te le faire regretter.

Grace s'assura de bien articuler dans l'habitacle de sa voiture.

— Eh bien, j'en suis quasiment certaine, affirma Maddie dans les haut-parleurs de la Prius.

— Je croyais que vous étiez de service pour Thanksgiving ?

— Non, on a changé d'avis. On a pu y échapper, donc Craig a décidé de louer un chalet dans les montagnes, et il veut vraiment que tu viennes – tout comme ma famille et la sienne. Voilà qui ne fait aucune place au doute.

— Il paraît qu'il va neiger au Mount Laguna.

— Raison pour laquelle tu devrais partir cet après-midi si tu comptes vraiment prendre ta Prius. Craig veut partir dès la fin de son service ce soir. Tu es sûre que tu ne veux pas qu'on t'emmène avec le Range Rover ?

— Affirmatif. Si Craig demande ta main, vous devriez passer un peu de temps en tête à tête. Je veux pouvoir rentrer chez moi sans déranger personne.

— D'accord. Pars bientôt, alors. S'il te plaît ? Tu arriveras avant la nuit ou la neige. Le gardien a dit qu'il laisserait les clés sous le paillasson. Il va allumer la cheminée avant de partir.

— Envoie-moi l'adresse. Je dois passer prendre un cadeau de fiançailles avant de me préparer.
— Youpi ! Ah, attends. Prends juste du vin. Pas besoin d'un cadeau extraordinaire. Et tu pourrais passer prendre les courses que j'ai commandées ? Tout est déjà payé, tu n'as plus qu'à les embarquer.
— D'accord.
— Merci beaucoup ! Roule doucement, d'accord ? À plus tard.
— J'ai hâte !

Il était difficile pour Grace d'intégrer le fait que sa meilleure amie allait se fiancer. Enfin, aucun homme n'aurait mieux convenu à Maddie que Craig. Dès le début, il avait été évident qu'il vénérait son amie – et que ses sentiments étaient réciproques. Grace n'avait jamais vu Maddie aussi heureuse ou assurée. Craig parvenait réellement à faire ressortir le meilleur chez elle. Malgré les doutes qu'elle avait pu avoir en premier lieu, il s'était révélé être un homme bien. Son statut de playboy le plus renommé de San Diego n'avait pas vraiment joué en sa faveur, mais sa rencontre avec Maddie l'avait totalement transformé. Grace avait eu du mal à y croire.

Désormais, elle était aux anges pour eux. Ils étaient faits l'un pour l'autre, et Grace avait hâte de participer au conte de fées qu'était leur vie ensemble.

Elle fit un saut dans une cave à vin avant d'aller chercher les courses de Maddie. Ces dernières n'étaient pas aussi chargées que Grace l'avait imaginé pour un dîner de Thanksgiving. Les invités apporteraient peut-être la nourriture. Mince, elle devrait apporter de quoi servir de dessert.

Après avoir préparé un sac de voyage à la va-vite et rempli sa glacière avec les courses, Grace entra l'adresse du chalet dans son GPS et prit la route du Mount Laguna.

**

Elle fut la première arrivée au chalet et trouva la clé sous le paillasson, comme indiqué. La neige commençait déjà à tomber et un silence troublant occupait la montagne tandis qu'elle observait les environs. Ses chaussures firent craquer la neige tandis qu'elle amenait les courses de Maddie depuis sa voiture. Après avoir tout rangé, elle prit le soin d'essuyer la neige qu'elle avait fait rentrer à l'intérieur.

Le chalet était rustique et chaleureux. Une fausse peau d'ours se trouvait devant la cheminée où un petit feu réchauffait la pièce. Grace le raviva aisément et ajouta quelques bûches dans l'âtre avant d'aller trouver une chambre où déposer ses affaires.

Mais il n'y avait qu'une seule chambre.

Voilà qui était bien étrange. Comment Maddie et Craig allaient-ils accueillir leurs familles respectives et Grace pour le weekend de Thanksgiving avec une seule chambre ? Les autres invités dormiraient peut-être ailleurs ?

Elle tenta d'appeler Maddie afin de déterminer s'il y avait une erreur mais elle tomba directement sur la messagerie.

Quelques secondes plus tard, son téléphone vibra.

Maddie : Désolée, je suis toujours au boulot. Je t'appelle quand on part.

Grace : Euh, tu savais qu'il n'y a qu'une chambre ?

Maddie : Quoi ? Non ! C'est bizarre !

Grace : Donc... est-ce que je prévois de dormir sur le canapé ?

Maddie : Je vais essayer de contacter Craig pour voir s'il y a une erreur. Mais, non, prends la chambre pour le moment. Tu es notre invitée. Je ne t'ai pas fait venir tout là-haut pour te faire dormir sur un canapé.

Une heure plus tard, son amie lui envoya un nouveau message.

Maddie : Je suis vraiment désolée ! Je suis toujours de service et je ne sais pas trop quand on me libérera. J'imagine qu'il y a eu une erreur. On était censés avoir un plus grand chalet mais le gardien ne pourra pas venir avant demain. Enfin, ce n'est pas grave vu que nos familles n'arriveront pas ce soir. Donc, fais comme chez toi.

Grace avait remarqué une grande baignoire un peu plus tôt, ainsi qu'une énorme fenêtre qui donnait sur la montagne. La salle de bain appelait presque son nom.

Avec ses nouveaux écouteurs sans fil waterproof logés dans les oreilles, elle plongea lentement dans un bain chaud. Une musique relaxante et un verre de vin l'accompagnaient. La pièce n'était éclairée que par la douce lumière de quelques bougies et Grace contempla la neige tomber sous le crépuscule. Elle fut contente d'avoir écouté le conseil de Maddie et d'être arrivée tôt.

Elle prit ensuite une gorgée de vin et souleva sa jambe pleine de mousse alors qu'un long soupir s'échappait de ses lèvres. Quelle décadence pour Grace de se trouver seule dans un chalet si confortable pour profiter d'une grande baignoire et d'un bon verre de vin en ne bougeant pas un orteil.

Néanmoins, il lui était difficile de réguler ses pensées : ses études, ses visites à l'hôpital, son internat et ce maudit pompier dont la belle frimousse lui occupait bien trop l'esprit. Grace était absolument incapable d'éteindre son cerveau, malgré tous ses efforts.

Mais l'eau chaude, la musique, le vin et la neige parvinrent à la calmer. C'était mieux que rien.

Grace prit la décision de se masturber avant d'aller au lit. Ryan lui envahissait la tête et un orgasme lui ferait du bien. Malheureusement, elle n'avait pas pensé à emporter son vibromasseur – mais elle n'avait pas imaginé se retrouver seule au chalet non plus.

Une fois hors de la baignoire, Grace s'enroula une serviette autour de la taille et alluma la lumière avant d'éteindre les bougies. Après s'être appliqué de la crème sur le corps et brossé les cheveux, elle saisit son verre de vin et éteignit la lumière avant d'ouvrir la porte – et de percuter le mur de briques qu'était le torse de Ryan Kennedy. Le vin qui restait dans son verre vola un peu partout et la pauvre cria de surprise alors que sa serviette tombait au sol.

Ses fantasmes venaient de l'invoquer.

Les bras de Ryan vinrent l'aider à garder l'équilibre, ce qui lui permit de ne pas lâcher le verre, mais Grace était désormais nue devant l'homme qui lui hantait l'esprit depuis cinq mois. Elle avait parfaitement conscience des mains puissantes sur sa peau et ses tétons se durcirent au contact de son torse musclé.

— Pas de quoi crier, Doc. C'est moi, assura-t-il alors qu'elle reprenait son souffle.

Grace était maintenant confrontée à un dilemme. Le verre de vin était toujours dans sa main et il lui était donc impossible de se pencher avec grâce afin de reprendre la serviette pour se couvrir. Mais elle ne pouvait pas vraiment rester immobile – toute nue dans les bras de Ryan.

Bon, d'accord, elle en profiterait quelques secondes de trop.

— Que... Qu'est-ce que tu fais ici ? demanda-t-elle.

— Euh, Craig m'a invité.

Ses mains se mirent à lui caresser doucement le dos.

— Tiens, dit Grace en lui donnant le verre.

Lorsque Ryan le prit, elle ordonna :

— Maintenant, ferme les yeux !

Elle attendit qu'il s'exécute avant de se pencher pour récupérer la serviette. Une fois chose faite, Grace se précipita vers la chambre tout en se couvrant.

La voix légèrement amusée de Ryan lui vint à l'oreille.

— Belles traces de bronzage.

Elle savait pertinemment qu'il la taquinait – son bronzage avait disparu depuis longtemps. Sa peau était aussi blanche qu'une fleur de lys.

Enfin, si l'on oubliait ses joues. La pauvre était rouge comme une tomate.

****

Ryan

Qu'est-ce que c'est que ce bordel ? pensa Ryan lorsqu'il se gara devant le chalet en voyant la petite Prius argenté et *GRACEE* inscrit sur la plaque. Craig ne lui avait pas dit que Grace serait présente. Elle semblait être seule dans le chalet et, à en juger par la quantité de neige présente sur sa voiture, la belle était arrivée bien avant lui.

Ryan était d'ailleurs content d'être arrivé en un seul morceau – il lui avait été presque impossible de voir la route sous une telle tempête.

— Il y a quelqu'un ? demanda-t-il à voix haute tout en ouvrant la porte.

La clé se trouvait sous la plante en pot, comme Craig le lui avait indiqué.

Ryan posa son sac près du canapé du salon et ôta son manteau tout en inspectant l'intérieur du chalet en bois. Un feu crépitait dans l'âtre de la cheminée et les rideaux en vichy semblaient avoir été faits à la main. La fenêtre qui donnait sur les bois environnants donnait un aspect pittoresque à la scène.

La fausse fourrure devant l'âtre attira son attention alors que le doux parfum de Grace lui pénétrait les narines. Sa queue ne tarda pas à réagir. L'espace d'un instant, il vit la belle s'étendre sur le tapis – nue comme un ver, bien sûr.

— Grace ? appela-t-il en explorant le reste du chalet.

Il sentit une faible odeur de fumée et, naturellement, la suivit.

Alors que l'odeur se faisait plus forte, il remarqua la lumière qui s'échappait d'une porte – cette dernière s'ouvrit ensuite et il tomba nez à nez avec Grace. Elle n'était vêtue que d'une serviette et lui rentra dedans avant de crier.

Ce fut à cet instant précis que Ryan Kennedy crut sincèrement en l'existence de Dieu.

Tandis que du vin éclaboussait le sol, il vint poser les mains sur sa peau chaude et nue. L'odeur de sa crème hydratante lui effleura le nez.

— Que... qu'est-ce que tu fais ici ? demanda-t-elle.

— Euh, Craig m'a invité.

Ryan adorait la sentir à nouveau dans ses bras. Depuis cette fameuse nuit sur le parking, il n'avait voulu rien d'autre que la retrouver contre lui. En réalité, il l'avait désirée dès leur première rencontre. La situation n'était pas idéale, mais on n'avait pas toujours le choix, dans la vie.

— Tiens, aboya Grace en lui tendant son verre. Maintenant, ferme les yeux !

Il obéit brièvement, avant d'ouvrir une paupière afin de voir un aperçu de ses fesses alors qu'elle se ruait vers ce qui semblait être une chambre. Sa serviette revint rapidement autour de sa taille.

— Belles traces de bronzage, fut la seule réplique qu'il put trouver pour la taquiner avant qu'elle ne ferme la porte.

Sa tête dépassa de l'embrasure.

— Tu es un vrai comique.

— J'essaie.

Grace disparut dans la chambre, mais il l'entendit grommeler :

— Ne tente jamais ta chance dans un one man show.

En réalité, Ryan avait voulu complimenter son cul, mais la belle ne l'aurait pas bien pris. Pourtant, elle disposait vraiment d'un joli derrière.

Grace apparut ensuite dans un pyjama en satin violet dont le short ne faisait qu'accentuer la longueur et la tonicité de ses jambes. Un véritable régal pour les yeux. Il devrait lui reluquer la poitrine pour s'en assurer, mais elle ne semblait pas porter de soutien-gorge.

Que le monde est cruel.

Plus cruel encore, ils restèrent plantés là, à se regarder sans rien dire alors qu'ils n'avaient jamais eu de mal à discuter pendant des heures.

— Donc, dit enfin Grace en ramenant une mèche derrière son oreille, ne le prends pas mal, mais... qu'est-ce que tu fais là ?

— La même chose que toi, on dirait. Craig m'a invité pour Thanksgiving.

Son téléphone vibra alors.

Craig : Tu es arrivé au chalet ?

Ryan : Ouais. Tu as oublié de me dire que Grace allait venir aussi.

Craig : Ah bon ? Je croyais que je te l'avais dit. Maddie l'a invitée.

Ryan : Non, je suis certain que je m'en serais souvenu.

Craig : Eh bien, tu vas sans doute me tuer mais... Maddie et moi ne pourront pas venir. La route est fermée jusqu'à nouvel ordre.

Ryan : Et toi qui voulais me faire venir plus tôt pour tout préparer. Quelle heureuse coïncidence.

Craig : Ouais. Sinon, la pauvre Grace serait coincée là-bas toute seule. Maintenant, elle est coincée, mais avec toi. De rien.

Ryan ne put s'empêcher de sourire. En y réfléchissant ainsi... il lui était reconnaissant.

Ryan : Envoie-moi un message demain.
Craig : J'essaierai. Je travaille demain.

— Je crois que nos amis nous ont tendu un piège, déclara-t-il en jetant un regard dans sa direction.

Grace avait les yeux rivés sur son téléphone et rit.

— On dirait bien.

— Donc, c'est juste toi et moi, pour cette nuit. Qu'est-ce que tu veux faire ?

S'embrasser ? Se mettre à poil devant la cheminée ?

— Eh bien, je comptais préparer à dîner après mon bain.

Il restait du vin dans le verre que Ryan avait posé sur le meuble. Il le fit glisser vers elle.

— Finis ton verre. Je m'occupe du dîner. J'ai des courses dans mon coffre.

— Ah, j'en ai aussi. Maddie les avait commandées et m'a demandé de les prendre.

Ryan ricana.

— C'est marrant. Craig m'a demandé la même chose.

Grace était sur le point de prendre son manteau.

— Eh bien, voyons ce que nos amis ont bien voulu nous offrir.

Il secoua la tête et lui prit le manteau des mains.

— Je m'en occupe. Tu vas geler dehors. Je ne sais pas si tu as remarqué, mais il y a un blizzard qui approche. Profite de ton vin.

— Puis-je t'en verser un verre ?

— Non. J'ai vu une bouteille de scotch dans l'un des sacs. Ce n'est pas de la sous-marque, et je ne vais pas me gêner.

Il y avait déjà cinq bons centimètres de neige sur sa voiture, et la Prius allait bientôt être recouverte.

— Tu as déjà tout sorti de ta voiture ? demanda Ryan en secouant son manteau après être revenu.

— Je crois. Pourquoi ?

— Parce que sinon, tu vas bientôt avoir besoin d'une pelle pour y accéder, répondit-il en riant. Et d'un sèche-cheveux pour les portières. J'ai eu du mal à ouvrir les miennes et ça ne fait pas longtemps que je suis là.

Grace posa les mains sur la fenêtre pour voir dehors dans la nuit.

— Waouh, c'est le déluge. Tu crois qu'on sera coincés ici longtemps ?

Ryan aurait pu rester au chalet un mois sans problème.

— C'est difficile à dire. Un jour ou deux, j'imagine.

— Donc, il n'y aura que toi et moi pour Thanksgiving ?

— J'en ai bien peur. Désolé.

— Ne le sois pas, répliqua Grace avec un sourire sincère sur le visage. Je crois qu'on va bien s'amuser. Je n'ai jamais préparé le dîner de Thanksgiving de ma vie.

— Moi non plus. C'est toujours ma mère qui s'en occupe. Et à la caserne, ce sont les recrues.

— Mais tu étais bien une recrue, fut un temps ?

— Durant ma première année, je n'étais pas de service pour Thanksgiving. Et pour Noël, c'était facile. J'ai acheté le jambon chez Honey Bake.

— Pratique.

— Voyons un peu ce qu'on a, déclara Ryan en ouvrant les sacs. Il y a beaucoup d'ingrédients pour les entremets et les desserts, mais...

Grace l'aida à ranger les courses et ajouta :

— J'ai acheté la dinde et les pommes de terre.

Puis elle souleva un sac contenant cinq kilos de croquettes.

— De la nourriture pour chien ?

— Pour Tank, le chien de Sloane. Il reste chez moi jusqu'à ce que son maître rentre de mission. J'allais l'emmener avec moi mais mon petit frère Josh m'a proposé de s'en occuper. Puisque je m'attendais à ce qu'il y ait du monde ici, j'étais content de ne pas avoir à venir avec un golden retriever.

— Des nouvelles de Sloane ?

— Pas encore. J'espère qu'on en saura plus bientôt. Il nous manque à tous – surtout à Tank.

Ryan pria alors en silence pour que son ami revienne sain et sauf tandis qu'il inspectait le garde-manger avant d'ouvrir le réfrigérateur.

— Eh bien, on ne risque pas de mourir de faim, au moins. Est-ce qu'on prend les steaks, pour ce soir ?

Grace fit la grimace.

— Comment est-ce qu'on va les cuire ?

Il sortit une poêle en fonte de l'un des placards et lui fit un clin d'œil.

— Tu vas adorer ma méthode. Promis. Mais commençons par les pommes de terre.

La belle secoua la tête d'un air incrédule.

— Mais qui es-tu ?

Ton putain de preux chevalier, Doc.

Chapitre Dix-huit

Grace

Tandis que Ryan enveloppait les pommes de terre dans du papier aluminium, elle sortit des verres afin de verser le scotch et d'y ajouter des glaçons. Elle lui en tendit un lorsqu'il referma la porte du four. Ryan avait l'air parfaitement dans son élément avec son jean et son T-shirt beige dont les manches étaient remontées jusqu'aux coudes.

— Merci, dit-il avant de lui prendre la main pour la conduire au salon, où seule la lumière des flammes régnait.

Ryan saisit son verre de vin et le plaça sur le foyer, juste à côté de son verre de scotch, puis la tira jusqu'au tapis devant le feu.

La scène était on ne peut plus romantique. Grace aurait facilement pu se laisser prendre au jeu.

— On dirait presque que c'est trop beau pour être vrai, remarqua-t-elle en regardant les flammes.

Ryan l'imita tout en prenant son verre. Elle sentit son regard se poser sur elle.

— Ouais, on est dans notre petit cocon ici. Personne ne se doute que nous sommes là.

— Enfin, presque personne. Nous ne nous sommes pas retrouvés ici par hasard. Tu crois qu'ils comptaient sincèrement nous rejoindre ?

Un sourire se dessina sur ses lèvres alors qu'il lui montrait le message de Craig disant qu'il travaillerait le lendemain.

— Waouh, dit Grace. J'ai l'impression que je devrais être contrariée qu'on m'ait menti.

Puis elle le regarda avec douceur.

— Mais je suis contente d'être ici. Je ne savais pas si tu allais m'adresser à nouveau la parole un jour. Je n'ai pas du tout aimé comment les choses se sont terminées entre nous.

Ryan l'observa, pensif.

— Moi non plus, Doc.

Les deux mains de Grace étaient posées autour du verre de vin et elle posa les lèvres dessus avant d'avouer :

— Nos conversations me manquaient.

Il pencha la tête.

— Seulement nos conversations ? Tout chez toi me manquait.

Elle hocha la tête, les larmes aux yeux. Une fois de plus, Ryan lui prit le verre des mains pour le poser sur le foyer, puis lui balaya les cheveux du visage pour la regarder dans les yeux.

— La lueur de tes yeux après chaque sourire me manquait. Ton rire. Tes avis brillants sur tous les sujets.

Ryan s'approcha plus près.

— Et me dire que je ne revivrais plus jamais ça... ça me tuait à petit feu.

Un instant plus tard, ses lèvres arrivèrent sur les siennes – tendrement, d'abord. Il voulait s'assurer qu'elle le veuille autant que lui.

Grace lui retourna son baiser sans hésiter et lui posa une main sur la joue. Elle le sentit sourire tandis qu'il passait les doigts dans ses cheveux afin de la rapprocher de lui alors que sa langue cherchait la sienne.

Ses lèvres avaient le goût du scotch, et l'odeur de son eau de Cologne lui enivra les sens. Grace se sentit glisser contre la fausse fourrure et le corps habillé de Ryan l'enveloppa.

— Je me sens presque nue comparée à toi, murmura-t-elle.

Il enleva son T-shirt et son débardeur en un seul mouvement.

— C'est mieux ?

La lumière des flammes vacillait sur son torse musclé tandis que les ombres dansaient sur ses tatouages. Dieu qu'il était sublime.

Grace passa les bras autour de son cou et le ramena contre elle.

— Beaucoup mieux, assura-t-elle.

Ryan se redressa ensuite et posa son poids sur ses avant-bras tout en faisant courir un doigt le long de son haut de pyjama en satin jusqu'à arriver à l'un de ses tétons pointus.

— Maintenant, c'est *moi* qui me sens nu.

Elle sourit et se mordit la lèvre en levant les yeux.

— Ah bon ?

Il défit le premier bouton de son pyjama d'un air hésitant.

— Mhmm, dit-il avant de s'attaquer lentement au suivant tout en l'observant.

Grace cambra simplement le dos en guise de réponse.

Il s'occupa des autres boutons avant de séparer sa chemisette en deux afin de révéler ses seins nus. Il la dévora d'un regard émerveillé.

— Mon Dieu, tu es si belle, murmura Ryan d'une voix rauque.

La chair de poule l'envahit. Grace se devait d'admettre que sa capacité à la faire se sentir belle en un seul regard l'emplissait de bonheur.

Ryan ricana doucement lorsqu'il remarqua la réponse de son corps avant de passer le bout de ses doigts entre ses seins, puis en dessous. Il s'occupa alors d'un téton et elle ne put que gémir lorsque sa bouche se posa autour pour le lécher délicatement avant de le mordiller. Grace se cambra contre son corps tout en tenant fermement ses cheveux entre ses doigts.

Ses bras arrivèrent autour d'elle tandis que sa bouche commença à s'occuper de son sein gauche.

Il appuya son érection contre son entrejambe et Grace le sentit dur comme le roc malgré la barrière que constituait son jean. Elle releva légèrement les hanches pour le sentir davantage.

En temps normal, elle commencerait à paniquer. La grande fenêtre donnant sur l'extérieur n'était pas couverte. Quiconque doté d'un bon appareil photo pourrait prendre d'excellents clichés d'eux. Mais le corps si puissant de Ryan la fit se sentir en sécurité – comme toujours. Grace savait qu'il la protégerait quoi qu'il advienne.

Il leva la tête et son regard plongea sur elle jusqu'à trouver le sien tandis qu'il lui caressait la mâchoire.

— Grace...

Un seul mot, mais la question était évidente.

— Tu as apporté quelque chose ? demanda-t-elle en parlant bien entendu de protection.

Ryan secoua légèrement la tête en faisant la grimace.

— Non. Enfin, si j'en ai, ils sont trop vieux. Mais je n'ai aucun problème de santé, je le sais. Je me suis fait tester en juin. Il ne s'agit que de contraception.

— En juin ? répéta Grace d'un air taquin. On est en novembre.

Il lui déposa un doux baiser sur la bouche, une lueur dans les yeux.

— Je n'ai couché avec personne d'autre depuis, Grace. Je me préservais pour toi.

Mon Dieu.

Maddie le lui avait dit, mais elle ne s'était pas permise d'y croire. Grace avait mis un point d'honneur à ne pas baisser la garde, même lorsqu'il ne lui donnait aucune raison de douter. Mieux valait ne prendre aucun risque.

Un sourire timide lui traversa le visage et elle se mordit la lèvre pour le réprimer, en vain.

— Je n'ai aucun souci non plus. Et je prends la pilule.

L'expression de Ryan se fit maintenant sérieuse.

— Tu me fais confiance ?

— Oui, bien sûr.

Et Grace était sincère. Mais avec son cœur ? C'était une autre histoire. Une histoire qu'elle analyserait plus tard.

Il se pencha donc et l'embrassa, cette fois avec plus de fougue. Sa langue rechercha la sienne avant de tournoyer dans sa bouche alors qu'il prenait une grande inspiration par le nez. La main avec laquelle il lui massait les seins se fit plus insistante.

Grace eut du mal à défaire les boutons de son jean.

— Tu devrais enlever ça, murmura-t-elle contre ses lèvres.

Ryan sourit, puis roula sur le côté en se débarrassant du jean. Elle dut quitter ses abdominaux saillants du regard, au risque de le chevaucher, afin que sa langue puisse goûter à sa peau – et à autre chose.

— Tu es sexy, murmura-t-elle.

— Ah oui ? répondit Ryan en souriant jusqu'aux oreilles.

— Oh que oui.

Il avait ôté son jean mais son boxer gris était toujours en place lorsqu'il l'enveloppa de nouveau avec son corps. Un de ses doigts se balada sur la ceinture de son short.

— Une fois encore, vous êtes trop habillée, Docteur Ericson.

Sans même lui donner l'occasion de répondre, Ryan glissa le long de son corps tout lui déposant des baisers sur la peau jusqu'à atteindre son short en satin. Ses yeux croisèrent les siens alors qu'il tirait doucement dessus – comme pour lui donner la possibilité de l'arrêter. Grace se contenta de relever les hanches afin de lui faciliter la tâche.

Sa profonde inspiration lui fit comprendre qu'il ne s'était pas attendu à ce qu'elle soit sans culotte et elle fut contente d'avoir honoré son rendez-vous chez l'esthéticienne, en fin de compte.

— Puuutain, murmura Ryan en passant les mains sur ses cuisses tandis qu'elle les écartait.

Sans perdre de temps, il caressa sa fente du bout des doigts sans la lâcher du regard.

— Quelle beauté, putain...

Ryan plongea ensuite entre ses jambes et explora lentement sa peau sensible avec sa langue. Il ne semblait pas pressé de s'occuper de son clitoris ou d'insérer un doigt en elle

– ce qui était aussi frustrant qu'excitant. Il voulait la savourer et prendre son temps pour apprivoiser tous les recoins de son être.

Grace sentit ensuite les picotements de son désir et remonta les hanches.

— S'il te plaît... murmura-t-elle.

Un sourire se forma contre sa chatte tandis que Ryan introduisait lentement un doigt à l'intérieur avant qu'un deuxième ne le rejoigne. Grace lâcha un long gémissement et prit ses seins à pleines mains, les yeux fermés. Plus rien n'existait à part le plaisir qu'il lui procurait.

Sa langue trouva enfin son clitoris et se mit à tournoyer doucement autour. Ryan garda un rythme de croisière jusqu'à ce qu'il la sente prête à exploser. Ses doigts et sa langue travaillèrent ensuite de plus en plus vite, si bien que Grace se cambra de tout son long au-dessus du tapis, le corps complètement crispé. Un frisson inédit lui traversa la colonne vertébrale et l'extase déferla sur son être tout entier tandis qu'elle hurlait en tremblant de la tête aux pieds. Ryan ne s'arrêta que lorsqu'elle le repoussa pour se retourner.

Un instant plus tard, il arriva à ses côtés pour se blottir dans son cou et la tenir fermement contre lui.

— Je crois que je n'ai jamais rien vu d'aussi sexy, déclara-t-il d'une voix grave dans son oreille.

— Ce... répondit Grace, à bout de souffle. C'était... waouh.

Le minuteur des pommes de terre se mit à sonner.

— Je n'ai pas envie de bouger, grogna Ryan contre ses cheveux.

Il la tint plus fermement alors que le bruit continuait.

Grace resta contre lui et gloussa intérieurement en sachant que son instinct de pompier allait prendre le dessus. Enfin, il releva la tête d'un air abattu.

— C'est bon, j'arrive ! s'écria-t-il envers le bruit tout en se levant.

Elle attrapa le débardeur qui se trouvait dans son T-shirt à manches longues et l'enfila avant de le rejoindre dans la cuisine. Ryan sortait le plat contenant les pommes de terre du four – un vrai mannequin malgré son boxer et ses gants pour seule tenue. Sa queue était toujours dure.

— Tu devrais poser comme ça pour le prochain calendrier, déclara-t-elle. Si tu faisais la couverture, les ventes seraient terminées en une journée. Toutes les femmes de la ville voudraient l'accrocher quelque part.

Il lui jeta un regard confus.

— Quoi ?

— Tu es le fantasme de toutes les femmes, dans cette tenue, expliqua Grace en le pointant du doigt.

Ryan retira ses gants d'un air théâtral, puis les posa sur le plan de travail avant de la rejoindre.

— Tu es très sexy aussi, avec tes cheveux en bataille et mon débardeur sur le dos, répliqua-t-il avant de la serrer contre lui. Et il n'y a qu'une seule femme dont je veuille être le fantasme. Toi.

Il l'embrassa fougueusement et les jambes de Grace menacèrent de lâcher. Lorsqu'il se retira, elle dut s'accrocher à lui pour garder l'équilibre.

— Vous êtes très doué pour embrasser, Ryan Kennedy, dit-elle en levant les yeux vers lui.

— C'est une discipline dans laquelle on ne peut être bon qu'à deux, Grace Ericson. Je dirais qu'ici aussi, nous formons une bonne équipe.

Rien à redire.

****

Ryan

Il n'était pas en train de rêver. Le fantasme qui l'avait hanté depuis leur première rencontre venait enfin de se concrétiser. Et le meilleur dans tout cela ? La réalité dépassait la fiction – et de loin.

Ryan espérait simplement qu'il ne s'agissait pas simplement d'une amourette qui prendrait fin après le weekend.

Il faillit demander à Grace de mettre un nom sur ce qui se passait mais se ravisa. En toute franchise, il craignait sa réponse. De plus, qu'arriverait-il au reste de leur séjour s'il n'appréciait pas sa façon d'interpréter leur désir ? Tout serait gâché. Ryan allait donc jouer le jeu et profiter du moment présent. La vraie vie attendrait la fin de la tempête.

— Comment tu veux ton steak ? demanda-t-il près du fourneau, un tablier accroché à la taille.

— À point.

— Cette femme veut me faire craquer.

— Je vais faire la salade, proposa Grace.

Ils formaient vraiment une bonne équipe, dans tout ce qu'ils avaient entrepris jusque-là. Ryan ne se faisait aucune inquiétude quant à ce qui se déroulerait dans la chambre un peu plus tard.

Il avait adoré la faire jouir et voir son corps réagir aussi intensément à son toucher. Son goût pourrait aisément le rendre accro. Impossible pour lui d'en avoir assez un jour.

La regarder se mouvoir dans la cuisine dans le débardeur blanc qui lui arrivait juste au-dessus du cul ne manqua pas de l'exciter à nouveau – sans oublier ses délicieux tétons qui tendaient le tissu.

Ryan éteignit la cuisinière, défit son tablier et l'ôta avant de sortir deux assiettes du placard lorsque Grace arriva derrière lui pour lui embrasser le dos tout en posant les mains sur son boxer afin de le caresser – ce qui le rendit dur en quelques secondes.

— Mmm, tu as une belle queue, ronronna-t-elle contre sa peau.

Ryan ferma les yeux et déglutit d'un coup. Personne ne l'avait touché depuis plus de six mois. Six longs mois de célibat.

Il posa une main sur la sienne afin de mettre un terme à ses caresses.

— Tu dois t'arrêter, Doc, dit-il en se retournant pour lui faire face. Sauf si tu veux que je te baise sur le plan de travail.

Le sourire diabolique qui se dessinait sur les lèvres de Grace lui indiqua que l'idée n'était pas mauvaise.

— Peut-être demain, en attendant que la dinde soit prête.

— J'aime beaucoup cette proposition, répondit Ryan avant de l'embrasser. Vraiment beaucoup.

Il aimait énormément de choses chez elle.

— Moi aussi.

Elle le regarda avec un sourire sincère sur les lèvres – Dieu qu'elle était adorable.

— Allez, mangeons tant que c'est chaud, proposa Ryan.

Il devait se distraire, faute de quoi il la baiserait vraiment dans la cuisine.

Chapitre Dix-neuf

Ryan

— On pourra s'en occuper plus tard, déclara Grace en posant les assiettes et les couverts près de l'évier.

Ryan ferma la porte du réfrigérateur où il venait d'entreposer les restes.

— D'accord. Tu veux regarder un film ?

Il trouva que sa question était plus subtile que : *Tu veux aller au lit ?*

Grace secoua la tête.

— Jouons à un jeu.

— Quel genre de jeu ? demanda Ryan en souriant.

— Action ou vérité, répondit-elle avec un air satisfait sur le visage.

Si elle pensait l'effrayer, la pauvre se trompait lourdement.

— Quelle bonne idée. Quelles sont les règles ?

Grace leva un sourcil.

— Les règles ? D'action ou vérité ? Je pensais qu'elles étaient universelles. Tu choisis action ou vérité. Dans le premier cas, tu dois répondre sincèrement à la question qu'on te pose. Dans le deuxième, tu dois faire ce qu'on te dit.

— Mais si tu refuses d'obéir en choisissant action ? Quelle est le gage ?

— Ah, dit Grace en penchant la tête. Je ne sais pas. Qu'est-ce que tu proposes ?

Ryan haussa les épaules.

— Et si on disposait d'un joker pour chaque option ?

La belle sembla réfléchir à cette idée.

— D'accord. Ça m'a l'air honnête.
— Donc, qui commence ?
— Pierre-feuille-ciseaux ?

Une fois encore, Grace ne le décevait pas.

Ils serrèrent le poing et leurs regards se croisèrent alors qu'ils comptaient jusqu'à trois à l'unisson.

— Ha ! s'exclama-t-elle. La feuille recouvre la pierre.
— Donc, tu demandes en premier ?
— Oui.

Ryan hocha la tête.

— Remplissons nos verres avant de commencer.
— Oui, bonne idée.

Une fois les verres remplis, ils s'installèrent sur le canapé, face à face.

— D'accord, déclara Grace en ramenant les pieds sous ses cuisses. Action ou vérité ?

Ryan avait déjà réfléchi à son premier choix. *Vérité* pourrait les emmener assez loin dans les sentiments qu'ils éprouvaient l'un pour l'autre, mais sa queue le suppliait de choisir *action*, dans l'espoir que l'atmosphère se réchauffe. Il décida finalement que si la conversation se faisait plus intense, la baise qui s'en suivrait ne serait que meilleure.

— Vérité.

Grace répliqua immédiatement, comme si cette question lui trottait dans la tête depuis toujours.

— Est-ce que tu as déjà regretté d'avoir annulé ton mariage ?

— Pas une seule seconde, répondit Ryan sans la moindre hésitation.

Après quelques instants pour lui laisser digérer ses mots, il reprit les rênes.

— À moi. Action ou vérité ?

— Vérité, choisit Grace en lui jetant un regard suspicieux.

Tant de questions lui vinrent à l'esprit, mais il décida d'y aller pas à pas.

— Est-ce que tu veux te marier, un jour ?

— Bien sûr.

— Et avoir des enfants ?

— C'est une nouvelle question mais je vais y répondre. *Cette* fois. Oui, j'adorerais devenir mère, un jour.

— Tu veux une grande famille ?

— Waouh, quel tricheur, répondit Grace d'un air sévère.

Néanmoins, elle accepta de répondre.

— Je crois que j'attendrai de voir comment je me sens après le premier enfant.

— Tu as déjà pensé à adopter ?

— Pas vraiment, mais je ne vois pas le mal, dit-elle avant de lui couper l'herbe sous le pied. À moi, maintenant.

— Vérité, répliqua directement Ryan.

— Qu'est-ce qui te rend le plus heureux ?

Waouh. Il ne s'attendait pas à ça.

Ryan fronça les sourcils et resta silencieux un long moment.

— Trois réponses se battent pour la première place, expliqua-t-il. Quand je fais du bon travail et que nous sauvons des vies, j'ai l'impression d'avoir une raison de vivre sur cette planète. Quand je suis avec mes amis et ma famille, je peux être moi-même et c'est un bonheur assez important.

Il lui jeta un regard avant de poursuivre.

— Mais quand je suis à tes côtés, Doc, mon âme s'envole. Je me sens vivant. Je vais donc corriger ma réponse : il n'y a pas de débat. *Tu* es ce qui me rend le plus heureux.

— C'est beaucoup de pression, murmura Grace.

— Je ne voulais pas que ça le soit, mais tu m'as posé une question et je devais te répondre honnêtement. Je suis le plus heureux quand je suis avec toi.

Ryan espérait qu'elle comprendrait qu'il était digne de confiance. Il était sincère et ne cherchait pas simplement à la séduire.

Grace se pencha en avant et prit son visage entre ses mains pour le regarder droit dans les yeux.

— Je suis la plus heureuse quand je suis avec toi.

Putain.

Jeu, set et match.

La partie était terminée. La belle ne parviendrait plus jamais à se débarrasser de lui.

Ryan passa une main derrière sa tête et captura ses lèvres dans un baiser transpirant le désir. Grace répondit avec la même intensité et arriva sur ses genoux. Sa chatte se retrouva appuyée contre son érection – toujours prisonnière de son boxer. Malgré la présence du tissu, il ressentait déjà l'étendue de son excitation.

Il lui ôta ensuite le débardeur qu'elle portait afin de révéler ses nichons si parfaits qui étaient au même niveau que ses yeux. Ni une ni deux, Ryan en rapprocha un de sa bouche pour sucer un téton tout en jouant avec l'autre. Grace remua les hanches contre les siennes et ils étaient pratiquement en train de baiser. La seule barrière restante était son boxer.

La belle passa une main entre eux pour tirer sur le tissu tout en relevant légèrement les hanches. Sans interrompre l'attention qu'il portait sur ses seins, Ryan projeta le boxer un peu plus loin.

Il désirait vraiment la retourner sur le dos et la baiser comme une bête mais décida de lui octroyer le contrôle du tempo. Lorsque Grace se pencha près de sa queue, il mordilla son téton rose et dur tout en s'agrippant à sa peau crémeuse. Leurs regards se rencontrèrent au moment où elle s'empala sur lui.

— Putain, grogna Ryan en penchant la tête en arrière.

Grace gémit tout en fermant les yeux.

Leurs corps bougèrent ensuite en parfaite harmonie afin d'accompagner les mouvements de chacun. Ryan vivait le nirvana et il ne lui fallut pas longtemps pour atteindre ses limites.

Six mois de tensions réprimées.

Les mains posées sous son cul parfait, il la souleva de lui afin de la faire se tenir debout sur le canapé tandis qu'il posait la tête sur un coussin. Grace hésita, peu certaine de ce qu'il voulait d'elle, jusqu'à ce que Ryan rapproche l'un de ses genoux de sa tête avant d'écarter sa chatte luisante avec les mains. Elle posa la poitrine contre le dos du canapé, à côté de lui, tandis qu'il se délectait d'elle. Son clitoris était gonflé et sortait de son capuchon, si bien que Ryan décida de l'aspirer dans sa bouche tout en plongeant deux doigts en elle.

— Putain, tu es si bonne, Doc, grogna-t-il.

Sa queue était toujours dure comme le roc alors qu'il la dévorait. Les entrailles de Grace ne tardèrent pas à se resserrer violemment autour de ses doigts.

— Voilà, bébé. Jouis pour moi. Vas-y.

Il la sentit se détendre avant que son nectar ne lui inonde les doigts tandis que son corps tremblait.

— Oui, gémit Grace. Oui. Mon Dieu, oui !

Après une grande inspiration, elle se replaça au-dessus de lui et Ryan la prit tandis que son orgasme lui secouait toujours les membres. La belle passa les bras autour de son cou et se mit à le chevaucher. Voir ses seins rebondir dans tous les sens et la sentir ne faire qu'un avec lui ne lui permit pas de tenir plus longtemps. Grace se resserra autour de sa queue et il se déversa au plus profond d'elle tout en hurlant comme un fauve.

— Putain, c'est sexy, murmura-t-elle dans son oreille alors qu'ils luttaient pour reprendre leur souffle.

Ryan ferma les yeux et la tint contre lui en profitant de l'instant jusqu'à ce qu'ils se calment.

— J'adore les bruits que tu fais quand tu jouis, ronronna Grace.

— J'adore tout de toi quand tu jouis, répliqua-t-il. Tu es la femme la plus bandante que j'aie jamais rencontrée.

Elle s'éloigna en riant.

— Mon Dieu, tu mens comme tu respires, déclara Grace avant de saisir son débardeur pour s'essuyer l'entrejambe. Je sais bien que je n'ai rien d'une bombe sexuelle.

Ryan s'occupa de sa chatte à sa place tout en lui attrapant la nuque afin d'appuyer son propos.

— Je ne mens pas. Tu *es* la femme la plus sexy que j'aie jamais vue. Tu es parfaite, putain. Je t'ai...

Il se reprit immédiatement.

— Je t'adore.

Grace chercha son regard avec le sien et lui caressa la mâchoire.

— Je t'adore aussi.

Il jeta le débardeur à travers la pièce puis vint la remettre sur lui alors qu'il se recouchait sur le canapé. Grace posa la tête contre son torse et leurs chevilles se croisèrent.

— C'était incroyable, murmura-t-elle. Je n'ai jamais eu plus d'un orgasme en une nuit.

— Et la nuit ne fait que commencer, Doc.

Son gémissement de surprise était exactement la réaction qu'il espérait. Grace leva la tête pour le regarder.

— Exactement. Elle vient à peine de débuter.

Si cela ne tenait qu'à Ryan, ils passeraient leur temps au lit jusqu'à la fin du weekend.

****

Grace

Ryan la fit jouir une fois de plus avant d'aller au lit. Elle fut d'ailleurs surprise de pouvoir atteindre à nouveau l'orgasme, mais la concentration et l'expertise dont il faisait preuve lui permirent de repousser les limites du possible.

Sans oublier son corps de bête. Comment un homme pouvait-il être si beau ?

Elle s'endormit dans ses bras, heureuse et satisfaite. La chambre était sans doute la pièce la plus froide du chalet, mais des études montraient qu'une faible température procurait un meilleur sommeil.

Il neigeait toujours à gros flocons lorsque Morphée les emporta au pays des rêves.

Le réveil de Ryan sonna beaucoup trop vite. Ils s'étaient mis d'accord pour se réveiller tôt et préparer la dinde, nettoyer la cuisine et faire une sieste sur le tapis en fourrure tout en regardant la parade de Thanksgiving à la télévision.

— Et le football ensuite, avait-il ajouté rapidement.

— Bien sûr.

Travis, le mari d'Ava, avait habitué la famille à regarder le football lors de Thanksgiving près de sept ans auparavant. Frannie s'était d'abord montrée réticente, mais le fait que Travis lui ait donné ses premiers petits-enfants lui accordait beaucoup de passe-droits.

— Est-ce qu'on doit *vraiment* se lever ? grommela Grace en se retournant sous la couette.

Ryan était déjà debout et enfilait son pyjama bleu et vert à carreaux. Il se pencha pour lui déposer un bisou sur la joue.

— Non, murmura-t-il. Reste au lit. Je m'occupe de tout.

Grace se blottit dans le lit. Le pompier venait de se hisser à la première place de la liste de ses personnes préférées. Cela faisait également de lui un très bon petit ami potentiel.

— Merci, répondit-elle en souriant avant de se rendormir.

Elle ne se réveilla que deux heures et demie plus tard.

— Mon Dieu ! s'exclama-t-elle en regardant l'heure sur sa montre Fitbit.

La pauvre n'avait pas voulu dormir *aussi* longtemps. Elle rejeta la couette et un vent froid lui frappa le corps. Ce fut donc en tremblant qu'elle alla chercher un jogging moulant, des chaussettes et un pull de son sac.

Après avoir fait le lit, Grace se rendit jusqu'au salon en silence. La parade était encore diffusée, mais elle en avait déjà raté la majeure partie. Les trois heures de décalage horaire signifiaient que l'événement avait commencé à six heures du matin, lorsque Ryan s'était réveillé.

— Hé, la marmotte, dit-il en lui faisant un clin d'œil lorsqu'elle apparut dans la cuisine à la recherche de café.

Il semblait être parfaitement à sa place, vêtu d'un pull portant l'emblème des pompiers de San Diego. Ses cheveux étaient en bataille, comme toujours, et il préparait un plat dans une casserole.

— J'ai enregistré la parade donc tu peux rembobiner jusqu'au début.

— Ah, merci. C'était très gentil de ta part. À quelle heure commence le football ?

— Les Lions jouent dans une heure, puis les matchs s'enchaînent jusqu'au soir. Mais ne t'en fais pas pour ça. Regarde la parade.

— Eh bien, si tu l'as enregistrée, on pourra la regarder plus tard ce weekend. Suivons les matchs en direct.

Ryan lui lança un nouveau clin d'œil depuis le plan de travail.

— J'ai fait du café. Il y a du lait dans le frigo.

— Est-ce que... demanda Grace en jetant un œil à la casserole, tu prépares des haricots verts aux champignons ?

— Oui. Ma mère m'a envoyé sa recette. Fort heureusement, nos hôtes disposaient des ingrédients.

Elle sortit une tasse d'un placard.

— Ah oui, nos hôtes. Tu as eu des nouvelles de nos deux farceurs ce matin ?

— Pas encore.

Grace versa le café fumant dans sa tasse avant de porter les doigts à ses lèvres, comme si elle mijotait un plan.

— On devrait les faire stresser. Leur faire croire que le weekend est un désastre.

Ryan sourit.

— Tu es un génie du mal. J'aimerais penser qu'ils le méritent, mais je mentirais si je disais que je n'étais pas reconnaissant d'avoir été manipulé.

Elle reposa la cafetière sur la cuisinière et alla chercher le lait dans le réfrigérateur en soupirant.

— Ouais, tu as raison. Je suis aussi reconnaissante que toi mais...

— Tu n'as pas envie que ça devienne une habitude.

— Exactement !

— D'accord, concéda Ryan en ricanant. Nous concocterons notre plan machiavélique après avoir décidé ce que nous allons manger ce soir.

— Ça marche, accepta Grace en inspectant les alentours. Donc, de la dinde et des haricots verts ainsi que leur velouté de champignons. J'ai amené de quoi préparer un gâteau au chocolat et il y a une tarte à la cerise posée quelque part. Nous avons encore des pommes de terre qu'on pourrait écraser. Quoi d'autre ?

— Et la farce ? Des patates douces ? Des canneberges ?

— J'ai vu une conserve de sauce aux canneberges dans l'un des sacs de courses, expliqua-t-elle en ouvrant le garde-manger. Et je crois avoir vu une boîte de farce. Pas de patates douces, en revanche.

— C'est déjà bien. Les patates douces, c'est trop de travail, si on les fait comme ma mère. Elle y ajoute des marshmallows, entre autres. On dispose d'assez de nourriture pour se remplir la panse.

Grace trouva la boîte rouge contenant la farce et la secoua devant lui avant de la poser sur le plan de travail, près des canneberges et des pommes de terre.

— Ouais, je n'aime pas vraiment les patates douces, d'ailleurs. Et nous pourrions survivre un mois entier avec toute la nourriture qu'il y a ici.

Ryan recouvrit sa casserole de papier aluminium et la déposa dans le réfrigérateur.

— Je la mettrai au four plus tard. On a encore du temps devant nous avant que la dinde ne soit prête. Tu as envie d'un petit-déjeuner ?

Grace secoua la tête.

— J'ai trop peur de me gaver, avec toute la nourriture qui nous attend.

— On doit bien manger un peu. J'ai besoin que tu gardes des forces pour plus tard, expliqua Ryan avec un clin d'œil.

— Pourquoi ? demanda Grace en lui lançant un sourire charmeur. Que se passera-t-il plus tard ?

D'un air innocent, il répondit :

— On va faire un bonhomme de neige. Et j'ai vu des skis dans une armoire. On pourrait les essayer.

— Un bonhomme de neige, pourquoi pas. Mais du ski ? J'arrive à peine à garder l'équilibre dans mes bottes. Je suis un pur produit de San Diego. La neige et moi, ça fait deux.

Ryan rit et vint la prendre dans ses bras. Elle adorait la sensation que lui procurait son corps si dur et tendre à la fois.

— D'accord, pas de ski. Mais c'était un bon moyen de faire du cardio.

Comme si cela aurait suffi à la convaincre.

— J'ai bien d'autres moyens de faire du cardio.

— Moi aussi, grogna-t-il dans le creux de son oreille.

La chair de poule lui gagna la peau. Il arrivait toujours à réveiller ses instincts les plus primitifs.

Ryan lui releva le menton et l'embrassa tendrement. Ses lèvres avaient un goût de dentifrice et Grace était certaine que les siennes avaient celui du café. Cela ne semblait pas le déranger.

— Joyeux Thanksgiving, murmura-t-il contre ses lèvres.

— Joyeux Thanksgiving.

— Je n'arrive pas à imaginer une meilleure façon de commencer le weekend qu'en me réveillant à côté de la femme de mes rêves.

Grace leva les yeux au ciel.

— Tu dois vraiment rêver plus grand, mon ami.

Ryan l'attrapa par le cul et la souleva sur le plan de travail en se plaçant entre ses jambes, avant de revenir près de son visage.

— Je n'ai besoin de rien d'autre, bébé, mis à part te préparer à manger, regarder des matchs et te faire l'amour. Mes rêves sont très bien comme ils sont. Tout ce que tu as à dire, c'est : *oui, monsieur, vous avez raison.*

Sa détermination était excitante. Grace appréciait le côté plus agressif et autoritaire de Ryan.

— Mmm, oui, monsieur, ronronna-t-elle en le regardant avec des yeux de biche.

Un sourire lubrique se dessina sur son beau visage et il lui fit sentir sa queue rigide contre son entrejambe.

— Voilà qui est mieux, grogna-t-il avant de l'embrasser.

Tandis que sa langue explorait sa bouche, Grace enroula les jambes autour de sa taille et il la souleva en l'air afin de la porter jusqu'à la chambre. Le petit-déjeuner pouvait attendre, en fin de compte.

Chapitre Vingt

Ryan

Après cette délicieuse scène dans la cuisine, il l'emmena dans la chambre pour la prendre sans ménagement jusqu'à lui donner deux orgasmes, avant de la rejoindre au septième ciel.

L'harmonie qui se dégageait de leurs interactions à chaque instant était fantastique.

Une fois calmés, Grace rampa sur son torse et déposa des baisers le long de ses pectoraux avant poser la tête au-dessus de son cœur. Ryan lui caressa gentiment le dos du bout des doigts. Sa peau soyeuse et ses petits bruits de satisfaction le remplissaient de bonheur.

Il était fou amoureux d'elle. Point final.

Ils firent la sieste durant une demi-heure et Grace fut la première à se réveiller avant d'essayer de se lever en silence. Ryan lui attrapa le poignet afin de l'embrasser et se leva à son tour.

Même si le chalet ne disposait que d'une seule chambre, il y avait deux salles de bain, et chacun choisit la sienne. Après cinq minutes sous la douche, Ryan émergea dans un jogging et un T-shirt. Il se changerait pour le dîner, en fonction de Grace. Il ne savait pas si elle prenait beaucoup de temps pour se laver et alluma donc la télévision pour regarder les Lions.

La belle arriva dans le salon en finissant de nouer ses cheveux humides dans une queue de cheval, mais repartit immédiatement vers la cuisine.

— Je meurs de faim ! Combien de temps avant que la dinde ne soit prête ?

— Trois ou quatre heures, minimum.

— Noooon ! C'est une éternité !

Ryan se leva du canapé.

— Je t'ai promis de te préparer le petit-déjeuner et il n'est pas encore midi, donc je peux toujours tenir parole. Comment est-ce tu aimes tes œufs ?

— Brouillés.

— Tu veux préparer les toasts ?

— Je pense en être capable, répondit Grace avec un sourire sur les lèvres.

Il sortit donc une poêle du placard et s'occupa des œufs tandis que la belle dansait à travers la pièce.

— Tu es de bonne humeur, dis-moi, remarqua Ryan.

Elle passa un doigt sur son torse avant de tourner les talons en levant les bras en l'air.

— J'ai eu cinq orgasmes en à peine dix-huit heures. Je suis coincée sous la neige avec un formidable pompier aux allures d'Apollon dans un chalet au milieu des montagnes *et* il me prépare à manger. Comment ne pas être de bonne humeur ?

Ryan la prit par la taille et la serra contre lui.

— Tu es adorable, Doc. Je...

Il s'interrompit.

— Je... tout chez toi me donne envie de ne jamais te quitter.

Grace pencha la tête contre son épaule.

— Pourquoi dois-tu toujours être si merveilleux ?

— Est-ce un défaut ? demanda-t-il en souriant.

— Peut-être...

Merde. Voilà une réponse qu'il n'avait pas envie d'entendre.

Ryan lui déposa un baiser sur la joue et la relâcha. Durant le reste de la matinée, ils refusèrent d'approfondir la conversation et ne parlèrent que de football et d'autres sujets mondains.

Ils semblaient savoir qu'une discussion sur ce qui se passait entre eux avait le pouvoir de détruire ce weekend parfait en montagne. Néanmoins, Ryan ne comptait pas partir avant d'avoir mis certaines choses au clair concernant leur avenir.

Il n'allait simplement pas le faire maintenant. Sans trop savoir pourquoi, il sentait que la réponse de Grace n'allait pas lui plaire. Ainsi, Ryan s'efforcerait de lui faire comprendre qu'elle ne pouvait pas vivre sans lui.

****

Grace

— C'est bizarre de préparer un tel repas sans avoir nos proches pour Thanksgiving, déclara-t-elle en posant le bol de purée sur la table avant de s'asseoir. Et de venir à table en jogging.

Ryan la suivit avec la dinde et la posa près de sa chaise – là où la découpe serait plus facile.

— Je sais. J'ai amené des vêtements plus distingués...

Grace secoua la tête en souriant.

— Je me fiche que tu te changes.

— Pareil. Sans mentir, je crois qu'il s'agit du meilleur Thanksgiving que j'aie jamais fêté.

— Tu devrais goûter au repas avant de faire une déclaration pareille, répondit Grace d'un air taquin.

Ryan se pencha en avant et l'embrassa tendrement avant de poser son front contre le sien.

— On pourrait manger des macaronis au fromage brûlés et réchauffés au micro-onde, et ça serait toujours le meilleur Thanksgiving.

Des papillons lui envahirent l'estomac – comme souvent ce weekend.

Il s'assit et s'approcha de la table en lui lançant un clin d'œil.

— Devrait-on prier ou exprimer notre gratitude ? Comment est-ce que tu veux procéder ?

— Eh bien, on fait les deux, dans ma famille.

— D'accord, commençons par la prière et on parlera de ce dont nous sommes reconnaissants tout en mangeant.

— J'aime bien cette idée.

Ryan lui prit la main et ferma les yeux. Elle n'était pas certaine qu'il veuille qu'elle prenne la parole et resta donc silencieuse. Après quelques instants, il ouvrit un œil et la regarda.

— Tu attends que je la dise ?

— Non, je peux le faire, répondit Grace en gloussant.

Une fois la prière terminée, il lui serra la main avant de la lâcher et de murmurer :

— Merci.

Lorsqu'il se leva pour découper la dinde, elle remarqua :

— Elle est magnifique. Tu t'es bien débrouillé. Tu es certain de n'en avoir jamais préparé une ?

— C'est fascinant, tout ce qu'on peut apprendre sur internet.

Une fois les assiettes remplies, Ryan lui demanda :

— Alors, quel est l'objet de ta gratitude, Doc ?

Grace avait déjà réfléchi à la question mais n'était pas certaine de la meilleure manière de répondre. Devrait-elle rester traditionnelle et évoquer sa famille, ses réussites personnelles, bla bla bla... ou devrait-elle se montrer plus sincère ?

Elle décida qu'après tout ce qu'ils venaient de partager ensemble, elle lui devait la sincérité. Mais la pauvre se ravisa à la dernière minute — elle avait la frousse.

— Je suis reconnaissante d'avoir une famille aimante — surtout des parents qui me laissent vivre gracieusement dans leur dépendance pour que je puisse me concentrer sur mes études. D'ailleurs, je suis reconnaissante d'avoir pu aller aussi loin dans mon parcours. Et j'ai des amis en or, bien sûr. Maddie, en particulier.

L'expression tendre de son visage l'incita à continuer.

— Et je suis reconnaissante que Craig et elle soient tombés amoureux l'un de l'autre. Ils m'ont ensuite permise de venir à une fête en mai où j'ai eu la chance de te rencontrer.

Le grand sourire qu'il avait sur les lèvres la rendit heureuse de ses aveux.

— Je suis également reconnaissant que Maddie et Craig soient tombés amoureux et t'aient amenée à mon enterrement de vie de garçon. Notre rencontre cette nuit-là a littéralement changé ma vie. Je suis content que nos amis aient décidé de nous piéger pour que nous nous retrouvions ici tous les deux. Je suis reconnaissant envers les blizzards, les cheminées et les tapis en fausse fourrure.

Ryan lui prit la main et l'embrassa gentiment avant de la regarder dans les yeux.

— Mais surtout, Doc, je suis reconnaissant de t'avoir dans ma vie et dans mon lit.

Grace lui serra la main en ne sachant pas trop quoi lui répondre. Ses mots lui donnaient le sentiment d'être unique – comme toujours – mais il semblait penser qu'ils formeraient un couple une fois de retour à San Diego. Jusque-là, elle avait cru qu'ils étaient parvenus à un accord tacite avec lui quant à la nature de leur relation.

Elle avait manifestement tort.

Néanmoins, ce n'était ni le moment ni l'endroit pour avoir cette discussion et Grace répondit vaguement :

— Je suis heureuse du temps que nous passons ici ensemble.

L'expression joyeuse de Ryan s'estompa, comme si on venait de lui annoncer la mort d'un proche, et il la lâcha pour manger en silence.

— Alors, quel match nous attend ? demanda Grace pour dissiper les tensions qui régnaient dans l'air.

Sa réponse ne fut pas vraiment sèche, mais assurément moins chaleureuse qu'en temps normal. Cela lui rappela légèrement le ton qu'il avait employé la nuit où il lui avait dit qu'ils ne pourraient pas être amis.

— Je crois que les Packers jouent. J'ai oublié contre qui.

— On pourrait faire un pari, proposa-t-elle.

Grace pensait qu'il allait couper court à la conversation et fut donc agréablement surprise quand il répondit :

— Quel genre de pari ?

— Euh, eh bien... on pourrait parier sur les quarts-temps. Si Green Bay mène à la fin du premier quart-temps, tu choisis le type de pari. Sinon, c'est moi qui choisis.

— Est-ce qu'on doit déclarer les enjeux avant ?

— Et si on les écrivait, mais tout en se mettant d'accord pour qu'ils restent raisonnables ?

Ryan croisa les bras et plissa les yeux en se penchant en arrière sur les pieds de sa chaise.

— Définis *raisonnables*.

— Je ne sais pas. Pas de gages du genre : faire le tour du chalet à poil.

Cela lui donna le sourire aux lèvres, même s'il semblait vouloir le réprimer.

— Dedans ou dehors ? demanda Ryan.

— Quoi ? répliqua Grace en penchant la tête.

— Faire le tour du chalet à poil... dedans ou dehors ?

— Est-ce important ?

Il reprit place sur sa chaise avec un grand bruit.

— Eh bien, oui. Courir dehors tout nu, c'est assez déraisonnable. Il fait beaucoup trop froid. Mais à l'intérieur... c'est plutôt correct.

Elle leva les yeux au ciel et secoua la tête.

— Dans quelles circonstances serait-il raisonnable de courir tout nu dans un chalet ?

— Si on jouait au foot à poil, pourquoi pas.

Une lueur espiègle fut de retour dans ses yeux.

— Ou, tu sais, si je te courais après.

La voix de Grace se révéla rauque, même à ses propres oreilles.

— Et... pourquoi est-ce que tu me courrais après ?

— Je ne sais pas, répondit Ryan en haussant les épaules. Ce serait un jeu de rôle.

Ryan Kennedy n'était donc pas opposé aux jeux de rôle. Bon à savoir.

— Un jeu de rôle, hein ? Qui impliquerait de me courir après alors que je suis à poil ?

— Ouais, pourquoi pas ? Tu pourrais être une voleuse et moi un policier...

Grace éclata de rire.

— J'ai déjà entendu des fantasmes de ce genre-là, mais c'est tout de même tiré par les cheveux.

— Je ne sais pas. Si ça implique que tu sois nue et sous mon contrôle, je ne vois pas ce qui pourrait me déplaire.

Des jeux de rôle *et* de la domination ? Se pourrait-il que son capitaine sexy aime le vice ? Grace mourrait d'envie d'en apprendre plus – car elle avait elle-même un côté obscur qu'elle s'efforçait de cacher au reste du monde.

Elle en perdait son latin. En effet, elle ne s'était pas attendue à ce que Ryan soit intéressé par ce genre de choses. Enfin, la baise sauvage d'un peu plus tôt aurait dû lui mettre la puce à l'oreille.

Néanmoins, Grace ne souhaitait absolument pas le décourager et répondit :

— Je vois. Euh, la différence entre courir à poil dehors et dedans est bonne à savoir, j'imagine.

— Tu es en train de m'analyser, Doc ?

Elle secoua la tête.

— Non, pas du tout. Du moins, pas au sens clinique du terme. Disons simplement que je suis intriguée, mais pas sous le spectre de ma profession.

Ryan lui sourit.

— Tant mieux. J'aime bien te voir intriguée.

Dieu qu'elle l'était.

Chapitre Vingt et un

Ryan

Il s'était dit que son attitude avait sans doute été trop cavalière avec cette histoire de jeu de rôle, puis les yeux de Grace s'étaient illuminés. Peut-être étaient-ils encore plus compatibles qu'il ne l'avait imaginé.

Ryan avait été impatient d'explorer la sexualité de la belle, partant du principe qu'il lui faudrait du temps pour établir une certaine confiance afin qu'elle s'ouvre à lui. Néanmoins, il avait apprécié la voir jouir si rapidement plus tôt dans la matinée quand il s'était déchaîné sur elle.

— Tu ne cesses jamais de me surprendre, Grace Ericson.

— Je pourrais te dire la même chose.

— Allez, finissons la dinde pour ne pas rater le match. J'ai intérêt à ce que les Packers gagnent, maintenant.

Il s'agissait réellement du meilleur Thanksgiving de sa vie – Ryan n'avait pas menti. Être coincé avec Grace dans un magnifique chalet lui permettait d'être l'unique objet de son attention, et vice versa. Voilà ce dont ils avaient eu tant besoin afin d'admettre la connexion évidente qu'ils partageaient. Sa seule inquiétude était désormais de la voir s'éloigner de lui une fois le weekend terminé – mais Ryan décida qu'il s'en inquiéterait une fois la route dégagée. Pour le moment, la nature les protégeait, en quelque sorte. Il semblait y avoir près de trente centimètres de neige dehors et cela n'était pas près de changer.

Selon lui, l'univers était de son côté – et la coopération de ses amis était la bienvenue.

— Des nouvelles de Maddie ? demanda Ryan alors qu'ils débarrassaient la table.

— Non, mais je crois qu'elle est de service. Et toi ? Un mot de Craig ?

— Pas encore. Il travaille aussi.

— J'imagine que c'est une bonne chose, puisque nous n'avons pas encore réfléchi à une riposte.

Le téléphone de Grace sonna un instant plus tard et Ryan leva un sourcil inquisiteur lorsqu'elle regarda qui l'appelait.

— C'est ma mère. Je ferais bien de décrocher.

Il devrait la laisser seule et appeler sa propre famille. Ils finissaient sans doute de dîner, à cette heure. Ryan se dirigea vers la chambre.

— Salut, Maman ! Joyeux Thanksgiving ! dit-il lorsqu'elle décrocha.

Sa mère sembla aussi joyeuse que lui.

— Salut, mon chéri ! Joyeux Thanksgiving ! Tout va bien au Mount Laguna ? J'ai vu qu'il y avait une tempête.

— Il neige encore, mais ça va. On a de la nourriture en pagaille et l'électricité marche bien. On a chaud. Et il y a du bois pour la cheminée au cas où.

— Mais la nourriture se gâterait s'il y avait une panne.

— On mettrait tout dehors, Maman.

— Ah, répondit-elle en gloussant. Bien entendu. Alors, comment vont Maddie et Craig ? Ils se sont fiancés ?

— Eh bien, ils n'ont malheureusement pas pu venir avant la fermeture des routes, donc je suis seul avec Grace, la meilleure amie de Maddie.

Ryan ne prit pas la peine d'expliquer que tout avait été prévu depuis le départ.

— Ah, vous restez tous les deux, alors ? Voilà qui m'a l'air... agréable. Elle est sympa ? Sa mère mourrait d'envie d'avoir des petits-enfants.

— Elle est très sympa et très belle. Brillante, en plus de ça. Elle fait des études pour devenir psychiatre, donc elle travaille beaucoup.

— Comme toi, mon chéri. Tu devrais t'arrêter un peu pour passer du temps avec tes proches. Ce sont ces petits efforts qui montrent que tu tiens à eux.

— D'accord, madame l'experte. Je garderai ça en tête.

— Eh bien, profite de ton weekend avec cette femme magnifique et intelligente, mon fils. Mon petit doigt me dit que tu contrôles la situation.

Ryan sourit en repensant à ce que ses frères et lui avaient fait vivre à sa pauvre mère durant leur enfance. À trente-six ans, il restait encore un bébé à ses yeux.

— Je t'aime, dit-il. Donne le bonjour à tout le monde. Et empêche Papa de manger trop de tarte à la citrouille.

— Je t'aime aussi. Appelle-moi quand tu seras de retour à San Diego. On pourra dîner ensemble un soir.

— Sans faute.

Il raccrocha et retourna dans la cuisine, où Grace était toujours au téléphone.

— Je sais, Maman. Je lui dirai, bien sûr. Joyeux Thanksgiving.

Elle posa son téléphone sur le plan de travail et soupira.

— Ma mère te souhaite un joyeux Thanksgiving et est très contente que tu sois là pour me *tenir compagnie*.

Grace fit des guillemets en l'air pour ces deux derniers mots et Ryan ricana en s'approchant.

— Tu lui as dit que nous étions seuls ?

Elle hocha solennellement la tête.

— Tu vois ? reprit-il. Je t'avais dit qu'elle m'adorait. Même si je présume que tu ne lui pas vraiment expliqué *comment* je te tenais compagnie.

— Exact. Me courir après alors que je suis complètement nue ne te montrerait pas sous ton meilleur jour.

— Je n'ai rien fait... pour l'instant, répliqua Ryan d'un air taquin.

— Pour ce qui est de courir, c'est vrai.

Il passa les bras autour de sa taille et la regarda en souriant.

— Et j'en ai savouré chaque instant.

— Moi aussi, répondit Grace en lui rendant son sourire alors qu'elle lui caressait le dos.

— Prête pour le match ? demanda Ryan avant de l'embrasser.

— Absolument. Tes petits Packers vont se prendre une branlée, dit-elle avec férocité avant de glousser. Même si je ne sais pas du tout qui va jouer contre eux.

Ryan lui déposa un baiser sur le nez tandis qu'il la relâchait.

— Tu veux du vin ?

— Je crois que je vais commencer par le dessert.

— Ah oui. Je veux goûter à ton gâteau au chocolat. J'avais l'eau à la bouche en te regardant la préparer.

— Je vais la chercher pendant que tu trouves la chaîne sur la télé.

— Ça marche.

Il ne put contenir le sourire qui se dessinait sur ses lèvres alors qu'il zappait les chaînes. Ils formaient une belle équipe, mais Ryan avait le sentiment que devenir son adversaire lui apporterait tout autant de bonheur.

****

Grace

Son équipe fut les Bears de Chicqgo.

— Dommage que ce ne soient pas les Chargers, se lamenta-t-elle en lui tendant une assiette et une fourchette. J'aurais pu me donner à fond.

Ryan retourna le cahier sur lequel il écrivait et prit une bouchée du gâteau avant de gémir.

— Bon Dieu, Grace. C'est délicieux.

Avant son arrivée, il avait été en train de dresser la liste de ses gages, et il dut plaquer le cahier contre son torse pour empêcher Grace de regarder.

— C'est donc ta méthode ? demanda Ryan d'un air réprobateur. Copier sur les autres ?

— Je veux simplement savoir ce que je devrais demander quand je gagnerai.

— Tout ce que tu veux.

Grace devait réfléchir à ce que cela signifiait. Elle s'imaginait inscrire des gages tel que : *lèche-moi la chatte* ou encore *fais-moi un strip-tease*. Ryan, en revanche, lui demanderait sans doute de lui préparer à manger ou de lui masser le dos.

Voilà qui serait très gênant.

Mais, à en juger par le regard lubrique qu'il lui lança et la bosse comprimée par son boxer, Grace fut rassurée. Ils étaient sur la même longueur d'onde.

Hélas, elle se devait d'en avoir le cœur net.

— Est-ce que tes gages sont salaces ?

Ryan prit une autre bouchée et répondit d'un air diabolique :

— Très salace. Et un peu coquins.

Coquins ?

Qu'allait-elle bien pouvoir inscrire sur le cahier ? Grace avait un côté très sauvage et aventureux. Elle aimait se faire dominer, mais n'était jamais allée plus loin que se faire attacher au lit.

En vérité, elle n'avait même pas passé un bon moment, puisqu'elle n'avait eu aucune confiance en son partenaire. Cependant, elle n'aurait absolument pas ce problème avec Ryan.

Grace se retrouva à espérer que les Packers remportent chaque quart-temps. Elle mourrait d'envie de découvrir ce que Ryan avait écrit.

Établir ses propres gages ne manqua pas de l'exciter, et elle se demanda s'ils allaient pouvoir tenir jusqu'à la mi-temps avant de se retrouver au lit pour forniquer comme des lapins.

Le premier quart-temps allait être long.

Chapitre Vingt-deux

Ryan

Il l'avait taquinée lorsqu'il avait expliqué que ses gages étaient coquins – enfin, ils étaient tout de même salaces. Lorsqu'elle ne pâlit pas comme il s'y était attendu, Ryan se lâcha davantage pour son prochain gage.

Il était également curieux de voir ce que la belle lui avait réservé et décida qu'il ne serait pas contre une défaite dans le premier quart-temps.

Ou dans le deuxième, d'ailleurs. Peut-être même dans le troisième.

— Je suis quasiment certain de n'avoir jamais goûté à un meilleur dessert, déclara Ryan en emmenant son assiette dans la cuisine. Mais n'en dis pas un mot à ma mère. Le gâteau Yu-Gi-Oh qu'elle m'avait fait pour mon dixième anniversaire ne saurait être égalé, tu vois ?

Grace gloussa.

— Ton secret sera bien gardé, mais mon égo est satisfait de te voir apprécier le dessert. Je ne suis pas vraiment ce qu'on pourrait appeler une femme traditionnelle, mais t'entendre vanter les mérites de ma préparation me donne l'impression d'être Martha Stewart.

Ryan lui lança un clin d'œil depuis l'autre côté de la pièce.

— Je parie que tu es plus traditionnelle que tu ne le penses, déclara-t-il en se voyant rentrer à la maison après une journée de dur labeur pour la retrouver, un tablier autour de la taille et son bébé dans les bras.

Un vrai petit bout de femme.

De retour à la réalité, il sortit la bouteille de vin du réfrigérateur.

— Du vin ?

— Oui, s'il te plaît !

Ryan revint donc dans le salon quelques instants plus tard avec un verre de vin rempli à ras-bord pour elle et un verre de scotch pour lui. Il les posa sur la table basse.

— Le coup d'envoi est dans cinq minutes.

— Qu'est-ce qu'on pourrait bien faire pendant cinq minutes ? demanda-t-il avec un sourire espiègle sur les lèvres.

— On pourrait aller sur internet... commença Grace d'un air taquin.

— Ou on pourrait s'embrasser.

— J'aime bien t'embrasser. Tu es doué.

Elle sembla presque lui avouer un secret avec ses grands yeux de biche.

Un nouveau sourire sur le visage, Ryan se pencha à quelques centimètres de sa bouche et murmura :

— J'aime bien t'embrasser aussi.

Le baiser suivit immédiatement.

Un mélange de vin blanc et de chocolat lui arriva aux papilles et sa langue se mit à explorer la sienne. Bientôt, Grace le chevaucha pour retourner fougueusement le baiser.

Ryan aimait tout chez cette femme. Sa queue était déjà dure comme du granit et elle remuait contre lui à la manière d'une strip-teaseuse en manque d'argent.

— Putain ! grogna-t-il. Si tu continues, je vais éteindre la télé et te baiser directement.

— Mmm, il vaudrait mieux que ça n'arrive pas, hein ? ronronna Grace alors qu'elle s'éloignait pour lui caresser l'entrejambe par-dessus son jogging.

Ryan n'en n'était pas si sûr.

— Oui, ce serait... Ce... Ce serait...

Grace ne donnait aucun répit à sa queue et il lui fut difficile de réfléchir. Il ferma les yeux et agita les hanches contre sa main.

— Tragique ? proposa-t-elle en souriant.

D'après son attitude si arrogante, Ryan savait qu'elle se croyait aux commandes – ce qui était vrai, à cet instant. Il fallait rendre à César ce qui était à César. Néanmoins, cela allait bientôt changer si les Packers étaient en tête à la fin du premier quart-temps.

Profite tant que ça dure, ma petite.

D'une voix mielleuse, Grace suggéra :

— Et si on pariait sur la première équipe à ouvrir le score au lieu d'attendre la fin du quart-temps ?

Elle continua de le caresser, et Ryan décida que la proposition était acceptable.

— Ouais, dit-il en posant une main sur son entrejambe. On peut faire ça.

Il sentit toute la chaleur qui se dégageait d'elle et mourrait d'envie de glisser la main sous son jogging pour plonger un doigt dans sa chatte trempée.

— Je te sens déjà toute mouillée, grogna Ryan.

— Et je te sens si dur.

— Imagine ce qui se passera quand on combinera les deux.

Grace ferma les yeux et un doux gémissement s'échappa de ses lèvres tandis qu'elle écartait les jambes.

Il poussa le tissu contre sa fente alors qu'il la caressait de plus en plus fort. Elle le lâcha et tenta de refermer les cuisses.

— D'accord, je me rends ! Je me rends ! Tu as gagné ! Je me tiendrai à carreau jusqu'au premier point.

Ryan la fit venir sur ses genoux et lui massa les seins par-dessus son T-shirt avant de lui déposer un baiser sous l'oreille.

— Tu n'as pas à t'arrêter à cause de moi, murmura-t-il.

— Tu es méchant.

— C'est toi qui as commencé, répondit-t-il d'une voix grave.

Grace se pencha brièvement contre lui avant de bondir en gloussant.

— D'accord, faisons une trêve ! Je reste sur le fauteuil et toi sur le canapé.

Elle serait trop loin.

— Non, assieds-toi vers moi sur le canapé. Je te promets que je garderai mes mains dans mes poches... jusqu'à ce que quelqu'un ouvre le score.

Et il allait ouvrir autre chose.

****

Grace

Un homme aussi sexy avec une barbe de trois jours ne devrait pas avoir le droit de porter un jogging gris. Point final. Son cerveau pourtant si brillant avait fonctionné au ralenti en l'observant se mouvoir dans le chalet – et son T-shirt lui épousait parfaitement le torse. Ryan était l'incarnation même de la virilité.

Et c'était sans parler de ses fossettes à tomber par terre.

— Dis-moi un secret, lâcha-t-elle en le fixant du regard depuis l'autre bout du canapé.

— Un secret ? demanda Ryan en la regardant du coin de l'œil.

— Ouais.

— Quel genre de secret ?

Comment ça, quel genre de secret ?

— Du genre secret.

Cela le fit éclater de rire et il but une gorgée de scotch avant de répondre :

— Un secret, hein ?

Ryan reposa son verre sur la table basse. Il était évident qu'il cherchait à gagner du temps.

— Pas besoin qu'il soit impressionnant, expliqua Grace. Il faut simplement que très peu de gens soient au courant.

— Je fais treize kilomètres pour aller à la supérette de ton quartier en espérant tomber sur toi.

Ce secret fit monter une chaleur en elle.

— Et que m'aurais-tu dit si tu m'avais croisée ? demanda Grace.

— Je n'avais pas réfléchi aussi loin. Je t'aurais sans doute dit que je passais dans le coin. Un truc comme ça.

Elle se pencha en avant et se plongea dans ses magnifiques yeux bleus avant de l'embrasser tendrement.

— C'est le secret le plus mignon que j'aie jamais entendu.

— Pas trop flippant ?

— Non, tu t'en tires bien.

— Tu m'as rendu accro, Doc, et je crois qu'il n'existe aucun traitement pour me sauver.

Grace se réinstalla sur le canapé et détourna le regard. Elle désirait également être en couple avec lui, mais elle avait promis à ses parents de ne plus jamais se retrouver au cœur d'un scandale. Son internat était également en jeu.

— Je crois que...

Ryan lui posa un doigt sur les lèvres.

— Ça fait six mois, Grace.

Elle hocha la tête et repoussa son doigt à contrecœur pour répondre.

— Je sais, je crois simplement que...

Une fois de plus, il la réduisit au silence.

— Arrête de réfléchir autant, Doc, déclara Ryan en soupirant. Discutons-en plus sérieusement à San Diego, d'accord ?

Grace préférait largement cette idée et acquiesça. Le doigt de Ryan fut remplacé par ses lèvres et il posa son front contre le sien.

— Je tiens à toi, Doc.

— Je tiens à toi aussi.

Il jeta un œil en direction de la télévision et vit que la foule semblait éclater de joie. Un sourire diabolique se dessina sur son visage.

— Tant mieux. Car nous sommes sur le point de tomber dans la dépravation, et ce sera bien plus agréable si on tient l'un à l'autre.

Grace déglutit avant de se mordre la lèvre.

— La dépravation, tu dis ?

Ryan prit les pages qu'il avait arrachées du cahier et les lui tendit.

— Choisis-en une et tu le découvriras.

Mon Dieu.

Elle le fixa du regard et essaya d'évaluer sa réaction du coin de l'œil alors qu'elle prenait une feuille avant de la déplier.

Son écriture était plutôt élégante, pour un homme.

1. Enlève ce jogging ultra sexy.

2. Et le T-shirt avec.

3. Mets-toi sur le tapis à quatre pattes, tend ton joli cul en l'air et écarte les jambes.

4. Je m'occupe du reste.

Grace lui jeta un regard avant de plier la feuille en deux et de se diriger vers le tapis tout en se déshabillant.

— Le soutien-gorge aussi, ordonna Ryan.

— Ce n'était pas marqué.

Il croisa les bras et leva un sourcil.

— C'était sous-entendu.

Elle se mit à quatre pattes sur la fausse fourrure – toujours en sous-vêtements – et s'étira à la manière d'un chat, tout en sachant pertinemment qu'il l'observait.

— Je ne vais pas me gêner pour te les arracher, tu sais.

L'idée avait ses mérites. En réalité, elle l'excitait beaucoup. Ainsi, Grace ne s'empressa pas pour obéir et s'étira un peu plus. Elle voulait découvrir jusqu'où elle pourrait aller et, plus important encore, si Ryan mettrait réellement ses menaces à exécution.

Pourquoi l'idée qu'il la domine la faisait immédiatement inonder sa culotte ? Grace n'avait jamais eu de partenaires agressifs auparavant, mais lorsque Ryan l'avait clouée contre le matelas plus tôt dans la matinée... l'orgasme qui s'en était suivi avait été le plus intense de sa vie.

Peut-être était-ce dû au contraste que cela créait face à toute la douceur avec laquelle il la traitait. Elle adorait ces deux aspects de sa personnalité.

Sous tous les plans, Grace se sentait *bien* avec Ryan.

Ce qui pouvait très rapidement devenir un gros problème.

La psychiatre qui sommeillait en elle se mit alors à réfléchir à toute vitesse. Pourquoi aimait-elle tant l'idée de lui être soumise ? Elle n'avait jamais fait confiance à un homme au point de s'abandonner à lui, mais Ryan faisait exception à la règle.

Voilà qui mettait son cœur en grand danger.

Le beau capitaine était désormais accroupi à côté d'elle et passait une main ferme le long de ses jambes.

— Trois choix s'offrent à toi, Doc. A : tu enlèves tes sous-vêtements toi-même. B : je le fais à ta place. Ou C : on passe ce pari.

Hors de question de passer son tour. Grace était déjà trempée en pensant à ce qui allait se produire. Elle leva les fesses afin de faire glisser sa culotte sur ses cuisses tout en lui adressant un sourire arrogant.

— Heureux ? demanda Grace en laissant tomber la culotte noire au sol d'un air théâtral.

— Non. Il reste le soutien-gorge.

Un soupir exagéré s'échappa de ses lèvres lorsqu'elle passa une main dans son dos pour dégrafer le soutien-gorge.

Braver ses Défenses

Grace se couvrit les seins avec une main tandis que l'autre revenait au sol.

— Voilà.

— Je crois que les instructions te disaient de te mettre à quatre pattes, le cul bien en l'air et les jambes écartées.

Grace se retourna et obéit. Un sentiment de vulnérabilité l'envahit ensuite.

Les doigts de Ryan se baladèrent le long de sa fente.

— Tu es déjà mouillée, ma petite, grogna-t-il.

Était-elle censée répondre ? Ou était-ce plutôt une question rhétorique ?

Il prit alors son cul à pleines mains et le massa avant de lui écarter les fesses.

Oh non. Non, non, non. Ryan était trop bien monté pour rentrer.

Elle essaya donc de se retourner, mais il la tint en place.

— Détends-toi, je ne vais pas te faire de mal.

— Euh, tu as vu la taille de ta queue ? Je vais avoir mal.

— Je ne vais pas te baiser avec. Pas encore, du moins.

Ouf. Grace avait déjà expérimenté le sexe anal avec un partenaire doté d'un membre normal et un petit ami mieux monté que la moyenne. Ce dernier ne lui avait pas procuré la meilleure des sensations et s'était pris un coup de coude dans le ventre. Avec du recul, elle s'était rendu compte que le problème avait davantage tenu d'un manque de technique. La taille ne faisait pas tout.

Grace se détendit ensuite et posa le visage contre le tapis moelleux, le cul bien en l'air comme Ryan le désirait.

Peut-être allait-il lui donner des fessées.

Il lui écarta à nouveau les fesses et elle comprit. Ryan allait lui bouffer le cul.

Dans un premier temps, ses muscles se raidirent – on ne lui avait jamais fait cela et Grace ne savait pas trop quoi penser d'une pratique si taboue. Elle s'était douchée un peu plus tôt et était épilée, mais tout de même...

Ryan lui donna une légère fessée.

— Détends-toi, ordonna-t-il.

— Je, euh, je ne sais pas si j'en suis capable. Je n'ai... jamais fait ça.

— Moi non plus, mais j'en ai rêvé depuis que je t'ai vue en bikini chez Craig pour le quatre juillet.

Sa voix était ferme mais réconfortante.

— Grace, fais-moi confiance.

— Mais...

— Pas de *mais*, répliqua-t-il en lui pétrissant les fesses. J'ai gagné dans les règles de l'art, et je compte bien en profiter.

Grace parvint à se convaincre de lâcher prise et son corps se relâcha tandis que la langue de Ryan arrivait sur la zone interdite. Immédiatement, elle lâcha un long gémissement. La sensation était érotique à souhait – chose qu'elle n'avait pas du tout imaginée. Il plongea un doigt dans sa chatte et Grace s'appuya contre son visage.

Calme-toi un peu, traînée !

Mais Dieu qu'elle aimait ce qu'il était en train de lui faire.

Ryan s'accroupit sur ses talons et vint lui prendre les mains pour les amener sur ses fesses afin qu'elle les écarte. Il ne la lâcha pas pour autant, et sa langue retourna s'occuper d'elle avant que deux de ses doigts entrent dans sa chatte trempée.

— Mmm, ma vilaine fille aime ça.

Grace n'était pas vraiment en position de nier. Voulait-elle même nier ? Pourquoi ne pas embrasser sa nature profonde ?

— Mon Dieu... oui, gémit-elle.

Ryan continua d'explorer sa peau si sensible tout en accélérant le rythme de ses doigts. Sa main libre alla s'occuper de son clitoris.

Ni une ni deux, un frisson lui traversa le corps et l'extase déferla sur elle d'un seul coup, sans prévenir.

— Oh putain... marmonna Grace en s'effondrant sur le sol. Qu'est-ce que tu viens de me faire ?

— Je crois que je viens de te faire jouir en un temps record, déclara-t-il en souriant. Je reviens.

Il disparut dans la salle de bain et Grace ne bougea pas d'un pouce sur le tapis jusqu'à son retour.

— Mon Dieu, dit-elle. Je crois que je vais accepter l'anal avec toi. On dirait que tu sais ce que tu fais.

— Content que tu aies apprécié. Je me laisse simplement guider par l'immense désir que tu déclenches chez moi.

Un sourire éclatant apparut sur ses lèvres.

— Et je serai prêt à baiser ton joli cul si c'est ce que tu désires. Parce qu'après tout, je suis là pour faire plaisir.

Grace leva les yeux au ciel mais ne put contenir son propre sourire alors qu'elle saisissait ses vêtements.

— Tu es un blagueur.

Ryan lui reprit le jogging.

— Non, non. J'ai gagné sans tricher.

Il plia ensuite le jogging et se chargea du soutien-gorge – en le pliant mieux qu'elle ne l'avait jamais fait.

— Je ne peux pas m'habiller ?

— Non, répondit Ryan en posant les habits sur le foyer avant de reluquer ses tétons toujours durs. Mais tu peux chercher une couverture si tu as froid.

Grace saisit celle du canapé et l'enveloppa autour d'elle.

— D'accord, je vois à quoi tu veux jouer, mais... j'aimerais t'informer que je suis en possession de l'unique couverture du salon. Il serait dommage pour toi que mon équipe marque un point.

Le sourire espiègle de Ryan s'estompa immédiatement – ce qui l'emplit d'un étrange sentiment de satisfaction.

Mais le pompier se reprit rapidement en s'installant sur le canapé, avant de s'étirer comme si rien de tout cela n'avait d'importance.

— *Si* ton équipe arrive à marquer, déclara-t-il, je prendrai la couverture du lit.

Grace s'approcha du canapé et il tendit une main vers elle en lui faisant un clin d'œil.

— Viens par là. Je vais partager ma chaleur corporelle. J'avais mes raisons pour ne pas te laisser t'habiller.

Elle s'assit près de lui et Ryan passa un bras autour d'elle, avant de se blottir contre son cou. L'odeur de son shampoing lui arriva aux narines, ainsi que celle de son dentifrice.

— Tu es une bête de sexe, Grace Ericson.

Chapitre Vingt-trois

Ryan

Tard dans la nuit de Thanksgiving, ensemble au lit, Ryan pria brièvement pour remercier ses amis d'être intervenus afin de placer cette merveilleuse femme dans ses bras.

Grace était si brillante qu'il en était ébloui, sans oublier son corps de rêve. L'un de ses gages avait été un peu osé, mais n'avait pas manqué de lui donner une érection.

Je veux te tailler une pipe.

Il avait dû faire un effort pour ne pas arracher ses vêtements sur-le-champ. Grace lui avait souri et s'était agenouillée entre ses jambes pour lui retirer son jogging, tandis qu'il était resté sur le canapé, à contempler son beau visage.

Sa queue avait bondi hors de l'entrave du tissu, et elle n'avait pas perdu une seule seconde avant de la caresser lentement tout en l'examinant du regard – comme si elle n'en avait jamais vu une en vrai.

— Mmm, tu as une belle queue, avait-elle ronronné tout en frottant son manche contre ses joues. Si douce et chaude.

Ryan l'avait observée se familiariser avec son membre. Il en avait fait de même avec sa chatte et son cul, et avait donc été ravi de la voir intéressée par son anatomie.

Puis Grace avait aspiré une de ses couilles, et il avait manqué de jouir une seconde plus tard.

Il avait pris une forte inspiration, avant de fermer les yeux tout en gémissant longuement.

La diablesse avait fait courir sa langue sur sa peau délicate tout en caressant son manche de haut en bas, puis s'était occupée de l'autre couille.

— Putain, Doc, avait grogné Ryan avant qu'elle ne lui lance un sourire.

Sa langue s'était baladée près de sa zone interdite avant de remonter jusqu'au gland pour que Grace le prenne ensuite entièrement en bouche.

— Nom de Dieu !

Sa queue était trempée lorsqu'elle l'avait fait ressortir pour le caresser. Sa bouche s'était alors occupée exclusivement de la partie supérieure.

Ryan n'avait pas tardé à voir les étoiles.

— Bébé, je vais jouir si tu ne t'arrêtes pas très vite, avait-il dit.

Mais Grace ne s'était pas arrêtée, bien au contraire. Il avait donc rugi afin de l'informer que son orgasme était imminent avant de grogner :

— Grace, je vais jouir.

— Je sais, avait-elle répondu en souriant avant de l'engloutir à nouveau.

Ryan avait donc joui dans sa bouche dans un hurlement perçant, incapable de garder les yeux ouverts malgré toute sa volonté. Sa queue se trouvait toujours entre ses lèvres lorsqu'il avait retrouvé ses esprits, et son foutre coulait sur son menton et ses seins.

— Putain... avait-il grogné avant de lui caresser la joue. Tu es si sexy.

Grace l'avait fait sortir de sa bouche avant de lever les yeux.

— Tu me fais me sentir sexy.

Il avait ensuite ôté son T-shirt afin de lui essuyer délicatement le visage.

— C'était la meilleure pipe de ma vie. Et de loin.

Grace avait passé les bras autour de lui pour l'embrasser sur la joue avant de se lever.

— Merci. J'ai adoré te donner du plaisir.

À cet instant, Ryan avait décidé qu'il lui mettrait la bague au doigt.

Green Bay avait ensuite marqué, et la belle l'avait regardé en disant doucement :

— Euh, ne le prends pas mal, mais... ça te dérangerait qu'on arrête ? On peut continuer demain mais, honnêtement, j'ai eu plus d'orgasmes en une journée que j'en ai eu l'année dernière, donc je pense en avoir eu assez pour ce soir.

Ryan avait ricané.

— Ouf. Moi aussi, mais je ne voulais pas que tu me prennes pour un vieux, incapable de satisfaire sa petite amie.

Il l'avait vue se raidir face à ce mot, mais Grace n'avait pas protesté. Peut-être devait-elle simplement se faire à l'idée.

Chapitre Vingt-quatre

Grace

— Est-ce que Craig t'a répondu hier soir ? demanda-t-elle à Ryan le lendemain matin au lit.

— Non, mais il devait sans doute travailler tard.

— Ouais. Maddie n'a rien répondu non plus. Je crois que les jours fériés sont toujours tendus pour eux.

— Rien de mieux que de se rendre chez des inconnus pour séparer l'oncle bourré qui se bastonne avec un cousin un peu trop susceptible.

— Mon Dieu, je n'ose même pas imaginer ce genre de scènes. Ce serait horrible. Certains devraient être bannis des repas de famille – et privés d'alcool.

Ryan rit.

— Enfin, je suis content que nos amis ne soient pas là. J'ai bien aimé être seul avec toi.

— Moi aussi.

Le retour à la réalité la frapperait comme un train à pleine vitesse. Grace ne serait plus sa petite amie et ne se réveillerait plus dans ses bras chaque matin – mais elle n'avait pas envie d'y penser pour le moment. Le chalet était toujours prisonnier de la neige, et elle comptait bien en profiter aussi longtemps que possible.

— Tu veux le faire, ce bonhomme de neige ? Après le petit-déjeuner ?

— Tu lis dans mes pensées, parce que j'allais justement te le proposer.

— Les grands esprits se rencontrent, déclara Grace avec un clin d'œil avant de se tapoter la tempe du doigt.

— Bébé, mon esprit est à des années-lumière du tien.

Elle pinça les lèvres.

— Allons. Je suis peut-être douée dans mes études, mais je suis assez naïve quand il s'agit de la vraie vie. Mes parents, mon frère et mes sœurs m'ont plutôt surprotégée.

— Ce n'est pas une mauvaise chose, Doc. La vraie vie, ce n'est pas ce qu'on croit.

— Je sais, mais je crains d'être trop déconnectée de la réalité pour aider mes patients.

— Il me semble raisonnable de penser qu'il n'est pas nécessaire de partager les traumatismes et la peine d'un patient pour être en mesure de l'aider. Sinon, les psychiatres seraient de vraies épaves.

Grace n'y avait jamais réfléchi sous cet angle. Il marquait un point.

— C'est vrai. Merci.

Ryan l'embrassa avant de soulever la couverture.

— De rien, bébé. Qu'est-ce que tu veux manger ?

— Des pancakes ?

— C'est parti.

Son regard se perdit au plafond tandis qu'elle pensait à l'Apollon torse nu qui allait lui préparer le petit-déjeuner. Elle était stupéfaite par ses petites attentions – et se sentait presque coupable. Aucun de ses petits amis n'avait aussi bien pris soin d'elle.

Ryan n'est pas mon petit ami !

Mais il en ferait un parfait...

****

Ryan

La neige avait dû enfin s'arrêter dans la nuit, mais le porche en était recouvert jusqu'au niveau des genoux lorsqu'ils sortirent plus tard dans la matinée.

— C'est si beau, déclara Grace en contemplant la neige. Écoute.

Ryan se figea en essayant d'écouter ce qu'elle semblait entendre.

— Je n'entends rien, murmura-t-il en penchant la tête.

— Exactement. C'est si paisible. J'adore.

Avec un long soupir, elle se jeta dans la neige immaculée et entreprit de réaliser un ange.

— Viens ! s'exclama Grace. Tu dois en faire un aussi.

Il était prêt à tout pour la rendre heureuse, et accepta donc de sauter à côté d'elle avant que ses bras n'imitent les essuie-glaces d'une voiture.

Ryan jeta un regard en direction de son visage souriant tandis que ses yeux bleus brillaient au-dessus de ses joues déjà roses. Elle était tout bonnement adorable, et sa joie était contagieuse. Il ne tarda pas à rire tout en profitant du moment présent alors qu'ils se débattaient dans la neige.

Grace bondit ensuite avant d'admirer le fruit de ses efforts en tapant dans ses mains à la manière d'une enfant. Ryan ne tarda pas à la suivre et elle vint lui prendre la main.

— Je les adore, déclara-t-il avant de dessiner un *plus* entre les deux anges.

— Ah, c'est parfait, répliqua Grace en se penchant contre lui.

Il lui déposa un baiser sur le front après s'être relevé et elle frissonna.

— Tu as froid ? demanda Ryan en passant un bras autour d'elle. Tu veux rentrer ?

Ses gants bleus vinrent remettre son bonnet en place et le pompon s'agita dans tous les sens alors qu'elle secouait la tête.

— Non. On va faire ce bonhomme de neige. Voilà une chose de plus à faire pour une fille de San Diego avant de mourir.

— Tu voulais aussi faire un ange ?

— Exact ! J'enchaîne les premières fois, ce weekend, dit Grace avec un sourire charmeur sur les lèvres.

Ryan lui serra l'épaule.

— Je suis content d'en avoir fait partie.

— Moi aussi.

La belle fut tout aussi enthousiaste pour le bonhomme de neige que pour les anges, et l'après-midi fut tout simplement parfait. Ryan n'aurait pas pu espérer mieux, surtout lorsqu'elle demanda :

— Est-ce que tu veux prendre un bon bain moussant avec moi pour te réchauffer ?

Chapitre Vingt-cinq

Grace

Ryan voulait vraiment lui faire plaisir – ou alors, il appréciait les bains moussants autant qu'elle. Une fois rentrés à l'intérieur du chalet, ils se débarrassèrent de leurs manteaux, bonnets et gants avant de se précipiter vers la salle de bain dotée de l'immense baignoire. Grace fit couler l'eau avant même d'ouvrir la bouche.

— Tu veux que je nous fasse un chocolat chaud ? demanda-t-elle depuis l'embrasure de la porte alors que Ryan vérifiait la température du bain.

— Avec des marshmallows ? répondit-il en se levant.

— Et de la crème alcoolisée, à l'irlandaise.

Il la suivit dans la cuisine et murmura dans son oreille :

— Voilà une femme qui cherche vraiment à me conquérir.

Grace alluma la bouilloire et sortit trois paquets de cacao en poudre du garde-manger tandis que Ryan s'occupait des tasses.

— Trois ? demanda-t-il en levant les sourcils. Tu as soif ? Ou tu es vraiment gelée ?

— Non, je vais diviser le troisième paquet en deux pour que ça soit extra chocolaté.

— J'aime tes méthodes, Doc.

— Va surveiller l'eau dans la baignoire et j'arrive tout de suite.

Elle le rejoignit dans la salle de bain et le trouva sous une couche de presque vingt centimètres de mousse.

— Je crois que j'ai un peu forcé sur les sels de bain, dit-il d'un air penaud.

— On dirait bien, répliqua Grace en gloussant alors qu'elle posait les tasses au bord de la baignoire.

Elle alluma ensuite les bougies avant d'éteindre la lumière pour se déshabiller. Lorsque l'eau chaude lui enveloppa le corps, elle ne put contenir un gémissement et Ryan se mit à lui masser le pied.

Était-il vraiment humain ?

— Dis-moi pourquoi aucune femme ne t'a encore mis le grappin dessus.

— Facile. Je n'ai pas rencontré la bonne avant toi.

— Donc, tu n'es pas toujours un petit ami aussi attentionné ? Enfin, je ne dis pas que tu es le mien.

— Je pense m'être bien comporté, par le passé. Mais tu me donnes envie d'être un partenaire *modèle*. Et, oui, je suis ton petit ami.

— Ne nous emballons pas.

Le visage de Ryan se fit plus sérieux, mais il continua son massage.

— Je suis amoureux de toi, Grace. Il ne s'agit pas que de sexe. Pas pour moi, en tout cas.

— Je ne sais pas si je suis en mesure de te donner plus pour le moment, répondit Grace après avoir dégluti.

— Tu ne peux pas me dire que tu ne ressens rien pour moi. Je le sais.

— Bien entendu, Ryan. Nous avons vraiment passé des moments magiques ensemble. Honnêtement, je commence à espérer qu'il neige à nouveau pour qu'on soit coincés ici encore plus longtemps. Mais ce n'est qu'une escapade. Je vais sans doute quitter la ville en mai et j'ai promis à mes parents de ne pas me retrouver au cœur d'un autre scandale. Je... il se trouve que j'ai fait assez honte à ma famille il y a quelques années et j'essaie encore de regagner un semblant de réputation. Je ne peux pas répéter mes erreurs.

— Donc, si je comprends bien, commença Ryan après lui avoir lâché le pied pour se redresser. Être ma petite amie ferait honte à ta famille et te mettrait dans l'embarras ?

— Oui, lâcha-t-elle en voyant sa mâchoire se tendre.

Grace se redressa à son tour, frustrée que sa réponse ne soit pas interprétée correctement.

— Pas à cause de toi, ajouta-t-elle. Tu es un homme merveilleux. Presque parfait, en réalité. Tu es beau, intelligent, accompli... tu es un vrai héros. Mais, Ryan, tu as annulé ton mariage la veille de la cérémonie parce que tu m'as rencontrée. Je ne peux pas être associée à une telle pirouette.

Ryan se rapprocha d'elle d'un coup en envoyant de l'eau par terre.

— Grace, personne – et je dis bien personne, mis à part Craig et Maddie – n'est au courant que j'ai annulé mon mariage à cause de toi. Te rencontrer à mon enterrement de vie de garçon était une bénédiction, car nous savons tous les deux que ce mariage aurait été une erreur dès le départ. Merde, on aurait peut-être déjà divorcé. Comme tu le sais, Lauren voulait également annuler. J'ai simplement abordé le sujet en premier.

— J'ai entendu les rumeurs, Ryan. Chez Craig et Maddie, le quatre juillet, et à chacune de nos rencontres.

Grace se frotta les tempes en réfléchissant aux détails qu'elle était prête à lui divulguer.

— Je... Tu ne comprends pas.

— Aide-moi, alors.

Une larme parvint à s'échapper malgré tous les efforts qu'elle fournissait pour refermer le barrage.

— Recherche mon nom sur Google. Tu trouveras tout. Des dizaines d'articles aux titres provocateurs pour que le monde entier ne m'oublie jamais. Les gens se fichaient bien de démêler le vrai du faux. Les journalistes ont touché leurs chèques, voilà ce qui importait.

Grace pleurait maintenant à chaudes larmes. Elle s'était démenée pour arranger sa réputation en se renfermant sur elle-même – une tactique malsaine et qu'elle ne recommanderait jamais à un patient, mais la frustration était trop importante. Peu importe sa défense, on la croyait coupable. Elle s'était donc focalisée sur ses études afin de devenir une fille modèle.

Grace avait l'impression d'évacuer des années de tensions devant Ryan Kennedy – qui n'avait rien demandé.

Le pauvre.

Voilà une manière originale de faire fuir un type.

Ryan se débrouilla pour la ramener contre lui en la prenant dans ses bras.

— Je me fiche de ce que Google peut me dire. Je veux l'entendre de ta bouche. Que s'est-il passé ?

****

Ryan

Il la serra fort contre lui et la laissa pleurer, sans trop savoir quoi faire d'autre. Grace lui avait déjà indiqué avoir fait la une des magazines, mais il n'avait jamais effectué la moindre recherche à ce sujet. Ryan se fichait bien de ce que les ragots disaient sur l'élue de son cœur. Il aurait peut-être dû s'y intéresser – ne serait-ce que pour comprendre les réticences de Grace.

La mousse du bain demeurait intacte autour d'eux mais crépitait doucement. Seuls ses sanglots combattaient le silence qui régnait dans la salle de bain. La lumière des bougies se reflétait sur la fenêtre.

Enfin, Grace prit une profonde inspiration tout en lui caressant les avant-bras.

— C'était en deuxième année, à l'université, commença-t-elle. J'ai rencontré un avocat dans un bar, un soir où je sortais avec Maddie et des amies. Nous sommes rentrés ensemble mais ce qui aurait dû être une aventure d'un soir s'est transformé en relation.

Ryan avait horreur de l'imaginer sortir avec un autre homme. Hélas, son esprit cartésien se doutait bien qu'il n'était pas le premier homme dans sa vie.

La belle était âgée de vingt-six ans et n'était pas vierge. Elle devait avoir connu bien plus de partenaires que lui, pour sûr.

— C'était assez léger, voire même intermittent, donc je n'ai pas ressenti le besoin d'en parler à mes parents. Je ne pensais pas au fait que mon père était un juge fédéral et qu'il pourrait y avoir des conflits d'intérêts s'il se retrouvait à statuer sur une des affaires de Jason.

Elle marqua une pause.

— Enfin, des journalistes ont eu vent de notre *couple* et ils nous ont pris en photo à la sortie d'un restaurant un soir, et voilà le gros titre : *Le juge Ericson aurait-il un penchant pour le favoritisme ?*

Grace le laissa digérer cette partie avant de continuer.

— Ils m'ont épiée et ont pris de nouvelles photos lorsque sa femme – dont je ne savais rien – nous a retrouvés dans mon appartement, avec leurs enfants. J'avais l'impression d'être dans une émission de Maury Povich. Bien sûr, les paparazzi ont couvert le divorce, et même si j'ai arrêté de fréquenter Jason à l'instant où j'ai appris pour sa famille, ils ne se sont pas gênés pour me désigner comme une briseuse de ménage.

Elle reprit son souffle.

— Le seul point positif était que mon père n'avait jamais vu Jason dans son tribunal, donc leur scoop n'avait pas lieu d'être. Enfin, le public s'en fichait. Tous les jugements rendus par mon père ont été passés au peigne fin pour rien tandis que les gens émettaient des théories. Bien sûr, il s'en est sorti puisqu'il est l'un des hommes les plus intègres que je connaisse, mais on lui a mis la pression par ma faute. Je me sens toujours horriblement coupable. J'ai donc promis à mes parents que je me concentrerais sur mes études en me tenant tranquille.

— Waouh, murmura Ryan. Je suis vraiment navré, Doc. C'est vraiment dégueulasse, ce qu'ils vous ont tous fait subir.

— Et avec mes demandes d'internat, je ne peux pas prendre le moindre risque. J'espère que tu comprends.

— Oui. Mais, bébé... ça fait six mois. Tu ne crois pas que suffisamment d'eau a coulé sous les ponts ?

— En toute logique, tu as sans doute raison. Mais je suis devenue parano, Ryan. D'ailleurs, il y a de grandes chances que je déménage. Tu ne devrais pas t'engager avec moi.

— D'accord, résumons.

L'eau se faisait froide et il tourna donc le robinet pour augmenter la température avant de la reprendre dans ses bras.

— Pour commencer, si tu veux qu'on reste discrets un peu plus longtemps, ça ne me dérange pas. Du moment qu'on continue à se voir, je me fiche de qui est ou non au courant. Temporairement, du moins.

Ryan arrêta ensuite l'eau chaude.

— Je t'aime, mais je ne vais pas rester ton vilain petit secret pour toujours, Doc.

— Je sais, murmura Grace. Tu es trop bien pour ça.

— Deuxièmement, en ce qui concerne ton internat... bébé, il y au moins cinq casernes de pompiers par ville.

— Je ne peux pas te demander d'abandonner ta carrière ici et de tout recommencer ailleurs. Tu as travaillé trop dur pour...

Ryan l'interrompit.

— Je suis très bon dans mon travail, Grace. Je ne recommencerais pas en bas de l'échelle. Je trouverais un moyen de conserver ma position.

— Et que se passera-t-il quand j'aurai terminé mon internat et que je voudrai retourner à San Diego ? Tu vas tout quitter une deuxième fois pour me suivre ?

— Je suis certain que la caserne m'accueillerait à bras ouverts.

— Dans tous les cas, tu mettrais ta carrière entre parenthèses – et perdrais des promotions potentielles ou des augmentations – pour me suivre. Je ne peux pas te laisser faire ça.

— Moi, si.

— Non, répondit-elle fermement.

— Alors je ferai la route jusqu'à San Diego. Mon emploi du temps me le permettrait. Dans tous les cas, je suis prêt à tout pour te suivre si tu dois partir. En ce qui me concerne, c'est un faux problème. Nous allons vivre ensemble, fais-toi une raison.

Ryan sentit alors son corps se détendre contre lui alors que Grace acceptait sa détermination.

— Tu es plutôt sexy quand tu es autoritaire. Et nu.

— Ah oui ? demanda-t-il en souriant.

Elle enroula les jambes autour de sa taille.

— Oui.

Ryan lui mordilla doucement les lèvres avant de l'embrasser plus férocement – ce qui la fit gémir contre sa bouche. Sa queue fit un bond.

— Mon Dieu, femme, regarde ce que tu me fais, murmura-t-il alors qu'il plongeait les doigts dans ses cheveux.

Grace se mit alors à se frotter l'entrejambe contre lui, en mettant de l'eau partout.

— Sortons de là avant que ça devienne une piscine, déclara-t-elle en gloussant.

Ryan la souleva par les fesses et se leva avant de la déposer doucement au sol. Il sortit lentement à son tour afin d'éviter que l'un d'eux ne se brise la nuque sur le carrelage.

La belle attrapa une serviette et la lui tendit avant d'en prendre une pour elle-même. Ils se séchèrent rapidement et Grace se mit à claquer des dents. Ses tétons pointus l'appelaient et Ryan dut l'attirer contre lui en utilisant sa serviette. Sa peau nue était glacée contre la sienne et il s'efforça de lui frotter le dos afin de la réchauffer.

— Allons au lit, proposa Grace.

— J'aime ta manière de penser, Doc.

Elle se tourna vers la porte mais prit la peine d'éteindre les bougies avant de sortir – ce qui fit plaisir à son âme de pompier.

Je vais lui mettre la bague au doigt.

Chapitre Vingt-six

Grace

Toujours nue, elle courut jusqu'à la chambre avant de se réfugier sous la couette. Ryan la suivit presque immédiatement.

— Il fait si froid ! s'exclama-t-elle lorsqu'il s'installa dans le lit glacial.

Il rit face à la chair de poule qu'elle avait lorsqu'il la tira contre son corps.

— On va se réchauffer, dit-il en effleurant ses tétons aussi durs que des diamants. Attends une minute. Mais... j'aime bien te voir dans cet état.

Il passa ensuite au-dessus d'elle.

— Bon, où en étions-nous ? demanda Ryan, à quelques centimètres de ses lèvres.

Grace lui posa une main derrière la tête et le fit s'approcher encore plus près.

— Ici, je crois.

Le sourire aux lèvres, il l'embrassa en appuyant les hanches sur les siennes avant de lui faire écarter les jambes. Sa bouche se balada sur sa mâchoire avant de s'attarder dans son cou. Grace sentit sa queue se raidir instantanément contre elle et fut emplie d'une immense excitation. Ryan arriva ensuite lentement au niveau de ses seins – dont les tétons n'étaient plus affectés par le froid, mais par un tout autre élément.

Sa langue tournoya lentement autour de sa peau sensible avant qu'il ne l'aspire entre ses dents – doucement, d'abord, puis de plus en plus fermement jusqu'à ce que Grace se cambre. Ryan répéta la manœuvre de l'autre côté et elle remua instinctivement la chatte contre lui dans un désir fou.

Une fois parfaitement alignée avec sa queue, Grace poussa les hanches et le sentit entrer en elle. Ryan termina le mouvement et ils gémirent tous les deux, à l'unisson, lorsqu'il la remplit jusqu'à la garde.

Il la serra fermement contre lui tandis que le rythme se mettait en place et vint lui balayer les cheveux du visage afin de pouvoir plonger dans ses yeux. Ryan l'envoûtait. À cet instant, ils ne firent plus qu'un et Grace sut qu'elle avait trouvé l'homme qui lui était destiné.

— Je t'aime, murmura-t-elle.

Un sourire se forma au coin de sa bouche et elle vit son adorable fossette.

— Je sais, dit Ryan.

— Mon Dieu ! s'écria Grace en le repoussant.

Il s'accrocha et roula sur le dos afin qu'elle le chevauche. Ils étaient toujours imbriqués l'un dans l'autre.

Son rire était contagieux, mais Grace feignit l'indignation malgré ses mouvements de hanches.

— Tu n'es pas censé me répondre ça quand je t'avoue mes sentiments pour la première fois !

— Mais c'est vrai. Je le sais depuis le début. Enfin, avant que tu ne l'admettes.

— Peu importe, Han Solo.

Ryan la fit revenir sur le matelas et la reprit de plus belle en l'embrassant.

— Je t'aime aussi, assura-t-il.

— Bien.

Grace ne put répondre autre chose et ils laissèrent leurs corps s'exprimer jusqu'à arriver tous deux à l'orgasme. Comme toujours, Ryan s'était assuré qu'elle jouisse avant lui.

Il roula sur le côté avant de s'allonger sur un oreiller tandis qu'ils peinaient à reprendre leur souffle.

— Je ne m'étais jamais doutée que le sexe faisait brûler autant de calories, déclara Grace, une main sur l'estomac. Pas étonnant que je sois dans un tel état.

Ryan éclata de rire et vint lui embrasser le dos de la main.

— On devrait en faire une habitude, alors.

— Peu importe. Tu es à peine fatigué.

— J'échange mes séances de cardio contre ça n'importe quand.

Grace se blottit contre lui et ferma les yeux.

— J'aime bien cette idée.

Elle était sur le point de s'endormir lorsqu'elle entendit une voix familière en provenance du salon.

— Il y a quelqu'un ?

Une voix plus grave et tout aussi familière ajouta :

— Ryan ? Vous êtes là ?

La voix de Maddie se rapprocha alors qu'elle criait :

— Gracie ?

Puis la porte de la chambre s'ouvrit et Grace remonta la couette jusqu'au menton. Sa meilleure amie ne faisait pas mine de vouloir regarder ailleurs.

Non, Maddie croisa les bras et les fixa du regard tout en déclarant :

— Craig ! Je les ai trouvés.

Son petit ami apparut peu après.

— Est-ce qu'ils vont bien...

Il les vit ensuite sous la couette.

— Ah, ils sont vraiment remontés l'un contre l'autre, hein ?

— Pas trop déçus de ce weekend ? ajouta Maddie.

— On... vous faisait une blague ? expliqua Grace sous la forme d'une question avant de remonter la couette encore plus haut.

— Nous n'avions pas idée que vous viendriez jusqu'ici, assura Ryan.

— À quoi est-ce que vous vous attendiez ? lâcha Maddie. On s'est sentis responsables !

— Je suis vraiment désolée, dit Grace en laissant son visage à découvert. Je ne m'étais pas imaginé que vous alliez venir.

— Comment, d'ailleurs ? demanda Ryan.

— C'était un vrai merdier, répliqua Craig. On a été coincés deux fois et on a dû se garer en bas de la route pour faire le reste du chemin à pied. La neige nous arrivait aux cuisses.

— Vos voitures ne reverront pas la lumière du jour avant le printemps, ajouta Maddie.

Ce ne serait pas une si mauvaise chose. Isolés du monde jusqu'à ce que la neige fonde ? Grace pourrait se laisser convaincre.

Ryan la prit dans ses bras.

— Je ne crois pas qu'on aurait manqué de nourriture avant janvier, donc vous pourrez peut-être revenir dans ces eaux-là.

— Ha. Ha. Enfoiré, répondit Craig.

Ryan lui fit signe de s'en aller et remarqua :

— Eh bien, vous pourriez au moins fermer la porte pour qu'on puisse se changer et vous rejoindre dans le salon ?

Lorsque son ami posa la main sur la poignée de la porte, le beau capitaine ajouta :

— Et ajouter deux ou trois bûches dans la cheminée en attendant ?

— Salaud, marmonna Craig avant de claquer la porte.

— Waouh, dit Ryan en regardant le plafond avec elle. Je me sens un peu coupable.

— Notre petite blague nous est revenue en pleine figure, hein ?

— Je n'aurais jamais cru qu'ils allaient venir – ni que c'était possible.

— Moi non plus.

Ryan se redressa et posa les pieds au sol, les mains sur les cuisses.

— J'imagine qu'on va devoir les rejoindre.

Grace l'imita à contrecœur et l'air glacial la frappa immédiatement.

— On devrait, oui.

Elle se dépêcha d'enfiler des vêtements.

— Ils ne peuvent pas trop nous en vouloir, si ? demanda-t-elle. Je veux dire, personne ne les a forcés à nous manipuler pour qu'on se retrouve coincés ici.

Grace brossa ensuite ses cheveux en bataille.

— Ils n'ont que la monnaie de leur pièce, ajouta-t-elle.

Ryan ricana.

— Ils exagèrent, ne t'en fais pas.

— Je crois que tu as raison, concéda-t-elle après y avoir réfléchi.

— Prête ? demanda-t-il en lui tendant une main.

Grace prit une profonde inspiration et hocha la tête avant de la saisir.

— Prête.

****

Ryan

— Regardez qui voilà... dit Maddie depuis le canapé, un verre de vin à la main.

Craig s'éloigna de la cheminée où un grand feu crépitait pour prendre un verre rempli d'un liquide ambré, avant de s'installer à côté de sa petite amie. Néanmoins, ils sourirent en les voyant s'asseoir sur le tapis en fausse fourrure. Ryan se tenait sur un coussin et Grace était blottie dos à lui, entre ses jambes.

— Écoutez, commença Ryan. Lorsqu'on vous a envoyé ces messages, on voulait simplement vous faire une blague et prendre notre revanche sur votre petite farce. On est vraiment désolés que vous soyez venus jusqu'ici pour nous sauver. Enfin, vous auriez pu au moins répondre avant de partir. C'était un peu extrême.

Craig but une gorgée de sa boisson.

— Tu as sans doute raison. Pour être franc, on se doutait que vous nous racontiez des conneries, mais on voulait en avoir le cœur net.

Maddie lui donna une légère tape sur le ventre.

— Tu n'étais pas censé le dire tout de suite, dit-elle. On allait les faire culpabiliser un peu, tu te souviens ?

Craig secoua la tête.

— Non, plus de mensonges et de tromperies. C'est du boulot et ça me fatigue.

Ryan posa le menton sur l'épaule de Grace et la serra contre lui.

— Nous sommes plutôt contents de votre manège.

— Je te l'avais dit ! s'écria Maddie en levant un poing en l'air.

Son petit ami passa un bras autour d'elle et imita le grand-père dans *Princess Bride*.

— Oui, tu es très maline. Tais-toi.

Ryan se mit à masser les épaules de Grace et demanda :

— Vous avez faim ? Parce ce que moi oui. Et je parie que c'est pareil pour Doc. Nous n'avons rien avalé depuis le petit-déjeuner.

— Ouais, qu'est-ce que vous avez ? dit Craig en se levant.

— Le plus simple serait de réchauffer les restes de Thanksgiving.

Ryan se leva à son tour et les deux hommes se rendirent dans la cuisine. Il jeta un œil par-dessus son épaule et vit Maddie se précipiter vers Grace – sans doute pour obtenir les détails les plus croustillants. Craig fit de même lorsqu'ils furent assez éloignés.

— Alors, comment ça s'est passé ?

— Quand on attendait que les patates cuisent, je l'ai embrassée. Et après le dîner, on a joué à action ou vérité tout en buvant. Ce qui devait arriver arriva.

— Donc, vous vous entendiez bien depuis le début ?

— Oui. Désolé pour les messages. C'était censé être une blague. Je suis toujours choqué de vous voir ici. Je croyais que la route était fermée ?

— Techniquement, elle l'est toujours. La déneigeuse est passée, on dirait, et seuls les riverains avaient le droit de traverser. Mais puisque je loue le chalet, je suis considéré comme riverain. Et les quatre roues motrices de mon Range Rover ont aidé. Jamais vos voitures ne pourraient circuler.

— Tant mieux. Il nous faut un peu plus de temps pour resserrer les liens avant de revenir à la civilisation. Il y a environ une heure, j'ai réussi à lui faire admettre qu'elle m'aime, mais je crois qu'elle a encore peur que ça se sache.

— Vous utilisez déjà le mot en A ? demanda Craig d'une voix bien trop forte.

Ryan lui jeta un regard pour le faire taire.

— Oui, ducon, siffla-t-il en sortant les Tupperware du réfrigérateur. Je crois que je suis tombé amoureux d'elle dès notre première rencontre, mais ça n'a fait que se renforcer au fil du temps.

Craig ouvrit les boîtes avant de dresser les assiettes.

— Tu ne crois pas qu'il soit trop tôt pour en parler ?

— Pourquoi ? Je ne suis pas là pour jouer un personnage. Si c'est ce que je ressens, pourquoi ne pas le dire ?

Son ami haussa les épaules.

— Je n'ai pas de réponse. Je veux simplement t'éviter de souffrir.

— Je ne vois pas en quoi lui faire part de mes sentiments me ferait davantage souffrir que de les garder pour moi.

— S'ouvrir comme ça à quelqu'un, c'est effrayant.

— Oui. Et, pour être parfaitement honnête avec toi, je suis un peu nerveux quant à la suite – est-ce qu'elle va vouloir officialiser notre couple ou utiliser son internat comme excuse pour abandonner ? C'est pour ça que j'ai besoin de plus de temps ici. Grace se sent en sécurité et isolée du monde qui la terrifie tant.

Craig déposa une assiette dans le four à micro-ondes et se pencha contre le plan de travail.

— On a fait éclater votre petite bulle, hein ? demanda-t-il. Je suis désolé, mec. Je n'étais pas certain qu'on doive venir mais c'est Maddie qui a insisté. Je me disais que Grace lui en avait peut-être dit davantage. Quand j'ai vu le bonhomme de neige et les anges sur le sol, j'ai compris – mais il était déjà trop tard.

— Ne t'en fais pas. Mais, pour ton information, je ne vais pas dormir sur le canapé ce soir.

— Nan, on va partir après le repas. Ils annoncent encore de la neige, donc vous allez rester coincés ici pour quelques jours de plus.

— J'en serais ravi – j'ai plein de congés à prendre. Mais je ne sais pas si Grace peut se le permettre.

Craig sortit l'assiette du four et la remplaça par une autre.

— Si on doit revenir vous chercher, ce n'est pas un problème, déclara-t-il en sortant des couverts. Bébé ! Ton assiette est prête !

— N'en parle pas à Grace, murmura Ryan. Je te dirai si on a besoin de vous.

— Compris. Enfin, ce ne sera pas demain. Je compte demander la main de Maddie quand on ira au rendez-vous que j'avais gagné à ses enchères. La mère de ta copine l'a appelée l'autre jour pour l'engueuler parce qu'elle ne m'avait pas encore emmené. Mon Dieu, j'adore cette femme.

Ryan adorait également Frannie. Il espérait simplement qu'elle l'appréciait suffisamment pour lui donner le feu vert avec sa fille.

****

Grace

— Qu'est-ce qui s'est passé ici ? murmura Maddie en s'installant sur le tapis à ces côtés.

— À ton avis ? Précisément ce que tu avais prévu, petite entremetteuse.

— Oui ! J'adore quand un plan se déroule sans accroc, répondit son amie en se tenant sur les genoux. Aloooors ? Comment c'était ?

— Encore mieux que dans mes fantasmes. Et il était déjà très doué.

— Je suis si heureuse pour toi ! Vous êtes parfaits ensemble. Il vous fallait simplement un petit coup de pouce.

— Et vous étiez ravis de nous le donner.

— Hé, il fallait bien que quelqu'un se dévoue. Tu étais têtue comme une mule. Donc, quand tu l'épouseras... je sais que tu as des sœurs, mais j'ai intérêt à être la demoiselle d'honneur. Et quand vous aurez des enfants, Craig et moi seront les parrains et marraines.

Grace devait changer de sujet.

— En parlant de mariage...

— Je sais. Je sais. J'y travaille. J'en ai assez d'attendre qu'il fasse sa demande. Figure-toi que ta mère m'a appelée l'autre jour pour me faire la morale parce que je n'ai pas emmené Craig au rendez-vous qu'il a gagné à mes enchères.

Nous allons donc sortir demain et je vais le demander en mariage moi-même.

— C'est génial ! Félicitations ! Donc, Craig et toi ne restez pas là ce soir ?

— Mon Dieu, non. Il va neiger, donc on va partir très vite.

— Bébé ! Ton assiette est prête !

Grace se leva aux côtés de son amie et elles partirent en direction de la cuisine.

— On devrait peut-être y aller aussi.

— Oh non. Jamais ta Prius ne pourrait y arriver. La route est dans un sale état. Craig a eu du mal avec son Range Rover, alors imagine avec une voiture normale.

Grace fut secrètement ravie. En effet, elle n'était pas encore prête à affronter la réalité.

Maddie s'installa devant son assiette, qui était la seule sur la table.

— Ah, je trouve ça si mignon que vous ayez préparé un vrai repas de Thanksgiving.

— Tu pensais qu'on s'abstiendrait ? Vous avez tout acheté pour nous, remarqua Ryan en déposant une assiette fumante devant Grace.

Elle ne saisit pas sa fourchette tout de suite et il ajouta :

— Et ne nous attendez pas, mangez tant que c'est chaud.

Maddie prit la sienne et répondit :

— Pour être honnête, nous n'étions pas certains que ça arrive. Après vos messages, nous nous demandions si vous étiez capables de rester dans la même pièce.

— C'était super, en réalité. Aucun de nous n'avait préparé une dinde auparavant.

— Moi non plus, ajouta Craig en fermant la porte du four à micro-ondes.

— Vraiment ? demanda Ryan. Je croyais que tout le monde venait manger chez toi.

— Eh bien, je fournis la cuisine, mais ce sont ma mère et mes sœurs qui préparent.

Grace arrêta sa fourchette dans les airs.

— Qu'est-ce que vous avez fait pour le dîner, hier ?

— Rien, répondit Maddie. On a fini tard. Je crois que j'ai mangé une conserve et Craig un sandwich. On comptait cuisiner aujourd'hui mais on a décidé de venir vous voir.

— On fera quelque chose demain avant de nous rendre *enfin* au rendez-vous que Maddie me doit, expliqua Craig en s'installant aux côtés de sa future fiancée.

— J'ai entendu dire que ma mère lui a donné la fessée pour son oubli.

— Ouais, après que mon petit ami m'a fait porter le chapeau, grommela Maddie avant de prendre une bouchée.

— Tu lui as fait porter le chapeau ? demanda Ryan d'un air incrédule.

— Vous m'aviez cru capable de mentir à Francine Ericson ?

Grace hocha la tête.

— Je ne t'en veux pas. C'est un vrai détecteur à mensonges. Ça aurait été très dangereux pour toi de ne pas avouer la vérité.

Ryan lui lança un regard en ouvrant le four à micro-ondes.

— C'est bon à savoir.

Elle savait bien qu'il ne désirait pas voir leur couple rester secret, et elle ne pouvait pas lui en vouloir. Néanmoins, Grace n'était pas encore prête à franchir le cap. Elle aurait beaucoup aimé qu'il le comprenne.

Le capitaine s'assit à côté d'elle, les sourcils froncés. Grace frotta son pied avec le sien et lui lança un sourire timide.

Ryan le lui retourna avec un clin d'œil – ce qui la soulagea instantanément. Mais ensuite, il passa un bras autour de ses épaules pour lui embrasser la joue en murmurant :

— C'est bon, bébé. Je comprends.

La pauvre se sentit coupable. Il méritait tellement mieux.

— C'est vraiment bon, remarqua Maddie.

— Et ça l'était encore plus hier, répondit Grace en se penchant brièvement contre Ryan. On a vraiment assuré.

— On forme une bonne équipe, dit-il doucement.

— Oh que oui, assura-t-elle en souriant.

— Mon Dieu, s'exclama Maddie. Est-ce que je peux dire que j'adore vous voir ensemble ? J'ai hâte qu'on sorte tous les quatre !

— N'allons pas trop vite en besogne, intervint Ryan. On essaie encore de déterminer comment on veut procéder.

Maddie grimaça.

— Comment ça ? demanda-t-elle en les regardant. Qu'est-ce qu'il y a à déterminer ?

— C'est juste que… commença Grace d'un air gêné. Je ne sais pas si on devrait annoncer à tout le monde que nous sommes ensemble.

— Pourquoi ? répliqua Craig.

Ryan, Dieu soit loué, vint à son aide.

— Eh bien, tu sais, Lauren et moi avons annulé le mariage...

— Il y a six mois, lâcha Maddie.

Grace lui jeta un regard noir.

Une meilleure amie en or, vraiment.

Cette dernière reçut vite le message et leva les sourcils avant de s'exclamer :

— Oh !

Grace lui devrait de longues explications plus tard, mais la rousse essaya de calmer le jeu.

— Eh bien, on peut toujours se voir à la maison, n'est-ce pas ? Dîner ensemble ?

— Oui, et Ryan a fait des rénovations chez lui, donc il doit vouloir nous accueillir aussi, ajouta Craig.

Génial. Grace imaginait désormais Ryan, torse nu et avec une ceinture d'outils accrochée à la taille. Elle avait horreur de l'admettre, mais elle avait passé beaucoup plus de temps que nécessaire à reluquer M. Mars dans le calendrier que sa mère lui avait donné.

Bien sûr, la photo n'avait rien à voir avec l'original. Grace avait pu lécher ses abdominaux saillants et tout ce qui se trouvait plus bas. Sans oublier ce qu'elle avait fait ensuite... et ce qu'elle espérait faire à l'avenir.

La moitié des femmes de San Diego seraient prêtes à tuer pour être à sa place – pourquoi donc ne voulait-elle pas leur couper l'herbe sous le pied ?

Un seul mot lui vint à l'esprit : scandale.

Si leur couple devenait officiel, Grace pourrait se retrouver au-devant de la scène. Ryan ne méritait pas qu'on le salisse dans la presse – et elle non plus, d'ailleurs. Plus jamais.

Peut-être pourraient-ils simplement vivre reclus dans la montagne jusqu'à la fin des temps ?

Chapitre Vingt-sept

Ryan

Maddie et Craig se tenaient devant la porte pour leur dire au revoir lorsque la future Mme Baxter – qui ne le savait pas encore – se frotta la mâchoire en regardant Ryan.

— Est-ce que tu vas la laisser pousser ?

Il l'imita et remarqua enfin le début de barbe qui se profilait.

— Non, ce n'est pas autorisé à la caserne. Il faut que nos masques soient hermétiques.

— C'est bien dommage, murmura Grace en lui lançant un sourire charmeur.

— Mais rien ne m'interdit d'en avoir une durant mes jours de congés, déclara-t-il avec un clin d'œil.

La belle se mordit la lèvre, et Craig remua les pieds en disant bruyamment :

— On est toujours là, vous savez...

Qu'est-ce que vous attendez, alors ? Foutez le camp !

Ryan opta néanmoins pour :

— Dites-nous comment sont les routes quand vous serez rentrés.

— On ferait mieux d'y aller avant de rester coincés ici avec vous.

En effet, il n'avait pas prévu de passer du temps avec eux. Mais du temps tout nu avec Grace ? Plein.

Il leur ouvrit la porte.

— Faites attention ! Envoyez-nous un message quand vous arrivez.

— Je promets que je ne te dérangerai pas sur la route, dit Maddie à Grace tout en gloussant.

— De toute façon, elle serait trop occupée pour te répondre, répliqua Ryan en poussant presque le couple dehors.

Maddie lui fit un câlin tout en murmurant :

— Je suis si heureuse pour toi.

Elle en fit de même avec sa meilleure amie, mais il ne l'entendit pas.

Craig lui serra la main avant d'étreindre Grace.

— Une fois encore, nous sommes désolés de vous avoir fait venir, dit-elle dans l'embrasure de la porte.

— Pas nous ! s'exclama Maddie. On a pu voir les deux tourtereaux en direct !

Le porche brillait sous la neige. Craig dut porter sa dulcinée sur son dos tant elle avait du mal à avancer.

— Ça me fera un peu d'exercice pour la journée, déclara-t-il en se retournant vers eux. Crapahuter dans la neige avec ma petite amie sur le dos, ça doit compter, non ?

— Absolument, répondit Ryan en riant. Faites attention à vous ! Je veux recevoir un message à l'instant où vous arrivez.

Mais pas sûr que l'on vous réponde tout de suite. Le Range Rover de Craig était un véritable tank, mais il ajouta tout de même :

— Et appelez-nous si vous avez un problème.

Il rentra à l'intérieur pour retrouver Grace et ses bas.

— Alors comme ça, tu aimes ma barbe ?

— Mon Dieu, oui, ronronna-t-elle avec un vilain sourire sur les lèvres. J'aime beaucoup la sensation qu'elle me donne entre les jambes.

Oh, putain.

Ryan referma la porte et passa les mains sous la ceinture de son jogging pour immédiatement s'occuper de son clitoris.

— Je crois que nous avons un jeu à terminer...

— Mhmmm, murmura-t-elle, les yeux fermés.

Il la caressa plus bas et la trouva déjà mouillée. Un de ses doigts plongea en elle et il le remua lentement.

— J'adore comment ton corps réagit au mien, grogna Ryan alors que sa main libre bravait son soutien-gorge pour jouer avec un de ses tétons.

Grace lui palpa la queue par-dessus son jean.

Temps mort ! S'ils comptaient réellement continuer les paris – et Ryan désirait vraiment découvrir ses gages – ils devaient s'arrêter.

Il se pencha donc pour l'embrasser tout en retirant les mains d'elle.

— D'accord, retrouve-moi devant la cheminée. Toute nue. Dans cinq minutes.

— Toute nue ? Je croyais qu'on jouait à un jeu.

— On peut jouer à poil. Quel jeu ?

— Que dis-tu d'un poker ? proposa Grace.

— Parfait.

Ryan n'était pas du tout un bon joueur et espérait donc que la belle en profiterait. Jamais de sa vie il n'avait autant souhaité perdre, mais il serait ravi de lui obéir.

Néanmoins, seuls ses gages lui donnaient le droit de lui faire quoi que ce soit. Grace semblait davantage intéressée par l'idée d'exercer un contrôle total sur son plaisir.

Enfin, si perdre lui octroyait une nouvelle pipe, ce n'était pas vraiment une défaite, si ?

En réalité, ils gagnèrent tous les deux – et toute la nuit.

****

Grace

Danse pour moi. Donne-toi à fond.

Elle venait tout juste de perdre la première main. Son roi et sa reine avaient lamentablement échoué face à Ryan et la paire de sept qu'il avait réussi à obtenir – son autre carte n'était qu'un quatre.

— Choisis une feuille, dit-il d'un air satisfait en lui tendant les trois gages qu'il lui restait.

Grace écopa donc d'une lap dance.

Face à un autre homme, elle aurait pu se sentir intimidée – mais il était évident que Ryan la considérait déjà comme une déesse, et cela l'emplissait de courage.

— Je crois que je devrais avoir des vêtements à enlever pour me *donner à fond*, déclara-t-elle d'un air taquin.

— Quand j'ai écrit les gages, je ne pensais pas que nous serions nus, répondit Ryan en haussant les épaules.

— Je reviens.

Grace se rendit dans la chambre et sortit une des chemises qu'elle avait vues dans le sac de Ryan et ne boutonna que les deux boutons du milieu. Après une rapide recherche sur Google, elle trouva la chanson idéale : *Would You Mind* de Janet Jackson. Les paroles étaient parfaites et les effets sonores particulièrement graveleux. Avec un peu de chance, elle n'oublierait pas de l'arrêter avant la fin.

Elle se pavana donc jusqu'au canapé où se trouvait Ryan. Ce dernier avait une couverture autour de lui et Grace s'en débarrassa pour le trouver en pleine érection. Un sourire satisfait sur les lèvres, elle se mit à genoux entre ses jambes et démarra la chanson avant de frotter sa chatte contre son genou tout en glissant le long de son corps – elle s'appuyait contre lui en rythme avec la musique autant que possible.

Grace fut récompensée par un long gémissement, et Ryan l'attrapa par les hanches tandis qu'elle remuait contre lui tout en se touchant la peau.

— Putain, Doc. Tu es chaude comme la braise.

C'était ainsi qu'elle se sentait. Et très excitée.

Ryan vint la soulever sur sa queue dure comme du roc et grogna :

— Continue, bébé.

Elle plaqua ses seins nus contre son visage tout en ne cessant d'agiter ses hanches sur les siennes. La chanson de Janet Jackson prit fin mais la playlist continua avec des chansons toutes plus provocantes les unes que les autres alors que Grace se déchaînait sur ses genoux. Ryan ne se gêna pas pour la toucher et vint prendre ses seins à pleines mains.

Elle s'accrocha à ses cuisses musclées tout en écartant les jambes, sans jamais le lâcher du regard. Le capitaine ne se fit pas prier et s'occupa de son clitoris alors que Grace se déhanchait contre sa queue.

— Voilà, bébé, murmura-t-il fermement. Jouis sur ma queue. Je veux te voir trembler sur moi.

Les gémissements de Grace se firent de plus en plus forts et Ryan se mit à grogner tout en la caressant de plus en plus vite.

— Putain, Gracie. Tu es si bonne.

Elle cambra alors le dos avant de se figer pour ensuite trembler de la tête aux pieds.

— Ouiii, voilà, ma petite, murmura Ryan avant de lui donner des coups de reins jusqu'à rugir longuement.

Grace le sentit se déverser en elle et s'effondra contre son torse pour lui passer les bras autour du cou. Elle voulait rester aussi près de lui que possible.

— Je... commença-t-il, à bout de souffle. C'était... Putain !

Elle n'aurait pas pu mieux dire.

Chapitre Vingt-huit

Ryan

Ils passèrent le samedi et le dimanche à jouer dehors dans la neige, regarder la télévision, profiter des jeux de société, et à continuer leurs paris.

Dire qu'ils étaient compatibles ne serait qu'un terrible euphémisme. Ryan avait ri lorsqu'il avait découvert un de ses gages : *Fais-moi un strip-tease*. Cela avait constitué une première pour lui, mais sa réponse avait valu le détour.

— Si tu envisages une reconversion, je te vois une carrière toute tracée chez les Chippendales, avait-elle ronronné après le spectacle.

— Non. Je ne danserai que pour toi, Doc, avait-il répondu avant de la déshabiller et de lui faire l'amour sur le tapis devant la cheminée.

Ils passèrent également beaucoup de temps au lit, nus et discutant de tout et de rien. Lorsque la nuit s'installa dimanche, Ryan était absolument convaincu que Grace était la femme de sa vie.

Elle posa la tête contre son torse alors qu'ils étaient installés devant le feu.

— Ma mère m'a dit que la route devrait rouvrir demain. D'après Maddie, le propriétaire du chalet va faire venir une déneigeuse dans la matinée.

— Oui, Craig m'a dit la même chose par message, répondit-il en passant les doigts dans ses cheveux.

— Nos amis sont fiancés. Tu arrives à y croire ?

Apparemment, Maddie avait demandé Craig en mariage la veille, lors de leur rendez-vous, mais il avait sorti une bague de sa poche au même moment.

— Ça devait arriver un jour ou l'autre, dit Ryan. Tu ne crois pas ?

— Oui, concéda Grace en soupirant. Ils sont faits l'un pour l'autre.

— Un peu comme deux personnes que je connais.

— Je sais, dit-elle en soupirant à nouveau.

— Qu'est-ce qui ne va pas, Grace ? On s'aime et il s'est écoulé assez de temps depuis cette histoire avec Lauren pour que personne ne puisse nous juger. Je ne veux pas me cacher comme si j'avais honte.

— Je n'ai pas honte, je le jure. Tu es formidable, mais est-ce qu'on peut rester discrets un peu plus longtemps ? Jusqu'à ce que mon internat soit décidé ?

— Non, Doc. Je veux être à tes côtés quand tu découvriras le résultat. Je veux passer Noël avec toi et t'emmener sortir au Nouvel An. Sans oublier la Saint-Valentin. Je veux nous voir former un couple sain.

Des larmes lui inondèrent les joues.

— J'ai peur, Ryan.

— De quoi as-tu peur, bébé ? Aide-moi à comprendre.

— Tu le sais déjà. J'ai peur de faire la une des magazines. Et il ne s'agit pas que de moi ou de ma famille... je serais dévastée si *tu* te retrouvais au cœur d'un scandale à cause de moi.

Ryan lui releva le menton afin qu'elle le regarde dans les yeux.

— Je me contrefous de ce que les gens peuvent bien dire sur moi. Je comprends que tu aies peur, mais ne t'en fais pas pour moi. Je n'ai rien à cacher et je n'ai rien fait de mal. Je n'ai pas trompé Lauren ou quoi que ce soit du genre. Nous n'aurions jamais dû être ensemble et, par chance, nous nous en sommes rendu compte avant qu'il ne soit trop tard. J'emmerde les journalistes. Qu'ils viennent. Je porterai plainte s'ils osent me diffamer.

— Si seulement je partageais ton courage, dit Grace en souriant tristement.

— Tu crois vraiment qu'ils s'intéresseraient à nous si nous vivions une vie normale ? Nous n'allons pas nous disputer ou hurler en public. Il n'y aura pas de quoi écrire le moindre article.

— Tu as raison, et je le sais. Mais est-ce qu'on peut prendre notre temps ? Et ne pas en faire toute une histoire ?

— Je veux passer les fêtes avec toi, Grace.

La belle se mordit nerveusement l'intérieur de la joue.

— Laisse-moi du temps pour mes examens. S'il te plaît ?

Ryan ne désirait pas la stresser pour ses études. Il lui caressa le dos tout en observant la détresse dans son regard. L'idée de sortir publiquement avec lui la rongeait d'angoisse.

— Je ne veux pas que tu te rendes malade à cause de moi, Grace. Si tu ne veux pas être avec moi, on peut...

— Non ! lâcha-t-elle. Ce n'est pas ce que je veux. Je te demande simplement d'être patient avant qu'on le dise à tout le monde.

— Ça veut donc dire qu'on se verra toujours ?

— J'espère bien.

— Et on passera les fêtes ensemble ?

— Avec nos familles ?

Ryan hocha la tête.

— Et je passerai le réveillon du Nouvel An avec toi.

— Tu n'es pas censé rester disponible en cas d'urgence ?

— Pas pour le réveillon. Le premier janvier, sans doute. Et je vais me rendre au travail plus tôt le jour de Noël pour que les pompiers avec de jeunes enfants puissent passer du temps avec eux.

— Ah. Tu es adorable.

Il haussa les épaules.

— La famille, c'est important. Je le comprends. Les enfants ont besoin de leurs parents quand ils découvrent les cadeaux sous le sapin. On ne peut pas leur demander d'attendre que Maman ou Papa rentre à la maison pour les ouvrir.

— Mon Dieu, Ryan, répondit Grace avant de se blottir contre son torse nu tout en le prenant dans ses bras.

— Quoi ?

— Tu deviens un peu plus charmant à chaque seconde. Ce n'est pas censé arriver.

Il éclata de rire.

— Désolé ? Tu préférerais peut-être que je sois un connard ?

— Bien sûr que non. Mais ça rendrait les choses plus simples.

— Plus simples ? Pff. Trop tard, Doc. Tu es déjà amoureuse de moi. Prépare-toi pour l'aventure, bébé.

Grace leva la tête et lui lança un sourire éclatant.

— Je sais.

Ryan s'assura de la tenir fermement contre lui tout au long de la nuit, triste à l'idée que ce soit la dernière avant un petit moment.

****

Grace

Il faisait encore nuit lorsqu'elle se réveilla lundi matin, blottie en cuillère contre Ryan. Elle ne se réveillerait pas dans ses bras le lendemain et cela lui pesait lourdement sur le cœur. Ce cocon de bonheur allait lui manquer – tout comme le reste. Elle était déjà habituée à voir son beau visage en ouvrant les yeux chaque matin.

Peut-être avait-il neigé toute la nuit ?

Ayant vécu toute sa vie à San Diego, Grace n'avait jamais échappé à un jour d'école en raison d'une tempête de neige. Voilà sans doute ce que ressentaient les enfants des autres états en espérant que les routes soient bloquées.

Elle sentit ensuite les mains de Ryan se balader sur son corps, avant de s'arrêter sur ses seins.

— Bébé, murmura-t-il d'une voix rauque. Il est trop tôt. Rendors-toi.

Grace poussa contre son érection matinale avec son cul tout en remuant les hanches. La fessée ne se fit pas attendre. Hélas, cela n'allait pas l'arrêter et elle se contenta de gémir.

Ryan lui en donna une nouvelle avant de lui relever légèrement le genou pour plonger directement en elle.

— Tu es vraiment insatiable, grogna-t-il dans le creux de son oreille.

— Uniquement quand tu es sur le menu.

Ce qui était vrai. Même si leurs ébats du weekend l'avaient lessivée, Grace ressentait toujours le besoin viscéral de l'avoir au fond d'elle. Elle désirait être sienne.

Il s'occupa de son clitoris avec toute l'expertise qu'il avait acquise durant ces cinq derniers jours et la fit jouir en quelques minute avant de suivre peu après.

Ils se rendormirent en ne faisant qu'un et Grace se prit à rêver d'une vie avec le beau pompier.

Chapitre Vingt-neuf

Ryan

Grace eut les larmes aux yeux lorsqu'ils fermèrent la porte du chalet avant de replacer les clés dans leurs cachettes respectives.

— Doc, dit-il en la tenant par les épaules. Ce n'est pas fini entre nous deux.

— Je sais, mais j'aimais tant dormir dans tes bras.

Ryan haussa les épaules.

— Alors viens dormir chez moi. Ou je pourrais me faufiler chez tes parents après le boulot.

— Je crois qu'il vaudrait mieux que je me déplace.

— J'en serais ravi. Rentrer à la maison et te trouver dans mon lit ? Je signe tout de suite ! Je suis certain que Tank apprécierait un peu de compagnie.

— Je ne te parle pas d'emménager ensemble, répliqua Grace en lâchant un rire nerveux.

— Bien entendu.

Enfin, pas officiellement. Et pas pour le moment. Ryan savait qu'il lui faudrait du temps pour la convaincre – tout comme il lui en avait fallu pour entamer une relation avec lui.

— Tu passeras de temps en temps, quand nous le pourrons, expliqua-t-il.

Cependant, il n'allait pas attendre pour tenter sa chance.

— Alors, tu as beaucoup à faire cette semaine ?

À sa grande surprise, Grace répondit :

— Je n'ai pas cours jeudi, et je quitte l'hôpital vers quatorze heures.

— Parfait. Je finis à dix-neuf, mais tu es la bienvenue avant si tu le souhaites. Tu auras la maison pour toi toute seule. Tank te tiendra compagnie. Tu auras le temps de déjeuner demain ?

— Euh, je serai à l'hôpital.

— Je peux passer te prendre. Je connais une petite sandwicherie dans le quartier – ça ne sera pas long. Surtout si tu n'as pas à chercher une place de parking.

— Je ne sais pas si mon emploi du temps le...

Ryan haussa les épaules.

— Envoie-moi un message dans la matinée quand tu le sauras. Je suis assez flexible, sauf en cas d'urgence. Et si tel est le cas, je devrai annuler nos plans, donc...

— C'est assez logique, dit Grace en souriant.

— N'est-ce pas ? Ça se passe d'explications, hein ? Tu n'as pas idée du nombre de femmes qui n'arrivent pas à le comprendre.

— Je promets de ne jamais t'en vouloir si une urgence t'appelle – si tu me promets la même chose.

— Vendu.

Ils restèrent devant la Prius – qu'il avait démarrée cinq minutes plus tôt, après avoir chargé le coffre.

— Alors, tu penses pouvoir t'éclipser un peu plus tard ? Tu me renvoies à la maison avec toutes ces provisions que je ne pourrai jamais manger tout seul. D'ailleurs, il nous reste un pari...

Hé, il fallait bien tenter le coup, non ?

Un sourire diabolique se dessina sur le visage de Grace.

— Envoie-moi ton adresse. On ne sait jamais.

— Ne m'aguiche pas comme ça.

— Qui a dit que je n'étais pas sérieuse ?

Si Ryan était tout seul, il ferait un petit pas de danse. Néanmoins, il dut s'efforcer de paraître nonchalant.

— Je t'enverrai aussi le code du garage pour que tu puisses te glisser dans mon lit pendant mon sommeil, ou ma douche.

— Quoi ? Je n'ai pas droit à une télécommande et à une place pour ma voiture ?

— Attention, Doc, ou tu en trouveras une dans ta voiture demain matin et je m'attendrai à ce que tu en fasses régulièrement usage. Surtout si je fais de la place pour la Prius.

Grace secoua la tête en levant les yeux au ciel avant de s'installer dans sa voiture – mais un doux sourire se forma sur ses lèvres.

— Le code suffira.

Ryan se pencha afin de l'embrasser.

— Roule doucement. Je resterai derrière toi. Prends ton temps, pas la peine de se tuer pour arriver une minute plus tôt. Tu es sûre que tu ne veux pas passer en second ?

— Affirmatif. Je te promets d'être prudente.

Il ferma sa portière et s'écria :

— Mets ta ceinture !

Grace baissa sa vitre.

— Évidemment. Je la mets toujours. Monte dans ton bolide et allons-y !

La belle lui souffla un baiser avant de remonter la vitre.

Ils débutèrent donc la descente sur des routes plutôt praticables – les déneigeuses avaient excédé les espoirs de Ryan.

Il se demanda alors à quoi ressemblerait leur couple ces prochains jours. Ne pas annoncer au monde entier qu'ils se fréquentaient ne le dérangeait pas, mais il désirait tout de même en informer leurs proches. Il avait horreur des cachoteries en famille.

Jusque-là, il n'avait pas su quoi faire de la chambre en trop dont sa maison disposait. Ryan n'avait pas vraiment besoin d'une salle de jeu ou d'une deuxième chambre d'amis, mais... peut-être pourrait-il la transformer en bureau pour Grace.

Cette idée lui plaisait de plus en plus.

Ne t'emballe pas trop vite, cowboy.

Sa mère lui répétait toujours cette réplique lorsque l'enfant qu'il était voulait concrétiser toutes les idées qui lui passaient par la tête. Son petit doigt lui disait que cette phrase reviendrait souvent dans les prochains mois.

Néanmoins, Ryan devait commencer par le commencement – se présenter à sa famille en tant que petit ami et l'emmener dîner dans un restaurant où ils finiraient par croiser des connaissances. Des trucs de petit ami, en somme.

**

En fin de compte, Grace ne vint pas chez lui lundi soir, car la caserne l'avait réquisitionné. Après cinq jours d'absence, Ryan n'allait pas refuser alors qu'il était en ville.

Ryan : Je ne sais pas si tu comptais sérieusement me retrouver ce soir, mais on m'appelle à la caserne.
Doc : Oh non !

Cette réponse fut suivie d'une variété d'émoticônes en pleurs.

Ryan : Je sais, désolé. Je voulais te voir aussi. Est-ce qu'on déjeune toujours ensemble demain ?

Doc : J'ai hâte. Je te dirai quand je peux sortir dans la matinée.

Ryan : Je t'aime, bébé.

Grace lui envoya des petits cœurs. Il s'en satisferait.

****

Grace

— Gracie ! Te voilà rentrée ! s'exclama sa mère lorsqu'elle arriva chez ses parents après avoir déposé ses sacs dans la dépendance.

La maison était déjà décorée pour Noël.

— Salut, Maman, répondit Grace en lui faisant la bise avant de la câliner. Me voilà. Comment était Thanksgiving ?

— Les enfants se sont bien amusés. Nous avons organisé un tournoi de serpents et échelles. Alexandre a brillamment remporté la première place.

Grace éclata de rire en repensant à sa propre enfance. Il y avait toujours des jeux de société, et Ava se battait sans arrêt avec Steven. Leur père leur avait d'ailleurs interdit de jouer au Monopoly après une dispute particulièrement bruyante.

— Ava les prépare déjà au combat, hein ?

Sa mère rit à son tour.

— Ils ont passé un très bon moment, donc je pense que oui.

— Mon Dieu, tu te souviens des marathons de Trivial Pursuit entre Steven et elle ?

— Doux Jésus, oui, répondit Frannie en levant les yeux au ciel. Ils rendaient ton père complètement fou.

Un sourire se dessina ensuite sur ses lèvres.

— En parlant de Steve... il passe à la maison la semaine prochaine.

— Moi qui me demandait pourquoi tu avais décoré si tôt.

— Mon décorateur a eu une annulation de dernière minute et j'en ai profité. Nous avons installé le sapin vendredi – Ava était venue avec les enfants. Ils étaient époustouflés.

Il était commun pour Francine de déléguer la décoration de la maison, sauf quand il s'agissait du sapin. Sa mère adorait passer une journée entière à personnaliser l'arbre haut de quatre mètres et préparer des gâteaux avant de regarder des films de Noël.

— Et Hope ? demanda Grace. Elle vient avec Steven ?

— Elle va venir, oui, mais pas avec ton frère. Il va arriver avant elle car il doit assister à une conférence, mais Hope nous rejoindra le samedi avant Noël. Elle restera pour le Nouvel An.

— Ah, j'ai hâte de la revoir ! Est-ce que Steve restera autant ?

Sa mère secoua la tête.

— Non, il doit retourner à Boston dès le vingt-six.

Grace était impatiente de revoir son frère aîné, mais surtout de passer du temps avec Hope. Elles n'avaient que deux ans d'écart. D'ailleurs, leurs parents avaient presque abandonné le projet d'avoir plus d'enfants après de nombreuses fausses couches après la naissance d'Ava. Puis

Hope était arrivée, suivie de près par Grace. Ainsi, les deux sœurs avaient grandi ensemble et demeuraient très proches – même si Hope vivait désormais à plusieurs milliers de kilomètres. Elles avaient d'ailleurs prévu d'emménager ensemble si Grace réalisait son internat à Boston. Enfin, Steve leur avait proposé de vivre avec lui. Apparemment, leur frère avait acheté un manoir et se rendait désormais compte qu'il était trop grand pour lui.

— Je suis impatiente de les voir, déclara Grace. Je parie que le doux climat de San Diego leur manque.

Frannie gloussa.

— Je ne crois pas que Hope savait dans quoi elle s'embarquait en allant à Boston. Ta pauvre sœur déteste le froid.

— Son sang ne s'est pas encore épaissi, répliqua Grace en souriant.

— Eh bien, pas autant que celui de Steve. Je ne peux qu'espérer que ça n'arrive jamais.

Sa mère désirait ardemment que Hope revienne à San Diego. Dire que sa demande d'internat pour Boston avait fortement déplu à Frannie serait un euphémisme.

— Je crois que nous devrions organiser une grande fête pour le réveillon de Noël, afin de célébrer leur présence.

— Maman, c'est beaucoup de travail pour un délai aussi court.

— Allons donc... j'ai aidé Travis et Ava pour la réception de leur mariage la veille du Nouvel An avec presque autant de temps à ma disposition.

— Oui, mais ton budget n'est pas celui de Travis.

— Tu marques un point.

— Je crois que tu profiterais davantage de Steve et Hope si tu ne cherchais pas à impressionner tout le monde. Pourquoi ne pas rester traditionnel ?

— Tu as peut-être raison, répondit sa mère en haussant les épaules. Je ne sais pas. J'inviterai sans doute tout le monde au restaurant.

— Waouh, dit Grace d'un air taquin. Tu es devenue folle.

— Je ne plaisante pas. Tout le monde est occupé, de nos jours. Beaucoup de mes connaissances vont simplement dîner au country club, tu sais.

— Je serais ravie de te voir céder à la facilité. Papa adorerait avoir une femme normale pour les fêtes.

— Grace Francine Ericson, je ne cède jamais à la panique ni au stress. N'essaie même pas de suggérer le contraire.

Elle ne mentait pas. Frannie ne montrait jamais sa nervosité à quiconque – excepté son mari, peut-être. Enfin, Robert Ericson n'avouerait jamais l'avoir vue perdre son calme. Le couple tenait depuis plus de trente-cinq ans, et Grace avait toujours été témoin d'une formidable cohésion entre ses parents. Alors que sa mère était extravertie et cherchait la lumière des projecteurs, son père était content de rester dans l'ombre pour la soutenir. Robert était un homme avec les pieds sur terre qui disposait d'un esprit analytique, tandis que Francine avait tendance à agir sur un coup de tête tout en laissant la passion s'emparer d'elle.

Des quatre enfants Ericson, Grace était celle qui lui ressemblait sans doute le plus.

— Alors, dit Frannie avec un sourire espiègle sur le visage, comment était *ton* Thanksgiving ? J'imagine que Ryan et toi vous êtes bien entendus ?

Un bel euphémisme, Maman.
— Très bien, même. C'est un type formidable. Il a préparé la dinde et m'a aidée pour le reste. C'est lui qui a cuisiné la plupart des repas, d'ailleurs.
— Vous aviez la télé, là-haut ? Comment avez-vous tué le temps ?
Complètement nus à baiser comme des bêtes...
— Eh bien, nous avons pu aller dehors pour prendre l'air. Nous avons même fait un bonhomme de neige. Il y avait une télé et des jeux de société. J'ai beaucoup dormi.
Après m'être fait baiser toute la journée.
— J'ai lu, aussi.
Des gages obscènes.
— Comment va Ryan depuis sa séparation avec sa fiancée ? demanda Francine. Quel dommage... ils formaient un si joli couple.
Pas du tout.
— D'après tout ce que j'ai entendu, je crois qu'ils ont fait le bon choix, Maman.
— Eh bien, je sais que la mère de Lauren n'a pas passé un bon moment – à devoir renvoyer tous les cadeaux.
— Un petit prix à payer pour que sa fille ne commette pas une énorme erreur.
— Oui, bien sûr, tu as raison. Alors, est-il passé à autre chose ?
On peut dire ça.
— Je crois, oui. Nous n'avons pas prononcé son nom une seule fois. C'est bon signe.
Sa mère lui lança un regard suspicieux pendant une fraction de seconde, ce qui la mit mal à l'aise.

— Ryan fera une heureuse, un jour. J'en suis certaine.

— Oh que oui, répondit doucement Grace en baissant la tête.

— As-tu discuté avec Madeleine ?

Un sourire se forma sur ses lèvres.

— Oui. Elle est officiellement fiancée. Elle a demandé Craig en mariage durant le rendez-vous que tu lui as *conseillé* d'honorer, et il a mis un genou à terre au même moment pour lui donner la bague.

Un soupir de soulagement s'échappa de Frannie.

— Quelle belle histoire ! Je n'aurais jamais cru voir Craig Baxter se poser un jour, mais Madeleine est la femme parfaite pour lui.

— Je sais. Ils forment un couple adorable.

— Ont-ils déjà décidé d'une date ?

— Je ne crois pas. Je comptais aller la voir aujourd'hui, donc je te tiendrai au courant.

— J'imagine que Ryan et toi allez assister au mariage ensemble ?

Grace plissa les yeux. Où est-ce que sa mère voulait en venir ?

— Oui... Probablement. Pourquoi ?

— Rien de spécial. Je remarquais simplement que tu es la meilleure amie de Madeleine et que Ryan est le meilleur ami de Craig... ce serait logique. Et après cette petite aventure en montagne, vous avez appris à vous connaître. C'est une bonne chose.

Foutaises. Il n'était absolument pas question du mariage de Maddie et Craig, mais Grace n'était pas encore prête à parler de la relation qu'elle entretenait avec Ryan et lâcha donc l'affaire.

De retour dans la dépendance, elle rangea ses affaires avant d'effectuer quelques recherches pour un rapport qu'elle écrivait. Ce ne fut qu'à la fin de sa douche que Ryan l'informa qu'il ne pourrait pas la voir.

Une vague de déception déferla sur elle. Un autre signe qui venait s'ajouter aux larmes qui avaient coulé sur ses joues dans la matinée – Grace était véritablement amoureuse de lui.

Elle lui envoya un nouveau message une fois sous la couette.

Grace : Je suis au lit et ta chaleur me manque. J'aimerais bien t'avoir ici.

Ryan ne répondit pas tout de suite, mais le fit avant qu'elle ne s'endorme.

Ryan : Ne ferme pas la porte à clé. Je vais passer te souhaiter bonne nuit.

Son excitation n'avait d'égale que sa peur.

Grace : D'accord, mais tu ne peux pas passer la nuit.

Chapitre Trente

Ryan

Il avait simplement voulu la taquiner avec cette histoire de porte – en s'attendant à ce qu'elle l'envoie paître. Il aurait pu tomber à la renverse après avoir vu sa réponse. Cela l'emplit d'une détermination nouvelle, et il se doucha en un temps record avant de s'habiller pour rejoindre la demeure des Ericson.

Ryan se gara au bout de la rue et traversa la longue allée à pied avec l'impression d'être un cambrioleur qui se verrait bientôt confronté à une alarme et aux lumières de lampes torches.

Fort heureusement, il parvint à atteindre la dépendance dans l'ombre de la nuit sans que le juge Ericson ne débarque avec un fusil.

Grace avait bien entendu laissé la porte ouverte mais il la ferma à clé derrière lui. Une faible lumière lui permit de naviguer dans la maisonnette qu'il découvrait pour la première fois.

Il poussa une porte entrouverte et quitta le salon pour trouver Grace, allongée dans son lit – les mains sous la tête, endormie.

Avec un doux sourire sur les lèvres, Ryan observa cet ange tombé du ciel une minute. Il ne tarda pas à remarquer le négligé transparent rose qu'elle portait. Son corps de rêve ne comportait aucune autre défense. La fausse fourrure qui complétait le vêtement lui donna immédiatement une érection.

Putain.

Il se débarrassa de son jean aussi discrètement que possible et le plia pour le poser sur la chaise qui se trouvait dans un coin. Sa chemise et ses chaussettes suivirent rapidement, jusqu'à ce qu'il se retrouve en boxer. Ryan se glissa sous la couette et passa un bras autour de sa taille afin de la tirer contre lui.

Son odeur lui avait déjà manqué, et son corps chaud l'aida à se détendre.

— Mmm, murmura Grace en se blottissant contre lui. Tu es vraiment venu.

— Ouais, Doc. Merci pour la porte.

— Je suis si contente de te voir, chuchota-t-elle tout en lui passant une main sur le ventre jusqu'à atteindre la bosse de son boxer. Tu m'as manqué.

Ryan prit son sein droit dans une main et le massa gentiment tandis que son pouce lui effleurait le téton.

— Tu sais que je répondrai toujours à ton appel, bébé. Je ferais tout pour toi.

— Je te crois, murmura Grace. Il faut mettre un réveil, au cas où on s'endormirait.

Il lui embrassa le cou avant de sortir du lit pour saisir son téléphone. Grace prit le sien, posé sur la table de nuit, et ils pianotèrent en même temps.

— Six heures, ça te va ? Il fera encore nuit.

Ryan savait qu'il tentait le diable puisqu'elle lui avait indiqué qu'il ne pourrait pas passer la nuit ici. Il fut donc surpris lorsqu'elle répondit :

— Oui, je crois. Ma mère ne descend pas dans la cuisine avant six heures trente.

Ryan se réinstalla dans le lit et remonta la couette sur eux tandis qu'il se plaçait au-dessus de Grace.

— Salut, dit-il avant de poser ses lèvres sur les siennes.

Elle planta les doigts dans ses cheveux avant de lui rendre son baiser.

— Salut, répliqua Grace alors qu'il s'attaquait à son cou.

Ne perdant pas une seconde de plus, Ryan tira sur son négligé afin de découvrir ses seins pour s'en délecter jusqu'à ce qu'elle se cambre comme une actrice porno.

Le négligé menaçait de lâcher et il le retira donc afin de l'avoir complètement nue en dessous de lui, pour pouvoir contempler son corps sous le clair de lune.

— Je n'en reviens pas que tu m'appartiennes, murmura-t-il d'une voix émerveillée avant de la tirer contre lui.

Ryan lui caressa le visage en la regardant dans les yeux avant d'écraser sa bouche contre la sienne tant le désir pulsait à l'intérieur de lui.

Grace dut le sentir également, puisque ses doigts se posèrent sur son boxer.

— Enlève-le, dit-elle rapidement en gloussant.

Nul besoin de le lui dire deux fois.

Son boxer vola dans les airs une seconde plus tard et il s'installa entre ses cuisses pour s'aligner avec sa chatte trempée. Grace remua les hanches contre lui pour l'inviter à entrer.

— Qu'est-ce que tu veux, bébé ? demanda Ryan d'un air taquin, à quelques centimètres de son visage.

— Je veux que tu me baises, répliqua-t-elle à travers des dents serrées alors qu'elle lui griffait le dos.

Une scène on ne peut plus érotique.

Il plongea directement en elle et Grace se cambra d'un seul coup pour s'appuyer contre lui tandis qu'ils gémissaient à l'unisson.

— Putain, grogna Ryan tout en la prenant.

Quelques secondes plus tard, il la fit se retourner sur le ventre et lui plaça un oreiller sous la taille avant de la faire serrer les cuisses et de retourner au fond de ses entrailles.

Cette position était fantastique, mais Ryan ne tarda pas à constater son erreur lorsqu'il sentit une tension naître dans ses couilles. Il lui passa donc un bras sous le ventre pour la faire se relever à quatre pattes, le cul bien en l'air, et ainsi avoir accès à son clitoris. Grace s'empala elle-même sur sa queue tandis qu'il la caressait de plus belle.

— Mon Dieu, se mit-elle à scander avant de plonger la tête dans le matelas pour hurler face à l'orgasme qui lui ravageait le corps.

Ryan attendit qu'elle se calme pour la baiser telle une bête sauvage, et sa chatte tremblante ne lui laissa pas le loisir de résister très longtemps avant de se déverser en elle.

Il lui déposa des baisers le long de la colonne vertébrale tout en lui attrapant un sein pour le malaxer.

— Je t'aime, Grace Ericson, murmura-t-il dans le creux de son oreille avant de se retirer.

Il revint quelques instants plus tard avec une serviette et s'occupa de la semence qui s'écoulait déjà de son entrejambe. Une fois nettoyée, Ryan jeta la serviette dans le panier à linge qui se trouvait près de l'armoire avant de revenir auprès de Grace.

La belle vint se blottir contre lui en cuillère – son cul n'aidait absolument pas son érection à partir.

— Je t'aime aussi, murmura-t-elle d'une voix endormie. Je suis vraiment contente que tu sois venu.

Elle dut sentir le sourire qu'il avait sur les lèvres, car elle ajouta d'un air agacé :

— Et que tu m'aies baisée. Voilà, tu es content ?

Ryan se rapprocha d'elle et venait tout juste de fermer les yeux lorsqu'elle gloussa.

— Si toutes mes soirées pouvaient finir comme ça...

****

Grace

L'horrible bruit de son réveil la tira du sommeil, suivi d'un autre auquel elle n'était pas habituée. Il lui fallut un instant pour se rappeler qu'elle n'était pas seule.

L'autre réveil s'arrêta en premier et Grace sentit un corps familier se rallonger dans le lit avant de lâcher un soupir.

— Si seulement tu n'avais pas à partir si vite, grommela-t-elle.

— J'aimerais bien, Doc.

Néanmoins, il devait très vite s'éclipser avant que sa mère ne descende dans la cuisine pour préparer le petit-déjeuner. Grace prit une profonde inspiration et ouvrit les yeux avant de se redresser lentement. Ryan se pencha pour lui déposer un baiser sur la tempe.

— Reste couchée, bébé. Je vais juste aller aux toilettes et je partirai ensuite sans que personne ne me voie.

Elle était allongée sur le ventre avec son oreiller dans les bras lorsqu'il sortit de la salle de bain, tout habillé. Ryan vint alors s'asseoir au bord du lit pour lui caresser les cheveux avant de l'embrasser sur la joue.

— On se verra au déjeuner. Rendors-toi.

— Mmmm, d'accord. Je te dirai à quelle heure, murmura-t-elle, les yeux fermés.

— Je t'aime, bébé.

— Je t'aime aussi, répondit Grace en mâchant ses mots.

L'odeur de son oreiller la fit rejoindre les bras de Morphée en un temps record.

Elle se réveilla en sursaut à huit heures – apparemment, son réveil de sept heures n'avait pas sonné.

— Merde ! s'exclama Grace en sautant du lit avant de se préparer en vitesse.

Elle se précipita chez ses parents pour attraper les restes du petit-déjeuner ainsi qu'un verre de jus d'orange. Le réfrigérateur de la dépendance était vide, et elle décida donc de faire les courses en fin de journée. Un sourire se dessina sur ses lèvres quand elle repensa au secret de Ryan. Qu'aurait-elle ressenti en le voyant à la supérette du quartier ?

— Bonjour, ma chérie, dit Francine en souriant. Panne d'oreiller ?

— Oui. J'ai trop dormi.

— Tu as oublié de mettre ton réveil ? Ça ne te ressemble pas.

— Je crois que j'ai simplement besoin de me réadapter à ma routine.

— Oui, ça doit être ça.

Grace marqua une pause face au ton de sa mère. Avait-elle vu Ryan se faufiler ici la nuit dernière ?

Un toast entre les dents, elle enfila son sac à dos avant de reprendre la tranche de pain pour faire la bise à sa mère.

— Bonne journée, Maman !

— Toi aussi. Tu travailles à l'hôpital, aujourd'hui ?

— Oui. Le grand retour ! Souhaite-moi bonne chance !

Avec un sourire maternel, Frannie se tint dans l'embrasure de la porte pour observer sa fille ouvrir le portail.

— Bonne chance.

Son téléphone vibra lorsqu'elle entra dans sa Prius.

Ryan : Passe une bonne journée. J'ai adoré me réveiller avec toi une fois de plus.

Grace avait adoré aussi, mais elle était trop en retard pour une réponse élaborée – un émoticône souriant devrait faire l'affaire.

**

Elle arriva à l'hôpital juste à temps. Enfin, Grace n'était pas censée pointer, mais elle savait que son tuteur comptabilisait ses heures – ou son assistante, du moins.

— Bonjour, Kristen, dit-elle avec entrain lorsqu'elle entra dans le bureau principal sans attendre de réponse.

La blonde la rejoignit dans son petit bureau dépourvu de fenêtres avec une expression amère sur le visage.

— Comment était votre Thanksgiving ? J'imagine qu'il a dû être sympa, puisqu'on ne vous a pas vue hier.

Grace bouillonna intérieurement. Premièrement, elle avait contacté le Dr. Russell afin de lui expliquer les raisons de son absence – il s'était montré très compréhensif. Deuxièmement, Grace n'avait aucun compte à rendre à

Kristen, même si cette dernière semblait convaincue du contraire. La blondinette devait apprendre à se calmer.

Grace fit appel à l'ADN de sa mère et lui adressa le sourire le plus charmant possible, compte tenu de son état.

— J'ai passé un très bon moment, je vous remercie. Est-ce mon emploi du temps pour aujourd'hui ? demanda-t-elle en indiquant le bout de papier que Kristen tenait dans ses mains.

— En effet. Malheureusement, vous aurez deux rendez-vous à la fois à certains horaires. Il faut bien rattraper ceux d'hier.

Le sourire qu'elle avait sur les lèvres était bien sûr forcé.

Ma pauvre, j'espère que tu ne sortiras jamais de l'hôpital. San Diego te mangerait toute crue.

Grace examina l'emploi du temps. Bien évidemment, ces doubles rendez-vous n'accommodaient personne – ni elle, ni ses patients.

Elle entoura donc certains noms en rouge et redonna la feuille à l'assistante.

— Appelez les patients que je viens d'entourer et voyez s'ils peuvent venir me voir dans la journée ou demain. Sur la pause déjeuner ou après. Ou voyez si le Dr. Russell peut s'en charger, sans empiler les rendez-vous. Sinon, il faudra reporter. On ne peut pas voir deux patients à la fois, Kristen. Ils viennent pour une durée bien précise.

Elle lui arracha la feuille des mains et rejoignit son bureau sans le moindre mot. Elles devaient avoir le même âge, et Grace ne comprenait pas vraiment le comportement de Kristen. Ce n'était pas comme si elle essayait de donner des ordres à une assistante ayant vingt ans de métier derrière elle.

Ce fut donc avec un soupir qu'elle sortit son ordinateur portable et l'alluma. Son petit doigt lui disait que Kristen s'assurerait qu'elle n'ait pas le temps de déjeuner et elle décida donc d'envoyer un message à Ryan en avance.

Grace : Apparemment, je ne vais pas avoir une minute à moi. On ne pourra sans doute pas déjeuner ensemble.

Il répondit immédiatement.

Ryan : On se voit pour dîner, alors ?

Grace : Je ne sais pas si je vais finir tôt aujourd'hui ou demain. Je dois rattraper les rendez-vous que j'ai manqués hier.

Ryan : Tu dois aussi manger, bébé.

Grace : J'enverrai l'assistante du Dr. Russell me chercher un truc à la cafétéria. Ça fera l'affaire – sauf si elle m'empoisonne.

Ryan : D'accord. Tu m'appelles plus tard ?

À cet instant, son interphone sonna et Kristen déclara d'une voix mielleuse :

— Amanda Everston est arrivée.

— Merci, répondit Grace, je la retrouve tout de suite.

Elle s'attendait à moitié à ce que Kristen lui envoie la patiente sans prendre la peine d'attendre.

Avant de sortir le dossier d'Amanda pour le consulter rapidement, elle envoya un dernier message à Ryan : **Sans faute.**

****

Ryan

Il ne savait pas trop quoi penser. Grace lui avait-elle posé un lapin ?

Ryan prit son téléphone et se rendit dans son bureau avant de refermer la porte derrière lui pour composer un numéro. Lorsqu'il s'installa dans son fauteuil, Maddie décrocha. Elle semblait enjouée.

— Hé, Ryan. Quoi de neuf ?

— Est-ce que Grace m'évite ? lâcha-t-il.

— Eh bien, bonjour quand même.

— Bonjour, Maddie. Félicitations pour tes fiançailles avec mon meilleur ami, d'ailleurs. Est-ce que *ta* meilleure amie m'évite ?

— Euh, je ne sais pas ? Ça ne lui ressemble pas, mais qu'est-ce qu'il y a ? Pourquoi est-ce que tu me demandes ça ?

— Eh bien, j'ai passé la nuit chez elle... enfin, dans la dépendance de ses parents. Je me suis levé tôt pour partir avant que la famille ne se réveille mais elle s'est montrée assez brève dans ses messages ce matin. Elle vient d'annuler notre déjeuner en me disant qu'elle ne savait pas si elle pourrait dîner avec moi demain, comme on l'avait prévu.

— Elle t'a dit pourquoi ?

— Elle m'a dit qu'elle était submergée de travail et qu'elle devrait sans doute travailler pendant sa pause déjeuner. Il se peut qu'elle finisse tard.

— Eh bien, elle a manqué des consultations hier. Je suis certaine qu'elle veut simplement se rattraper auprès de ses patients.

— Ouais, peut-être, marmonna-t-il. Ça me paraît bizarre, voilà tout.

— Mais tout allait bien quand tu es parti de chez elle, non ?

Ryan haussa les épaules, même si Maddie était incapable de le voir.

— Je croyais.

— Eh bien, elle ne m'a rien dit...

— Mais tu me le dirais, si c'était le cas ? interrompit-il.

— Peut-être. Probablement pas. Je n'en sais rien.

— Est-ce que tu peux l'appeler et voir ce qui se trame ? Mais tu ne peux pas lui faire comprendre que c'est moi qui te l'ai demandé.

J'ai treize ans ou quoi ?

— Ryan, ça me mettrait très mal à l'aise.

— Allez, Maddie. C'est vous qui avez commencé, Craig et toi. Tu ne peux pas me laisser tomber maintenant.

Il l'entendit soupirer à l'autre bout du fil.

— Merde, répondit-elle.

— Donc, tu vas l'appeler ?

— Oui, mais ça ne me plaît pas.

— Merci.

— Je le fais uniquement parce que tu nous as aidés, Craig et moi.

— Et surtout parce que c'est en partie grâce à toi que Grace et moi sommes ensemble aujourd'hui.

— D'accord, grommela-t-elle. C'est vrai.

— Je t'adore, princesse, dit Ryan en souriant.

— Tu as de la chance que je t'adore aussi. Je t'appelle dès que j'en sais un peu plus à propos de Grace.

Il raccrocha et se remit au travail. Maddie lui envoya un message quelques heures plus tard.

Maddie : Elle vient enfin de me répondre en disant : « Je suis occupée pour le moment, je te rappelle plus tard. » Je pense qu'elle travaille vraiment.

Ryan : Merci, mon amie.

Maddie : Craig et moi vous invitons à dîner ce weekend, si vous êtes dispos.

Il lui envoya un pouce levé.

— Qu'est-ce qui vous fait sourire comme ça, capitaine ? demanda l'un de ses pompiers.

Ryan ne s'en était même pas rendu compte, mais il se sentait bien plus léger que tout à l'heure.

— J'ai lu un truc marrant, répondit-il sans pour autant cacher sa joie.

Craig avait raison : se montrer vulnérable était *terrifiant*. Il n'était pas du tout dans son élément. Néanmoins, s'il y avait bien une femme pour qui il était prêt à se jeter dans l'inconnu, c'était Grace.

Après être passé prendre Tank chez son frère, Ryan l'emmena faire une longue promenade tout en pensant à Grace. Ne pas l'avoir contre lui cette nuit allait lui faire du mal.

Il reçut un message de sa part en sortant de la douche.

Doc : Quelle journée ! Je meurs de faim. Tu as déjà mangé ?

Ryan : Je m'apprêtais à préparer quelque chose. Viens donc, que je te nourrisse.

Doc : Je peux amener quoi que ce soit ?

Ryan : Ouais, amène de quoi passer la nuit.

Elle lui envoya un émoticône faisant un clin d'œil.

Qu'est-ce que je suis censé comprendre ?

Ryan : À tout de suite, bébé. Roule doucement.

Elle avait intérêt à venir avec un sac à la main, car il n'était pas question pour lui de la laisser repartir avant l'aube.

Chapitre Trente-et-un

Grace

Elle passa les quatre nuits qui suivirent en compagnie de Ryan – deux dans son lit et deux dans le sien – et ce fut merveilleux. L'emploi du temps du capitaine était parfois plus chargé que le sien, mais cela leur convenait. Que Dieu bénisse son frère Josh pour s'être occupé de Tank lorsque Ryan ne pouvait pas rentrer chez lui le soir.

Les nuits où Ryan se faufilait chez elle, il arrivait juste après ses révisions, peu après que ses parents s'étaient couchés. Lorsque Grace dormait chez lui, en revanche, elle arrivait avant lui et emmenait le golden retriever en promenade avant de réviser autant que possible.

Vendredi soir, alors qu'ils se baladaient dans le quartier avec Tank, elle remarqua :

— Je ne vois pas comment tu pourrais faire la route jusqu'à San Diego si mon internat se déroulait dans une ville comme Tucson.

Elle y avait beaucoup réfléchi ces derniers temps.

— Eh bien, ce n'est qu'à trois quarts d'heure d'ici en avion.

— Oui, mais ça fait beaucoup de voyage pour peu de temps passé ensemble.

Ryan fronça les sourcils avant de secouer la tête.

— Pas vraiment. Je prendrais un vol après mon dernier service et un autre avant celui de la semaine suivante. Ce qui me laisserait dormir dans tes bras quatre nuits par semaine.

Waouh. Cela représentait bien plus de temps qu'elle ne l'avait imaginé. Grace aimait beaucoup l'idée – sans doute plus qu'elle ne le devrait.

Mais...

— Tu sais, je vais travailler encore plus que maintenant.

— Doc, je m'en fiche. J'ai très bien réussi à me tenir occupé pendant pas loin de trente-six ans ; tu n'as pas besoin de me divertir. Du moment que je peux dormir dans ton lit, ça ira. Je passerai mon temps à la salle pour devenir un monstre.

Grace leva les yeux au ciel.

— Devenir un *monstre* ? Qu'est-ce que tu es maintenant, une brindille ?

— Eh bien, je me suis beaucoup entraîné pour ne pas trop penser à toi, bébé, expliqua Ryan en passant un bras autour de sa taille avant de lui faire un clin d'œil. Mais, maintenant, j'ai d'autres moyens de faire de l'exercice. Plus de cardio, moins de fonte. En parlant de ça...

— Tu es insatiable, dit Grace d'un air taquin.

Enfin, elle en était secrètement ravie, puisque son désir était exactement le même. Un seul regard suffisait à la faire craquer. Ryan était l'incarnation d'Adonis.

— Seulement quand tu es sur le menu, Doc.

— Je connais bien ce sentiment.

— Ah oui ? demanda-t-il en souriant. Je le savais ! J'ai *dit* à Craig et Maddie que j'étais irrésistible. Ils ne me croyaient pas.

— Jeudi, quand tu as demandé à Maddie de prendre de mes nouvelles ?

— Miiiince... déclara Ryan alors que ses épaules s'affaissaient. Elle avait promis de ne pas te le dire. Tu dois me prendre pour une sacrée mauviette, maintenant.

Grace se tint sur la pointe des pieds et l'embrassa sur la joue.

— Je t'ai trouvé mignon. Et j'étais réellement occupée.

— Je le sais, *maintenant*.

Ils marchèrent le long du trottoir, main dans la main, et Tank sembla apprécier le rythme.

— C'est vraiment un bon chien, remarqua Grace. On m'a toujours fait les louanges des golden retrievers, et je vois que ce n'était pas exagéré.

— Je vais me sentir bien seul quand il retrouvera son maître. Il s'est montré génial. Enfin, il va surtout manquer à mon frère. Josh s'est vraiment attaché à lui.

— Mais ce sera sympa de revoir Sloane.

— Oh que oui. Il me manque tellement. Ça fait un moment que l'on n'a pas entendu parler de son unité. Je commence un peu à m'inquiéter.

— Je suis certaine que tout va bien.

Grace refusait d'envisager le pire ne serait-ce qu'une seconde.

— J'espère que tu as raison. Je l'adore.

— Ouais, Craig et Maddie refusent de choisir une date avant son retour.

— On va faire une énorme fête pour lui, déclara Ryan en souriant. Tu m'accompagneras ?

Il s'était montré très compréhensif et ne lui avait même pas demandé qu'ils passent du temps avec leurs familles respectives, mais Grace se doutait bien que cela n'allait pas durer. Les fêtes approchaient et elle ne savait pas vraiment quoi faire lorsque Steven et Hope arriveraient en ville.

Sa réponse fut donc très vague.

— On verra.

— Tu feras une mère formidable, un jour.

Grace fronça les sourcils, confuse.

— C'était la réponse favorite de ma mère, expliqua Ryan.

— J'ose à peine imaginer comment tu étais, enfant.

— J'étais un ange. Mes petits frères, en revanche... Ma mère est une sainte.

Grace imagina alors trois Ryan miniatures courir dans sa cuisine jusqu'à la porte menant au jardin pour jouer. À sa grande surprise, cela lui plaisait.

— Pas de sœurs ? demanda-t-elle.

— Non, et c'est sans doute pour le mieux. On serait beaucoup trop protecteurs. Aucun petit ami ne ferait le poids.

— Je ne sais pas. Je crois que j'aurais bien aimé avoir un grand frère pour veiller sur moi en grandissant.

Ils venaient d'arriver devant la maison de Ryan et entrèrent par le garage pour détacher Tank avant d'ôter leurs chaussures dans la buanderie. Le golden retriever se rua immédiatement sur sa gamelle d'eau.

— Je croyais que tu avais un grand frère ? demanda Ryan.

— En effet, confirma Grace tout en remplissant sa bouteille d'eau grâce au distributeur du réfrigérateur. Et j'ai vu Steven se comporter comme ça avec Ava et Hope. Mais j'étais trop jeune pour être confrontée aux garçons quand il vivait encore à la maison.

Ryan s'approcha pour passer une main sur sa taille tout en murmurant :

— Eh bien, nos garçons veilleront sur leur sœur.

— S'ils suivent ton exemple, j'en suis certaine.

Il ne devait pas s'attendre à cette réponse puisqu'il marqua une pause d'un air surpris.

— Et comment, grogna enfin Ryan avant de la tirer contre lui pour l'embrasser fougueusement.

Il était amusant de découvrir toutes les facettes de cette homme – et Grace les aimait toutes.

Cette relation pouvait devenir un rêve... ou un horrible cauchemar.

Seul l'avenir le dirait.

Chapitre Trente-deux

Ryan

— Je devrais sans doute rentrer, murmura Grace d'un air mélancolique, tôt samedi matin, alors qu'elle s'effondrait sur son torse après l'avoir chevauché.

— Nooon, geignit-il avant de surenchérir. Tu ne peux pas me baiser et partir ensuite. J'ai l'impression d'être une poupée gonflable.

Elle pencha la tête tout en pinçant les lèvres.

— Vraiment ?

Ryan passa un bras autour d'elle afin de la renverser sur le matelas pour se retrouver au-dessus.

— Non. Je ne veux pas que tu partes, c'est tout. Je m'étais dit qu'on pouvait prendre le petit-déjeuner ensemble.

— Je crois que je devrais le prendre avec mes parents. Je suis certaine que ma mère se pose beaucoup de questions sur mes absences de la semaine.

— Qu'est-ce que tu lui as dit ?

— Eh bien, pas grand-chose. J'ai fait allusion à mon emploi du temps et au fait que je passais beaucoup de temps avec Maddie pour préparer le mariage.

— Et si elle te demande directement ? Que comptes-tu lui dire ?

— Je ne sais pas. Probablement que Craig a fini tard et que j'ai tenu compagnie à Maddie quelques soirées.

— Ou tu pourrais lui parler de moi. Elle m'adore, tu sais.

Grace soupira longuement.

— Je suis sûre que oui, mais pas tout de suite. S'il te plaît ? D'ailleurs, peu importe qu'elle t'adore ou non, ma mère ne verrait pas d'un bon œil que je passe la nuit chez toi, ou inversement.

Ryan savait qu'elle avait des examens cette semaine-là – Grace s'était démenée chaque soir avant de le rejoindre toute nue au lit.

Il appréciait l'idée d'être une sorte d'échappatoire pour elle et n'allait donc pas ajouter à son stress en la pressant.

Après ses examens, en revanche... il se pourrait que Ryan passe à la vitesse supérieure.

****

Grace

Cette semaine se révéla très épuisante. Entre ses révisions, les examens en eux-mêmes et son travail à l'hôpital, Grace était lessivée chaque soir. La meilleure partie de ses journées était d'être réveillée par Ryan lorsqu'il la rejoignait sous la couette.

Cela arriva un peu plus tard le lundi et le mardi soir. Ryan travaillait sans répit et fut même rappelé en urgence mercredi soir après n'avoir profité que de quelques heures de répit.

Tank se montra plus que ravi de se blottir aux côtés de Grace après le départ de Ryan et décida de devenir sourd lorsque ce dernier essaya de le chasser du lit à son retour.

— Tank ! murmura-t-il en tirant sur son collier.

Le chien sembla agacé, mais obéit et retourna sur son tapis.

— Salut, dit Grace d'une voix rauque lorsqu'il vint enfin contre elle. Tu dois être épuisé.

— Je suis fatigué, admit-il. Mais tu sais, savoir que tu étais dans mon lit m'a aidé à tenir.

— Tu ne t'attendais sûrement pas à devoir lutter contre Tank pour me retrouver, répliqua-t-elle en gloussant.

— Il a de la chance d'être un bon chien, sinon on aurait un petit problème.

— Toujours pas de nouvelles de Sloane ?

Ryan la tira contre lui et se mit à lui caresser les cheveux d'un air pensif.

— Non, répondit-il enfin.

L'inquiétude contenue dans ce petit mot était palpable.

— Pas de nouvelles, bonnes nouvelles, non ?

— Voyons les choses comme ça, oui.

Grace posa la tête sur son torse et lui effleura les bras du bout des doigts. Elle voudrait tant lui remonter le moral.

Bientôt, elle entendit sa respiration se stabiliser – il était temps pour elle de dormir à son tour. Six heures la séparaient de son dernier examen.

Chapitre Trente-trois

Grace

Ryan ne s'éclipsa pas immédiatement vendredi matin, puisqu'ils n'avaient pas beaucoup dormi de la nuit.

— Ce soir, il n'y en aura que pour toi, Doc, avait-il dit en levant les yeux d'entre ses cuisses.

Il n'avait pas perdu un seul instant pour lui dévorer la chatte après cette semaine infernale.

Techniquement, Grace avait toujours des rapports à préparer quant aux patients qu'elle traitait à l'hôpital pour la semaine suivante, mais son emploi du temps allait s'alléger considérablement. Alors que Ryan lui léchait l'entrejambe, elle avait décidé de ne pas l'interrompre.

La nuit dernière, Grace avait découvert qu'elle était en mesure de jouir via le sexe anal – chose qu'elle n'avait jamais soupçonnée possible. Après l'avoir léchée jusqu'à l'orgasme, donc, Ryan avait apporté un gode grandeur nature ainsi que de l'huile de coco. Après s'être assuré que la lubrification était optimale, il avait repoussé ses genoux contre son torse avant d'insérer le gode en elle tandis que sa queue entrait lentement dans son cul. Cette sensation inédite avait déclenché une euphorie qui n'avait pas manqué de lui donner la chair de poule. Ryan s'était donc chargé de la pénétrer en rythme avec son jouet, et l'extase avait refusé de se faire attendre. Il n'avait pas tardé à la suivre et s'était retiré d'elle avant d'exploser sur sa poitrine – qu'elle lui avait intimé de repeindre.

— Putain, que c'est bon, avait crié Ryan en se vidant sur elle.

Grace avait alors admiré le travail en disant :

— Je suis bien d'accord.

Ils s'étaient brièvement endormis ensuite, mais Grace avait été tirée du sommeil par les mains expertes de Ryan, qui s'occupait à nouveau de sa chatte. Il lui caressait le clitoris et Grace avait décidé de plonger la main dans l'huile de coco avant d'enrouler les doigts autour de son manche. Plus d'une fois, Ryan lui avait fait perdre le fil, même si elle regagnait toujours ses esprits. À en juger par leurs gémissements, ils étaient aussi proches de l'orgasme l'un que l'autre. Grace s'était alors mise à trembler alors que Ryan se déversait sur son ventre dans le même temps.

— Putain, Doc, avait-il grogné. J'étais censé m'occuper de toi, ce soir.

— Tu n'es pas le seul à aimer donner du plaisir, tu sais, avait-elle répliqué avant de l'embrasser pour ensuite chercher des serviettes.

Et Dieu qu'elle adorait le faire jouir.

Ryan l'avait tenue contre lui jusqu'à ce que leurs réveils retentissent quelques heures plus tard.

— Je crois que je préfère dormir chez toi, grommela Grace en éteignant le sien.

Il l'imita et se reposa sur l'oreiller dans un grand bruit en soupirant.

— Moi aussi, Doc. Moi aussi. On pourra peut-être décider d'en faire une habitude dans un avenir proche.

— Peut-être.

Étonnamment, cette idée ne l'effrayait pas autant que quelques mois plus tôt. Elle était enfin capable de l'envisager.

Intéressant.

Son frère se tenait à table lorsqu'elle entra dans la cuisine de ses parents un peu plus tard dans la matinée.

— Hé, la belle, dit Steve alors qu'elle s'installait à côté de lui. On dirait que tu es de bonne humeur ce matin.

— Absolument ! J'en ai terminé avec mes examens, donc voilà un excellent weekend qui s'annonce.

— Ouais, je suis sûr que tu vas tout déchirer, répondit son frère en souriant alors qu'il prenait sa tasse de café. Mais tu es toujours à l'hôpital ?

— Plus pour longtemps. Je termine la semaine prochaine avant de reprendre une nouvelle période, la troisième semaine de janvier.

— Hope et moi croisons les doigts pour que tu nous rejoignes à Boston en mars.

Francine déposa bruyamment l'assiette de Grace sur la table et fusilla son fils du regard.

— Essaies-tu de faire pleurer ta mère avant huit heures du matin ?

Steve attrapa la main de sa mère et l'embrassa.

— Non, Maman. Désolé. Je sais que tu veux garder Gracie à San Diego, mais Boston reste un bon choix. Tu serais au moins rassurée de savoir que Hope et moi veilleraient sur elle.

— C'est. Beaucoup. Trop. Loin, souffla Francine avant de retourner d'où elle venait.

— Maman n'aime pas aborder ce sujet. J'essaie de ne pas en parler, murmura Grace.

— Elle va devoir s'y faire, tôt ou tard.

— Tu vas recevoir du charbon à Noël si tu ne fais pas attention, dit-elle d'un air taquin.

— Et qu'est-ce que *tu* as reçu, ce matin ? murmura Steve en lui faisant un clin d'œil.

Grace écarquilla les yeux et feignit l'innocence.

— Je ne vois pas de quoi tu parles.

— Je suis arrivé tard hier soir, déclara-t-il avec un sourire entendu sur les lèvres. Et, bizarrement, la voiture qui était garée au bout de la rue n'a pas bougé de la nuit. Je l'ai vue quand je suis parti courir. Mais elle avait disparu à mon retour. Et là, incroyable mais vrai, tu arrives.

Grace pinça les lèvres tout en fixant son grand frère du regard. Quelle stratégie adopter ?

— Ah. Eh bien, ma Prius est restée dans le garage, donc je ne vois pas de quelle voiture tu parles.

Il lui adressa un sourire.

— Ah bon ? Eh bien, je ferais mieux de demander à Maman ou Papa.

Puis il s'écria :

— Hé, Maman !

Grace lui saisit l'avant-bras et répliqua à travers des dents serrées :

— D'accord, d'accord ! Je te dirai plus tard.

Frannie arriva, un pichet de jus d'orange à la main.

— Oui, mon chéri ? Qu'est-ce qu'il te faut ?

Steven se pencha contre sa chaise et engloutit un morceau de bacon.

— Rien. Je suis juste content d'être à la maison.

Leur mère alla lui ébouriffer les cheveux comme s'il avait encore six ans.

— Ah, je suis contente de te voir aussi. Si seulement tu pouvais revenir plus souvent.

Grace plissa les yeux et lança un regard noir à son frère, qui se contenta de sourire.

****

Ryan

Grace manqua de crier lorsqu'elle ouvrit sa porte pour le trouver là, un bouquet de roses rouges et roses à la main.

— Ça fait six mois, Doc. Je ne vais plus attendre. Tes examens sont terminés.

Un léger sourire s'échappa des lèvres de Grace, et elle s'avança sur la terrasse en refermant la porte. Elle était vêtue d'une mini robe et ses cheveux blonds étaient ramenés en arrière pour mettre en avant son visage scandinave. Son collier en argent reposait entre ses seins, et sa queue ne manqua pas de bondir.

Ryan lui tendit donc les fleurs.

— Je ne savais pas lesquelles étaient tes préférées, donc j'ai pris les deux.

— Ryan, elles sont magnifiques. Merci, dit Grace en amenant le bouquet à son nez pour inhaler leur parfum.

Elle rouvrit ensuite les yeux d'un air penaud.

— J'aurais préféré que tu m'appelles. Euh, ce n'est pas vraiment le moment...

À ce moment précis, la porte de la dépendance s'ouvrit et un homme vêtu d'un costume noir sans doute hors de prix en sortit. Il remarqua les fleurs que Grace tenait dans sa main et lança un regard suspicieux à Ryan avant de passer un bras autour d'elle.

— Prête à y aller, la belle ? demanda-t-il.

La belle ? Qui c'est, celui-là ?

— Presque, répondit Grace en souriant gentiment avant de se retourner vers lui. Ryan, je te présente mon frère, Steven. Steven, voilà...

— Ryan Kennedy ! s'exclama Francine Ericson en traversant la terrasse. C'est bien vous ?

— Oui, madame, répondit Ryan en regardant Steven, qui lui souriait désormais.

Il lui tendit une main.

— Ryan Kennedy.

— M. Audi, je présume, dit son frère en lui serrant fermement la main. Ravi de faire votre connaissance. Il paraît que vous avez tenu compagnie à ma petite sœur durant la tempête au Mount Laguna à Thanksgiving, et même encore aujourd'hui.

Ryan jeta un œil en direction de Grace afin de décider comment procéder. Bien évidemment, son frère était au courant de leur relation – ce qui était bon signe.

Frannie arriva enfin à leur hauteur et le prit fermement dans ses bras. Grace lui avait-elle également tout dit ?

Il lui rendit son câlin et regarda sa fille en souriant.

Tu vois ? Elle m'adore.

Francine recula ensuite, mais elle lui caressa le bras comme s'il était son enfant.

— Je n'ai pas eu l'occasion de vous remercier au sujet du calendrier. Vos photos sont superbes. Je crois que peu de femmes à San Diego voudront quitter le mois de mars, cette année.

Un rire gêné s'échappa de ses lèvres et Ryan toussa dans son poing.

— Je suis ravi d'aider autant que faire se peut. Vous le savez, Frannie.

— Oui, je peux toujours compter sur vous, déclara-t-elle en lui tapotant le bras.

Frannie regarda ensuite ses enfants, qui les observaient depuis la dépendance.

— Et merci d'avoir fait passer un très bon Thanksgiving à Grace. J'étais très inquiète de la savoir toute seule dans un chalet, mais quand elle m'a informée de votre présence, j'ai su qu'il n'y avait pas de quoi s'en faire. Elle serait entre de bonnes mains.

— Entre de *très* bonnes mains, répéta Steven en ricanant, avant que sa sœur ne lui donne un coup de sac à main en plein ventre.

Le sourire qu'elle adressa à sa mère et à lui était forcé.

— Qu'as-tu dit, mon chéri ? demanda Frannie à son fils. As-tu rencontré Ryan ?

Steven se frotta le ventre et répondit :

— Oui, à l'instant. Grace nous a présentés.

— Pourquoi as-tu des roses dans la main ? demanda-t-elle à sa fille.

— Ah, euh... répliqua Grace d'un air décontenancé.

D'accord, sa mère n'est pas au courant.

Ryan vint alors à sa rescousse.

— Je voulais simplement féliciter Grace pour la fin de son semestre et...

— Et Maddie lui a demandé d'apporter les fleurs pour que je décide de son bouquet, intervint Grace. Elle n'était pas certaine des couleurs.

— Et elle en a envoyées dix de chaque ? demanda Frannie d'un air suspicieux.

Steven assistait à la scène, clairement ravi de voir sa sœur en difficulté – il ne lui manquait plus que du popcorn.

— Ah, tu sais, répondit Grace, c'est difficile à dire avec une seule fleur. Et elle voulait me féliciter.

— Eh bien, je pense que les roses rouges sont les meilleures pour un mariage. Mais je suis certaine que celles-ci seront merveilleuses dans un vase.

Frannie marqua alors une pause et lança un regard à Ryan.

— Voilà qui était très attentionné de la part de *Maddie*.

— Tu la connais, répliqua sa fille en riant nerveusement avant de retourner dans la dépendance.

Elle savait mentir aussi bien que lui – c'est-à-dire pas du tout.

— Nous allions justement dîner pour fêter la venue de Steven, expliqua Francine, ainsi que les examens de Grace. Voudriez-vous vous joindre à nous ?

Ryan remua les pieds en plongeant les mains dans ses poches.

— Oh, non. Je ne voudrais pas m'imposer.

Son frère lui donna une grande tape sur l'épaule avec un faux sourire sur les lèvres, sans le lâcher.

— Mais nous insistons, assura-t-il. Je suis certain de parler pour mes parents que je dis que nous avons hâte de *tout* entendre de ce weekend à la montagne avec ma sœur.

Grace ressortit et contempla la scène en fermant la porte. *La voilà maintenant avec un frère protecteur*, pensa Ryan.

D'un certain côté, il était ravi que Steven veille sur sa petite sœur – et cela lui valait même son respect.

— Je suis sûre que Ryan a des obligations, déclara-t-elle. Après tout, c'est samedi soir.

— Je suis certain que ce n'est rien d'important, répondit doucement Steven avant de sourire à Ryan. N'est-ce pas ?

— Euh, oui. Bien sûr.

À cet instant, la sonnerie qu'il réservait à la caserne provint de son téléphone – *Fire*, des Ohio Players. Comme tous les gens qui avaient connaissance du métier de Ryan, Steven se mit à rire en l'entendant.

— Veuillez m'excuser, je dois répondre, dit-il en s'éloignant. Kennedy, j'écoute.

— Désolé d'interrompre ta soirée, Ryan, répondit Daniel Goldstein, son supérieur. Mais on a vraiment besoin de ton aide. J'ai quatre camions en mission et le numéro quatre demande des renforts.

— Je suis en route, affirma-t-il sans la moindre hésitation, avant de raccrocher et de se rapprocher des Ericson. Merci infiniment pour votre invitation, mais le devoir m'appelle.

— Oh, quel dommage, répliqua Francine d'un air sincère.

Enfin, après les déclarations de Grace à son sujet, Ryan était devenu sceptique.

— Une autre fois, peut-être, ajouta-t-elle.

— J'en serais ravi. Steven, dit-il en lui serrant la main. Ravi de vous avoir rencontré.

— De même. J'espère que nous nous reverrons avant que je ne doive retourner sur la côte est.

Ryan déposa un baiser sur la joue de Grace.

— Félicitations, Doc.
— Merci pour les fleurs, déclara-t-elle en lui prenant la main. Je...

Elle jeta un regard en direction de sa mère.

— Je dirai à Maddie que tu me les as bien apportées.

Il lui sourit et, malgré tout ce qu'il désirait lui dire, il dut simplement répondre :

— Bon appétit.

— Fais attention à toi, dit Grace avant de lui lâcher la main à contrecœur.

Ryan venait à peine de démarrer quand son téléphone vibra.

Doc : Est-ce que je peux venir après le dîner ?

Ryan : Je ne sais pas à quelle heure je vais rentrer, mais ça me fera plaisir de te voir à la maison.

Elle lui envoya un petit cœur et il alluma les phares de son Audi avant de se rendre à la caserne pour enfiler son équipement.

La soirée allait se révéler bien plus facile à endurer, maintenant qu'il savait ce qui l'attendrait à la maison.

Chapitre Trente-quatre

Grace

Elle déjeuna avec Maddie mardi.

— Mon Dieu, fais-moi voir ta bague ! s'exclama Grace à la seconde où elles s'installèrent chez Figurino.

Sa meilleure amie était aux anges lorsqu'elle lui montra sa magnifique bague en or surmontée d'un diamant en forme de losange. Grace lui tira la main et l'examina sous toutes les coutures.

— Oh putain ! Elle est magnifique. Waouh. Craig a fait du bon boulot.

— Je sais, répondit Maddie en agitant la main. Je n'arrive pas à la quitter des yeux.

— Je suis si heureuse pour toi. Toujours pas de date ?

— Non, rien de concret. On espérait faire la cérémonie en automne, mais on veut s'assurer que Sloane revienne avant de décider.

— Des nouvelles de lui ?

— Rien. Silence radio. Ce qui n'est pas inhabituel. Son unité reste souvent sans contact avec l'extérieur. Pour nous, pas de nouvelles égal bonnes nouvelles.

— C'est une bonne attitude à avoir. Est-ce qu'il fréquentait une femme avant de partir ?

Maddie secoua la tête.

— Non. Il refuse de s'engager à cause de son métier.

— C'est dommage. Je suis certaine qu'avoir une femme à retrouver l'aiderait à surmonter ce genre d'épreuves.

— Peut-être. Il dit souvent que c'est une inquiétude en moins.

Maddie lui lança ensuite un sourire.

— Alors, en parlant de ça... un petit oiseau m'a dit que Ryan et toi n'avez passé que deux nuits séparés depuis Thanksgiving.

C'était vrai. Ils avaient passé toutes les nuits ensemble sauf les deux dernières, où Josh était passé chez Ryan pour garder Tank — Grace était donc restée seule dans la dépendance en espérant qu'il vienne la rejoindre.

— Ouais, dit-elle. Il veut que les gens sachent.

— Et j'imagine que tu n'es pas entièrement d'accord, répliqua sa meilleure amie avant de se pencher vers elle. Tu dois le dire à tes parents.

— Je ne suis pas prête, affirma Grace en soupirant.

— Tu crois vraiment qu'ils ne se doutent de rien ?

— Je ne sais pas. Ma mère me posait déjà des questions suspectes, mais quand elle l'a vu samedi soir avec un bouquet de roses, j'ai dû mentir et dire qu'elles venaient de toi. Je pense l'avoir convaincue.

Grace but une gorgée de vin et se rappela la conversation qui avait suivi après le départ de Ryan.

— Enfin, mon frère et sa grande gueule m'ont peut-être déjà trahie, car il a vu la voiture de Ryan rester garée dans la rue toute la nuit.

Maddie secoua la tête d'un air désapprobateur.

— Ryan t'a apporté un bouquet de roses et tu as prétendu qu'elles venaient de moi ? Ce n'était pas très sympa pour lui. Pourquoi ?

Voilà la question à un million de dollars.

— Je ne sais pas, affirma Grace. J'avais peut-être peur que mes parents ne soient pas d'accord. J'imagine que, avec cette tactique, je m'offre une porte de sortie en jouant la carte de l'ignorance. Mais si je leur avoue tout, ce ne sera plus possible, et je serai obligée d'agir dans leur dos. Ce doit être une manière de me protéger.

Maddie fronça les sourcils mais garda le silence. Grace aurait préféré se faire enguirlander.

— Je sais, dit-elle. C'est stupide. Ne me juge pas.

— Je t'aime, et ce n'est pas moi qui vais te juger, assura Maddie en lui prenant la main. Je te soutiens.

— Mais tu penses que j'ai tort.

— Je ne veux pas te voir commettre une erreur, c'est tout. Ryan est un type bien, et il a toujours fait savoir à Craig qu'il mourait d'envie de rencontrer ta famille – et de te présenter à la sienne. Tu sais, les gens finissent par douter quand l'autre attend trop.

— Tu crois qu'il doute de mes sentiments pour lui ?

— Est-ce que ce serait si surprenant ? Tu le caches aux yeux de ta famille et du monde entier. Est-ce que tu penses lui avoir donné l'impression que votre couple avait un avenir concret ?

— Eh bien, je lui ai déjà demandé ce qu'il pensait de devoir faire des voyages entre San Diego et la ville où je serai interne.

— Mais est-ce que tu lui as dit que tu voulais qu'il le fasse ?

Elle y avait pensé. N'est-ce pas ?

— Pas exactement. Mais je crois qu'il le sait.

Maddie secoua la tête en soupirant.

— Tu dois être la fille la plus intelligente que je connaisse. Sans conteste, ma chérie. Mais en matière de relations, tu es vraiment bête comme tes pieds.

— Pourquoi ? Comme tu l'as dit, nous avons passé presque toutes nos nuits ensemble depuis notre aventure au chalet. On s'est déjà dit *je t'aime*. On se parle tous les jours.

— Il croit que tu as honte de lui, Grace.

— Quoi ? Bien sûr que non. On en a déjà parlé, et il sait pourquoi je souhaite prendre mon temps.

— Mais tu ne prends pas ton temps, Gracie. Tu refuses de le présenter comme ton petit ami.

— J'ai mes raisons, répliqua Grace en plissant les yeux. Je croyais que tu n'étais pas là pour me juger.

— Mais je ne te juge pas. Je suis simplement honnête avec toi, car je suis ta meilleure amie.

Grace ouvrit son menu et prétendit le feuilleter sans jeter un seul regard à la rousse.

— On dirait que tu me juges, déclara-t-elle.

— Tu préfères que je me taise ?

Oui.

Elle referma le menu et soupira.

— Non. Je veux que tu sois honnête avec moi, mais je veux aussi que tu ailles dans mon sens. Tu ne sembles pas capable d'allier les deux pour le moment.

— Que veux-tu que je fasse, alors ?

Grace saisit son verre de vin en souriant.

— Eh bien, va dans mon sens, quelle question.

— Compris, répondit Maddie en levant son verre.

Voilà le secret d'une amitié vieille de plus de huit ans.

Néanmoins, Grace ne put s'empêcher de remettre son attitude en question. Maddie avait-elle raison ? Ryan savait qu'elle n'avait pas honte de lui, n'est-ce pas ? Impossible qu'il pense le contraire – ils en avaient discuté. Mais était-ce suffisant ? Non, Ryan comprenait ses réticences, elle en était convaincue. Devrait-elle fournir davantage d'efforts ?

Elle passa le reste de la journée à analyser la situation, mais n'entendit qu'une phrase résonner dans son esprit : *Je t'aime, mais je ne vais pas rester ton vilain petit secret pour toujours, Doc.*

Le fait qu'il soit venu la retrouver samedi soir afin de lui dire qu'il était temps de passer à l'étape supérieure sembla confirmer cette idée. Grace ne savait pas du tout quoi faire. Son cœur lui intimait de se lancer mais sa tête, elle, conseillait la prudence.

— Eh bien, qu'est-ce que ton instinct te dit de faire ? demanda Maddie lorsqu'elle l'appela ce soir-là.

— De me retrouver coincée sous la neige avec lui pendant six mois, expliqua Grace avec hésitation.

— Ah, ma chérie. Désolée que ce ne soit pas aussi simple.

Elle grogna longuement.

— Je sais. J'aimerais simplement qu'il patiente un peu plus longtemps.

— Parle-lui. Je ne pense pas qu'il fasse une folie si tu lui demandes un peu plus de temps.

Hélas, Maddie avait tort.

****

Ryan

Doc : Est-ce que je te verrai ce soir ?
Ryan : Je ne crois pas. Je suis toujours à la caserne.

En vérité, il s'était porté volontaire pour remplacer certains de ses hommes cette semaines, après la débandade de samedi soir. Ryan était revenu chez lui et avait trouvé Grace dans son lit – un petit vent de bonheur après une intervention mouvementée. Mais la belle s'était lancée dans tout un discours selon lequel ils *l'avaient échappé belle* et qu'elle ne savait pas quoi faire pour convaincre son frère que rien ne se passait entre eux. Ryan n'avait eu d'autre choix que de se remettre en question.

Grace ne voulait rien entendre. Il lui avait donné du temps pour se focaliser sur ses révisions, mais il voulait désormais mettre un terme à ces cachotteries d'adolescents. Fini de devoir se faufiler chez ses parents à la tombée de la nuit. Fini d'entendre les mensonges qu'elle racontait à ses proches lorsqu'elle venait passer la soirée chez lui. Fini de devoir trouver des excuses pour éviter ses propres amis parce que Grace ne voulait pas qu'ils soient vus en public. Jusque-là, Ryan avait cru que l'avoir pour lui tout seul rendrait le secret moins lourd à porter – mais que nenni.

Il désirait bien plus, et elle n'était pas sur la même longueur d'onde. En toute honnêteté, il ne savait pas quoi faire et l'éviter semblait être la meilleure manière de temporiser. Avec un peu de chance, cela lui permettrait de ne pas commettre une énorme erreur.

Doc : Tu me manques. Je pourrais t'attendre chez toi.

Le message fut suivi d'un émoticône faisant un clin d'œil.

Ryan était confronté à un dilemme. Absolument tout chez Grace lui manquait ; mais il en avait assez du statut quo.

Ryan : Peut-être demain. Comment s'est passée ta journée ?

Doc : J'ai déjeuné avec Maddie. C'était sympa de la voir. Sa bague est magnifique.

Ryan : Ouais, Craig a passé des heures à trouver la bonne.

Doc : Tout va bien ?

Ryan : C'est la folie, à la caserne. Je suis épuisé.

Ce n'était pas vraiment un mensonge. Ryan s'était submergé de travail pour l'éviter – tout comme il l'avait fait après la soirée en l'honneur de Sloane.

Doc : Tu me manques beaucoup.

Il la croyait. La question était désormais la suivante : lui manquait-il assez pour qu'elle arrête de le cacher au reste du monde ?

Chapitre Trente-cinq

Grace

Jeudi venait de se terminer, et Ryan avait encore trouvé une excuse pour ne pas la voir – elle savait qu'il y avait de l'eau dans le gaz. Aurait-elle le cran de se rendre chez lui pour demander des explications ?

Elle s'entretint avec son tuteur dans la matinée du vendredi avant Noël, et Hope devait arriver le lendemain – Grace décida donc de rendre une petite visite à Ryan ce soir-là, afin d'enfin comprendre ce qui se tramait.

Ses messages lui indiquèrent qu'il rentrerait tard, mais elle l'attendrait chez lui, coûte que coûte.

Grace : Est-ce que tu veux que je promène Tank ?

Ryan : Pas besoin, il est resté chez Josh cette semaine.

Encore mieux. Grace n'aurait donc pas à s'inquiéter de voir son frère débarquer pour la voir dans la lingerie en dentelle, les bas résille et les talons qu'elle avait achetés dans l'après-midi.

Elle avait d'ailleurs appelé Maddie en vidéo depuis la cabine d'essayage en lui montrant le résultat.

— Nom de Dieu, avait-elle dit dans ses écouteurs Bluetooth. Tu es une bombe ! Ryan va adorer.

— Je ne sais pas... avait répliqué Grace en se contorsionnant devant le miroir. Ça fait un peu désespérée.

— Pas du tout. Tu veux lui montrer que tu tiens à lui.

— En essayant de le séduire ?

— Non, en faisant un effort.

Grace pouvait comprendre ce raisonnement. Elle *allait* lui montrer qu'elle tenait à lui – même si elle n'était pas certaine que le sexe soit la meilleure méthode.

— Il y a peut-être un meilleur moyen, avait-elle dit. Du genre, lui faire à manger.

Maddie avait grimacé.

— Allons bon. Les pompiers mangent comme des rois quand ils sont d'astreinte. C'est bien simple, ils passent leur temps à jouer aux jeux vidéo, dormir, s'entraîner, ou cuisiner.

Maddie et Craig ne se gênaient jamais pour taquiner Ryan sur son métier – et il le leur rendait bien.

Il leur disait toujours : *Si seulement vous aviez eu cinq petits points de plus au concours de la fonction publique... être pompier n'est pas donné à tout le monde, j'imagine.*

Bien entendu, ce n'était que de la taquinerie. Grace savait pertinemment qu'ils étaient toujours prêts à s'entraider sur le terrain.

— Il cuisine bien mieux que moi, avait avoué Grace. Mais je pourrais apporter des plats déjà préparés ou pique-niquer avec lui au travail. Ou des fleurs. Les hommes aiment les fleurs aussi, non ?

— Fais-moi confiance, Gracie. Il va adorer ta tenue.

Grace avait reposé son téléphone sur son sac à main et fait patienter son amie alors qu'elle se rhabillait.

— Je ne sais pas, avait-elle ajouté ensuite. Il a passé la semaine à m'éviter. Je ne suis pas certaine que de la lingerie fasse passer le bon message.

— Non, mais ça le motiverait à rentrer chez lui avant minuit pour que vous puissiez parler.

Grace avait souri face à son amie derrière l'écran.

— Comme si on allait beaucoup parler.

— Eh bien, après... tu sais. Vous parlerez dans un second temps.

— Le problème, c'est que je ne crois pas qu'il va aimer ce que j'ai à lui annoncer.

— C'est-à-dire ?

Grace s'était alors affaissée sur le banc de la cabine avant de regarder Maddie.

— Je l'aime plus que tout, mais j'ai encore besoin de temps pour qu'on arrête de se cacher.

— Écoute, je vais me faire l'avocate du diable, mais... Pourquoi ? Pourquoi as-tu besoin de plus de temps ?

— Parce que j'ai la trouille.

Elle n'en était pas fière, mais Maddie ne la jugerait jamais.

— Laisse-moi te poser une autre question, avait ajouté son amie. Es-tu prête à le perdre à cause de ça ?

Ne pas l'avoir vu de la semaine l'avait déjà mise dans un sale état, alors vivre cela en permanence ? Grace ne souhaitait même pas l'imaginer.

— Non. Mais je ne voudrais pas finir par lui en vouloir de m'avoir forcée. On doit pouvoir trouver un compromis.

— Et voilà pourquoi tu as besoin de la lingerie, pour que vous puissiez discuter.

Grace avait secoué la tête.

— Tu réalises tout de même que ton raisonnement ne tient pas debout, hein ?

— Je sais, avait répondu Maddie en haussant les épaules. Mais ça va marcher. Fais-moi confiance.

****

Ryan

Vendredi soir, il commença à regretter de s'être imposé des heures supplémentaires. C'était un vrai zoo – et pas celui qui faisait la splendeur de San Diego.

Son unité n'avait pas eu un seul instant de répit. Ils venaient d'ailleurs de terminer une intervention lorsqu'un accident de voiture fut annoncé dans leur radio.

— Je veux que tu rentres à la maison, déclara son officier de garde alors que Ryan se dirigeait vers le camion. Tu dois prendre ton weekend. Ton absence de Thanksgiving a été plus que compensée.

Telle n'était pas la raison de son travail acharné – mais si son supérieur voulait y croire, pourquoi pas ?

— Je vais suivre l'unité et je rentrerai si je vois qu'ils peuvent s'en sortir sans moi.

— Tu ne t'arrêteras pas à moins que ce soit un vrai bordel, c'est compris ? ordonna Daniel en le pointant du doigt.

— Compris, patron.

Il démarra le moteur et ferma les yeux avant de prendre une profonde inspiration. Il était épuisé – et pire encore, il avait besoin de voir Grace. Elle lui manquait, merde. Avec un peu de chance, il lui manquait autant et la belle serait prête à officialiser leur couple. Ryan devait arrêter de gamberger et découvrir ce qu'elle avait derrière la tête.

Son patron avait raison. Si la situation n'était pas catastrophique, il devait rentrer chez lui. Sa mission était désormais de parler à Grace. Il considéra même ne pas se rendre à la station pour se rendre directement chez elle. Il pouvait bien reprendre sa voiture le lendemain.

Ryan passa donc la première afin de suivre son unité sur les lieux de l'accident. Si l'univers était de son côté, ce ne serait pas grand-chose.

Il tourna à une intersection et vit de nombreuses lumières bleues et rouges. La moitié des équipes d'astreinte étaient déjà sur place.

Merde.

L'appel avait fait mention d'un accident de voiture, sans précision sur les victimes. Ryan ralentit donc et contempla la scène : des voitures écrasées, des SUV et des camions, certains en meilleur état que d'autres. Il grimaça en remarquant la Prius argentée qui avait l'air de s'être fait prendre en sandwich – l'avant et l'arrière complètement arrachés.

Et ce fut alors qu'il vit un détail.

La plaque sur laquelle était inscrit : *GRACEE*.

Chapitre Trente-six

Ryan

Il avait passé la majeure partie de sa vie d'adulte à gérer des accidents et des crises – et Ryan était plutôt doué.

Pourtant, rien dans sa formation ni son expérience ne l'avait préparé à ce qu'il ressentit à cet instant. Son esprit fonctionnait à cent à l'heure, mais son corps semblait se mouvoir au ralenti à travers le personnel d'urgence déjà présent. Une douleur lui frappait la poitrine.

Il s'approcha ensuite d'un ambulancier qui discutait avec un des accidentés sur le trottoir et le prit par le bras.

— La conductrice de la Prius. Où est-elle ?

L'homme secoua la tête pour indiquer qu'il n'en savait rien, et Ryan fit le tour des personnes autour de lui. Chaque « je ne sais pas » fit monter la terreur en lui. Enfin, il remarqua plusieurs ambulances côte à côte et se précipita dans leur direction avant que l'une d'elles ne s'en aille.

Cependant, une partie de lui était pétrifiée face à ce qu'il était sur le point de découvrir.

Puisqu'il portait toujours son uniforme de pompier, personne ne tenta de l'empêcher de jeter un œil à la première ambulance. L'absence de Grace le poussa à se ruer vers la deuxième, puis la troisième et, enfin, la voilà. Elle n'était pas encore installée à l'intérieur et son visage couvert de bleus et de sang était surmonté d'un masque à oxygène alors qu'elle était allongée sur un brancard.

— Doc ! s'exclama Ryan en courant vers elle tout en ignorant le médecin qui la traitait.

Il la souleva doucement contre lui.

— Oh, mon bébé, murmura-t-il, les yeux fermés en caressant ses cheveux ensanglantés.

Il l'entendit gémir.

— Capitaine, dit la voix de l'ambulancier.

Ryan n'était plus capable d'entendre le monde extérieur. Grace était toujours en vie, dans ses bras. Le reste n'avait plus d'importance. On vint alors lui secouer l'épaule.

— Capitaine !

Il reprit enfin ses esprits et la relâcha immédiatement.

— Mon Dieu ! s'exclama-t-il. Je suis désolé, mon bébé ! Vraiment désolé.

Bien évidemment, il avait été plus que maladroit de la tenir de la sorte alors qu'elle était blessée.

— On doit l'emmener à l'hôpital, Capitaine.

Ryan laissa l'ambulancier l'installer dans le véhicule avant de monter à l'intérieur pour lui tenir la main.

— C'est bon, allons-y.

— C'est votre femme ?

— Non. Ma petite amie.

Il vit que l'homme ne savait pas quoi faire. Techniquement, seuls les membres de la famille pouvaient accompagner quelqu'un dans l'ambulance – mais Ryan était capitaine de sa caserne.

L'ambulancier dut décider qu'une dispute n'aurait fait que les retarder et referma les portes. Puis ils quittèrent les lieux.

Lorsqu'il s'était agenouillé au sol, il avait remarqué son sac à main près de ses pieds. Les secours avaient probablement tenté de l'identifier. Ryan en sortit son téléphone et passa quelques appels, en commençant par sa mère.

Francine fut remarquablement calme lorsqu'il lui annonça que Grace venait d'avoir un accident de voiture. Elle lui répondit que toute la famille était en route pour l'hôpital et qu'ils se retrouveraient aux urgences.

Il décida ensuite d'appeler Craig plutôt que Maddie, puisque la réaction de sa meilleure amie l'inquiétait. En effet, il venait de comprendre que leur expérience professionnelle n'était d'aucune aide face à un tel drame.

Craig lui déclara qu'ils étaient également en route.

Grace lui serra faiblement la main après la fin de l'appel, afin de le remercier, sans doute.

— Tiens bon, Doc, dit Ryan. Je resterai à tes côtés.

C'était un mensonge, puisqu'il fut forcé de rester dans la salle d'attente des urgences lorsque le personnel hospitalier arriva pour la prendre en charge. Enfin, il avait eu la chance d'obtenir une salle d'attente privée, où il faisait les cent pas alors que l'inquiétude le rongeait. Les proches de Grace arrivèrent plus tard.

Son père était complètement stoïque – exactement ce à quoi Ryan s'était attendu du juge Ericson – tout comme Steven. Ce dernier tenta d'utiliser son statut de médecin à son avantage pour rejoindre sa sœur, en vain.

L'humeur de Francine se montra changeante. Son calme fut souvent brisé par quelques larmes – qui se transformèrent en torrent lorsqu'Ava arriva en panique dans la salle. Son mari Travis avait le visage pâle mais demeurait impassible.

Ce fut cependant Maddie qui le surprit le plus. Il s'était attendu à ce qu'elle soit sous le choc, mais la rousse fit irruption dans la pièce, toujours en tenue et avec un pistolet accroché à la cuisse, parée au combat.

— Des nouvelles ? demanda-t-elle. Comment va Grace ?

Ryan secoua la tête alors que Steven répondait :

— Rien pour le moment. Elle est toujours au bloc.

— Que s'est-il passé ?

Tous les regards se tournèrent vers Ryan.

— Mon unité a été appelée pour un grave accident de la route, expliqua-t-il. Quand je suis arrivé sur place, j'ai vu sa voiture et je suis parti à sa recherche. J'ai fini par la trouver près d'une ambulance.

— De quoi avait-elle l'air ? demanda Maddie. C'était grave ? Était-elle inconsciente ?

Frannie frissonna face à ses questions.

— Grace savait que j'étais là. Elle a été assez secouée.

— Elle est au bloc opératoire, déclara Steven en passant les bras autour des épaules de sa mère. C'est tout ce que nous savons.

Une femme en blouse bleue apparut alors dans l'embrasure de la porte.

— Êtes-vous les Ericson ?

Le groupe se leva pour s'approcher d'elle.

— Elle est en salle de repos, annonça l'infirmière. L'opération s'est très bien déroulée. Elle présente une légère amnésie, ce qui est tout à fait normal et attendu après une commotion cérébrale, donc pas de panique. Le docteur vous en dira plus quand vous irez la voir.

Ils firent tous un pas en avant, et l'infirmière les examina du regard.

— Waouh, je ne vais pas pouvoir vous laisser tous entrer. Euh... Y a-t-il son mari parmi vous ?

Le cœur de Ryan se serra. Il comprenait déjà qu'il n'aurait pas le droit de la voir.

Frannie secoua la tête.

— Elle n'est pas mariée.

— D'accord, êtes-vous ses parents, alors ?

Robert se rapprocha de sa femme et acquiesça.

— Suivez-moi, dit l'infirmière en tournant les talons.

— Attendez ! s'exclama Steven.

Elle se retourna donc d'un air patient.

— Ryan devrait y aller aussi.

— Oui, absolument, ajouta Maddie.

Francine pencha la tête, les sourcils froncés. Robert, quant à lui, jeta un œil à Ryan, toujours en tenue de pompier. Les sourcils du juge se levèrent et il hocha lentement la tête, comme s'il comprenait désormais pourquoi son fils insistait pour qu'il les accompagne.

— Ah, dit simplement Frannie au même moment.

Ryan fut incapable de déterminer si elle voyait cette découverte d'un bon œil – le juge Ericson ne se montra pas plus expressif. Cet homme était une véritable statue. Néanmoins, le couple lui fit signe de les rejoindre.

— Merci beaucoup, déclara-t-il doucement à Steven et Maddie.

— Dis-nous comment elle va, répondit Maddie.

— On ne bouge pas d'ici, ajouta Craig.

Ryan adorait vraiment ces deux-là – et Steven venait de se hisser en haut de la liste de ses personnes favorites.

— Bien entendu.

— Nous reviendrons vers vous dès qu'ils la transféreront dans une chambre, expliqua Frannie avant de passer un bras dans celui de Ryan. Allons voir notre fille.

Chapitre Trente-sept

Grace

Elle se souvenait vaguement du docteur au style oriental qui lui avait demandé la date avant de froncer les sourcils. Il lui avait ensuite posé des questions sur ce qui s'était produit – Grace n'en avait pas la moindre idée.

— Vous avez eu un accident de voiture, avait-il déclaré en inspectant ses yeux avec une petite lampe torche. Nous allons vous opérer, Grace, et réparer les dégâts.

Elle se rappelait avoir été emmenée dans une grande pièce avant qu'on ne lui dise :

— Je veux que vous comptiez de cent à zéro.

Grace avait dû arriver à quatre-vingt-dix-sept et s'était ensuite réveillée face au docteur qui lui disait :

— Vous vous en êtes très bien sortie, Grace.

Elle s'était alors rendormie, et ce furent ses parents et Ryan qu'elle vit en ouvrant à nouveau les yeux.

Grace se souvint alors que Ryan l'avait accompagnée dans l'ambulance. Elle avait beaucoup apprécié qu'il lui tienne la main, mais ne comprenait pas ce qu'il faisait toujours là.

Le chirurgien se tourna vers eux afin de leur expliquer les tenants et les aboutissants de l'opération. Grace était trop fatiguée pour écouter et ferma les yeux tout en sentant la main puissante de Ryan sur la sienne.

Lorsqu'elle se réveilla une fois de plus, son corps tout entier la faisait souffrir et sa gorge l'irritait. Des machines fonctionnaient autour d'elle et quelque chose l'empêchait de s'allonger sur le côté – sa position préférée pour dormir.

Sa mère se leva immédiatement d'une des chaises qui remplissait sa chambre d'hôpital.

— Hé, ma chérie.

Maddie s'approcha alors, toujours en tenue de travail.

— Comment tu te sens, ma puce ?

— J'ai soif, murmura Grace d'une voix rauque.

Ryan apparut instantanément à ses côtés pour placer une cuillère remplie de glaçons presque fondus entre ses lèvres.

— Avale doucement, dit-il.

L'eau lui adoucit la gorge, et Grace croqua les morceaux de glace.

— Un peu plus ? demanda-t-elle.

Ryan répéta l'opération, avant d'essuyer tendrement l'eau qu'elle avait au coin des lèvres.

— Waouh, tu es toujours là, remarqua Grace en jetant un regard nerveux à sa mère.

— Je n'irai nulle part, Doc, déclara-t-il en lui caressant la joue. Tu m'as fichu une de ces trouilles.

— Ça va aller. Tu n'es pas obligé de rester. Je sais que tu es occupé. Sloane va avoir besoin de ton aide pour préparer son départ.

Le sourire de Ryan s'estompa.

— Sloane est déjà parti.

— Ah. J'ai manqué sa fête, alors. Désolée.

— Euh, quel jour on est, ma chérie ? demanda gentiment Maddie.

Grace soupira.

— Pour être honnête, je n'en sais rien. Je sais que la fête de Sloane était censée se tenir samedi soir, mais on est mercredi, ou jeudi, je crois.

Ryan hocha la tête avec un sourire triste sur le visage.

Maddie inspira rapidement, et une expression surprise lui arriva au visage. Son amie jeta un œil en direction de Ryan avant de lui prendre la main.

— Ryan... je suis désolée.

— Ce n'est pas important.

— Qu'est-ce qui n'est pas important ? demanda Grace.

Frannie s'avança et vint lui caresser les cheveux.

— Tu as une légère amnésie, ma chérie. Le docteur n'est pas inquiet. Il pense que ta mémoire va revenir d'ici peu.

Un vent de panique souffla sur elle.

— Une légère amnésie ? Qu'est-ce que ça veut dire, une légère amnésie ?

— Gracie, répliqua doucement sa mère, il n'y a pas de quoi s'inquiéter.

— Alors dites-moi ce que ça veut dire !

— On est le vingt-et-un décembre, ma chérie.

Le vingt-et-un décembre ? Grace avait donc perdu trois mois de sa vie.

Ryan lui prit la main pour la caresser, mais elle le repoussa comme s'il venait de la brûler.

— Tu peux y aller, dit-elle.

Il ne voulait pas être son ami, donc il pouvait aller se faire voir.

— Grace, répondit Maddie, c'est bon. Ta famille est au courant.

— Et nous n'avons rien à redire, déclara Francine en lançant un sourire à Ryan.

— Il sont au courant de quoi ? Qu'est-ce que vous me chantez, tous ? demanda Grace d'une voix aigüe.

À cet instant, l'infirmière arriva avec un plateau rempli de médicaments.

— Ah, vous êtes réveillée, dit-elle.

Grace ignora la bienveillance de cette femme et reporta son attention sur le groupe.

— Dites-moi ce qui se passe !

— Bon, la famille, déclara l'infirmière d'une voix mélodieuse. Grace a besoin de repos. Je vais devoir vous demander de revenir demain.

Elle prit une profonde inspiration en fermant les yeux.

— Je vais bien. Vraiment.

L'infirmière lui adressa un sourire patient.

— Les heures de visites sont terminées, mais vous pouvez choisir une personne pour rester avec vous cette nuit.

Son frère arriva ensuite dans la chambre, un café à la main, suivi de son père.

— Steve est là ?

Il vint lui déposer un baiser sur le front.

— Et oui, la belle. Content de te voir réveillée.

Elle hocha la tête.

— Ah, oui. Tu es venu pour Noël, hein ?

Steven jeta un regard nerveux autour de lui, peu certain quant à ce qu'il devait répondre.

— Bonjour, mon ange, dit son père en lui faisant un rapide bisou sur le front.

— Bonjour, Papa.

L'infirmière toussa.

— Ahem. Seul un d'entre vous peut rester.

— Steve restera avoir moi ce soir, annonça Grace.

Elle savait qu'elle pourrait compter sur son frère pour être franc avec elle. Ava et Maddie le seraient, bien sûr, mais Steve se montrerait plus direct. Grace en avait bien besoin.

Ryan lui jeta un regard triste lorsqu'il lui serra doucement la main avant de partir.

— Reprends vite des forces, Doc.

Voilà tout ce qu'il lui dit, et il partit sans attendre les autres.

Maddie et Craig furent les prochains.

— On reviendra demain, promit Maddie tandis que Craig lui exprimait son soutien.

Ses parents suivirent et lui assurèrent qu'ils seraient à son chevet le lendemain. Ava lui déposa un baiser sur la joue.

— Travis est passé tout à l'heure, mais la baby-sitter a dû rentrer. Il espère que tu te rétabliras vite.

— Remercie-le pour moi. Embrasse les enfants de ma part.

— Et si vous reveniez dans une dizaine de minutes ? demanda l'infirmière à Steven.

— Je serai dans le couloir, répondit-il.

****

Ryan

Il venait de descendre dans le hall lorsqu'il se rendit compte qu'il n'avait pas de voiture, puisqu'il était venu avec l'ambulance. Ryan attendit donc Maddie et Craig.

Lorsque la rousse apparut aux côtés de son fiancé, elle le remarqua immédiatement et Ryan se leva.

Maddie lui fit simplement un câlin avant de murmurer :

— Je suis vraiment désolée. Mais ça va aller.

La main de son meilleur ami lui arriva sur l'épaule.

— Elle a raison. Tout finira par s'arranger.

Maddie le laissa ensuite étreindre Craig.

— Je l'espère, déclara Ryan. Vous croyez pouvoir me ramener à ma camionnette ?

La rousse le laissa s'installer sur le siège passager du Range Rover.

— À quelle heure viendras-tu demain matin ? demanda-t-elle d'une voix bien trop enjouée pour être sincère.

Ryan secoua la tête et la regarda par-dessus son épaule.

— Je crois que ma présence ne lui fera pas du bien. Elle doit d'abord se reposer.

— Elle était en route pour ta maison, tu sais, répondit Maddie d'une voix douce. Elle voulait se rattraper.

Ryan devint blanc comme un linge et baissa les yeux.

— Je n'étais pas au courant.

Son regard se perdit à travers la vitre et il s'efforça de ne pas réfléchir à la cruauté du destin. Grace était enfin prête à se lancer et la voilà retournée trois mois en arrière. Refusant de céder au désespoir, Ryan se concentra sur l'essentiel – Grace était saine et sauve.

— Elle veut vivre avec toi, reprit Maddie.

Voilà une nouvelle qui mêlait douceur et amertume. Il se retourna vers l'arrière du SUV et força un sourire sur ses lèvres.

— Je sais que tu essaies de me rassurer et j'apprécie beaucoup. La Grace Ericson de cet après-midi était peut-être prête à admettre ses sentiments – enfin, à toi. Mais la Grace Ericson de septembre ? C'est une tout autre histoire. Et, malheureusement, nous savons tous laquelle des deux se trouve à l'hôpital.

— Le docteur a dit que ce n'était que temporaire.

— Ouais, eh bien... jusqu'à ce qu'elle se souvienne des trois dernières semaines, elle ne voudra pas me voir dans les parages. Elle ne veut rien avoir à faire avec moi ; trop inquiète pour sa réputation et les articles à la con que pourraient écrire des journalistes sur nous.

— Cette épreuve a lourdement pesé sur elle et sa famille. Tu ne peux même pas imaginer.

Ryan se sentit coupable car il n'avait pas voulu minimiser ce qu'elle avait traversé.

— Je sais, répondit-il, et je suis bien incapable d'imaginer ce qu'ils ont vécu. Mais il ne s'est rien passé entre Grace et moi alors que j'étais fiancé. Ils peuvent écrire ce qu'ils veulent, je les attaquerai en justice.

— Son beau-frère est Travis Sterling. Tu crois qu'il n'a pas eu la même idée ? Mais le pire dans ce genre d'histoires, c'est qu'un procès n'arrange rien. Sa réputation était déjà salie. Ils impriment un petit mot d'excuse dont tout le monde se fout, parce que ce que les gens veulent, c'est du drame. Grace a dû se donner beaucoup de mal pour ses demandes d'internat afin de contourner un refus presque assuré. Heureusement pour elle, la secrétaire de Travis l'a bien aidée avec tous ses documents. Mais elle n'aurait jamais dû être traînée dans la boue, en premier lieu. Tu ne peux pas lui en vouloir d'avoir été traumatisée.

— Je sais, je sais, assura Ryan d'un air désolé.

— Au moins, tu sais que son frère et ses parents voient votre relation d'un bon œil, dit Craig avec un sourire en se garant près de la camionnette de Ryan. Voilà au moins un point positif.

— Ouais. Génial, répliqua Ryan d'un ton sarcastique tout en agitant les mains.

— J'essaie simplement de voir le bon côté des choses, dit son ami sur la défensive.

— Le bon côté, c'est qu'elle est en vie et que l'opération s'est bien déroulée. Elle a une famille et des amis formidables qui vont l'aider à se rétablir. Ses examens étaient terminés donc c'est aussi ça d'évité.

Il prit soin de ne pas mentionner le *mais* qu'il avait sur le bout de la langue. Nul besoin de se montrer si égoïste après un drame.

Ce fut Maddie qui le fit pour lui.

— Mais tu espérais passer Noël et le Nouvel An avec elle...

Ryan contempla les lieux de l'accident. Il ne restait désormais que quelques bouts de métal ici et là – jamais personne ne se douterait du carnage qui s'était produit ici quelques heures plus tôt.

Il se passa une main dans les cheveux et soupira.

— Ouais, c'est vrai, dit-il avant de regarder Maddie. Mais toi ? Grace a oublié que tu t'étais fiancée. Je suis certain que vous étiez surexcitées par les préparations du mariage.

— On peut toujours s'y coller.

— Mais rien de définitif avant le retour de Sloane, rappela Craig.

— Bien sûr, répliqua Maddie d'un air indigné. Mais on peut aller voir les robes et les fleurs. Ce genre de choses.

Craig alla prendre la main de sa fiancée.

— Bien sûr, princesse.

En temps normal, Ryan était heureux de voir les deux tourtereaux mais, aujourd'hui, il n'était pas d'humeur.

— Merci de m'avoir ramené, déclara-t-il en ouvrant la portière. Tenez-moi au courant de son état, d'accord ?

— Sans faute, répondirent-ils à l'unisson.

— N'oubliez pas, dit Ryan avant de descendre.

Maddie alla lui faire un câlin.

— Tu veux dormir chez nous ce soir ?

Voilà bien la dernière chose qu'il voulait faire.

— Non, je dois rentrer à la maison et m'assurer que Josh s'occupe toujours de Tank. Ensuite, je vais manger et dormir un peu.

— Tu sais que notre porte est toujours ouverte.

Il lui déposa un baiser sur la tempe.

— Merci. Je vous adore, tous les deux. Ça va aller. Rentrez et faites ce que vous avez à faire. Mais tenez-moi au courant pour Grace, d'accord ?

— Bien entendu.

— Roulez doucement. Je suis trop fatigué pour revivre ça.

Suite à quoi Ryan monta dans sa camionnette et rentra chez lui. Sa voiture l'attendrait le lendemain à la caserne.

Chapitre Trente-huit

Ryan

La sonnerie de son téléphone le réveilla tôt ce samedi matin. Seule la caserne l'appelait ces temps-ci, et Ryan bondit de son lit. La lumière de l'aube se glissait à peine à travers ses nouveaux rideaux.

Ryan jeta un œil au numéro qui l'appelait et grogna avant de décrocher.

— Tu ne devrais pas être au lit ? demanda-t-il à son meilleur ami avant de se rallonger. Je croyais que les fiancés le faisaient toute la nuit. Tu commences à te faire vieux, mon pote.

— Ha ha. J'imagine que tu es chez toi ?

— Ouais.

— Ta voiture est dans le garage ?

Ryan se frotta les yeux en essayant de comprendre où son ami voulait en venir.

— Non, elle est à la caserne. Je suis rentré avec la camionnette. Pourquoi ?

Il entendit la voix de Maddie en arrière-plan, puis Craig répondit :

— Donc, ton garage est vide ?

Ryan se redressa immédiatement et posa les pieds par terre.

— Oui. Qu'est-ce qu'il y a ?

— On va venir te voir. Maddie t'appellera une fois arrivés pour que tu nous ouvres le garage.

— Vous ne pouvez pas vous garer dans l'allée comme des gens normaux ?

— Fais-moi confiance, mec. On arrive bientôt.

Ryan se rendit donc dans la salle de bain avant d'allumer sa machine à café dans la cuisine. Il ne put s'empêcher de jeter un œil à son téléphone, ici et là.

Ce devait être à propos de Grace. Avec un peu de chance, ses amis lui apportaient une bonne nouvelle – la belle avait recouvré la mémoire et tout rentrerait dans l'ordre.

Son téléphone sonna de nouveau et Maddie ne le salua même pas.

— Ouvre le garage et retourne à l'intérieur, dit-elle simplement.

Ryan s'exécuta et attendit ses amis dans la buanderie, de l'autre côté de la porte du garage.

Il voulut les rejoindre en entendant la porte se refermer, mais il faisait suffisamment confiance à ses deux amis pour attendre.

Ensuite, il les bombarderait de questions.

— Qu'est-ce que vous foutez ? demanda-t-il. Qu'est-ce que c'est que ces énigmes ?

— Allons à l'intérieur, dit calmement Craig en le menant vers la cuisine.

— C'est du café que je sens ? demanda Maddie.

Ryan hocha la tête et elle ajouta :

— Tu en as déjà bu ?

— Pas encore, dit-il en secouant lentement la tête. Vous feriez mieux de parler, maintenant. Est-ce que Grace va bien ?

— Elle va bien, confirma Maddie en fouillant dans ses placards jusqu'à trouver trois tasses.

Craig saisit la cafetière et versa le liquide fumant à l'intérieur avant d'ajouter la bonne quantité de lait. Il tendit une tasse à Ryan.

Ce dernier jeta un regard suspicieux au couple mais but tout de même une gorgée avant de reposer bruyamment la tasse.

— Qu'est-ce que vous faites là ?

Maddie prit une profonde inspiration.

— D'accord...

Craig donna alors son téléphone à Ryan.

Il lui fallut une seconde pour se rendre compte de ce qu'il avait devant les yeux. Il s'agissait d'une grande photo de lui, sur les lieux de l'accident, juste après avoir retrouvé Grace sur le brancard. Il la tenait dans ses bras, un soulagement évident sur le visage. Il avait les yeux fermés et lui tenait la tête.

Puis le titre le frappa : *M. Mars, de héros à zéro ?*

La légende de la photo expliquait brièvement que Ryan avait failli à son devoir pour une inconnue et avait sans doute aggravé ses blessures en la prenant contre lui.

— Eh bien, ils n'ont pas écrit le nom de Grace, murmura-t-il en regardant l'écran avant de rendre le téléphone à Craig. Qu'ils aillent se faire foutre. Ces enfoirés.

— Ouais mais le problème, c'est que ces *enfoirés* sont tous devant ta porte, répondit Maddie.

— Tu déconnes... murmura Ryan en se levant pour jeter un œil dehors derrière ses rideaux.

Il vit alors le groupe qui se tenait sur le trottoir, des appareils photos autour du cou.

— Je rêve, ou quoi ? demanda-t-il.

— Prépare un sac et viens chez nous pour quelques jours.

— Hors de question, répliqua Ryan. Je ne vais pas laisser ces cons me chasser de ma propre maison.

— Fais-moi confiance, dit Maddie. Prépare un sac, au cas où. Tu ne sais pas comment tu te sentiras plus tard. Peut-être que tu n'auras pas envie de les affronter. Mieux vaut avoir un plan B et ne pas s'en servir que l'inverse.

— Ouais, tu marques un point. Comment est-ce qu'on va sortir ?

— Eh bien, je suis devenue une experte depuis les problèmes de Grace.

Elle leur expliqua donc le plan : Craig conduirait la camionnette de Ryan jusqu'à la caserne pour récupérer l'Audi tandis que Ryan se cachait à l'arrière du Range Rover que Maddie conduirait jusqu'à leur quartier – qui était doté d'un immense portail et d'un service de sécurité. Les vitres teintées du SUV lui permettraient de rester incognito.

— Va prendre une douche et fais ton sac, dit Craig.

— J'arrive dans vingt minutes, répondit-il en rinçant sa tasse avant de la mettre dans le lave-vaisselle.

— J'adore ce que tu as fait avec la maison ! s'exclama Maddie.

Cela lui fit plaisir. Ryan ne l'avait pas admis à l'époque, mais il s'était donné beaucoup de mal en imaginant ce que Grace dirait en voyant le résultat de son labeur.

Elle avait adoré – enfin, selon ses dires.

Aujourd'hui, rien ne semblait avoir d'importance.

C'est temporaire ; elle retrouvera la mémoire.

Son pessimisme contre-attaqua immédiatement. *Et sinon ? Les trois dernières semaines ne vaudront plus rien pour nous.*

Ryan devait se concentrer sur un problème à la fois.

Le plus pressant était la tempête médiatique que les paparazzi lui avaient réservée. Il devait faire tout ce qui était en son pouvoir afin de garder Grace en dehors de tout cela.

Ryan se demanda alors comment il avait pu sortir de l'hôpital sans croiser quiconque – une bonne sécurité, sans doute. Hélas, il n'y retournerait pas de sitôt.

Enfin, Ryan n'avait pas prévu de déranger Grace pour le moment, mais il avait au moins eu l'espoir qu'elle recouvre la mémoire et demande de ses nouvelles.

Il comprit alors la paranoïa de Grace. Était-ce donc ce qu'elle avait ressenti ? Ce sentiment d'être pris au piège, quoi que l'on fasse. Le moindre faux pas était lourd de conséquences.

— Hé, dit-il en revenant dans la cuisine, un sac à la main. Des nouvelles de Sloane ?

Puisque Grace avait parlé de lui la veille, Ryan ne pouvait s'empêcher de penser à son ami.

Craig secoua la tête.

— Pas depuis novembre.

— Pareil, répondit Ryan. Merde, j'aimerais bien une bonne nouvelle.

**

Craig rentra chez lui et jeta les clés de l'Audi sur la table d'un air sinistre.

— J'imagine que tu as été suivi ? demanda Maddie.

— Oui. Il n'y a pas eu de problème. J'ai discuté avec le garde à l'entrée en lui demandant de faire très attention à qui voulait entrer. En attendant, je crois qu'on devrait la laisser au garage.

— Merci beaucoup, vous deux, déclara Ryan en fixant le panier rempli de faux fruits sur la table. Je ne sais même pas comment digérer ce qui s'est produit ces dernières quatorze heures.

Son téléphone vibra et il vit qu'il s'agissait de l'officier Goldstein.

— J'ai l'impression que les emmerdes ne font que commencer, dit-il avant même de lire le message. Je viens de recevoir un texto de Daniel.

— Merde, marmonna Craig dans sa barbe.

Goldstein : Je dois te voir quand tu seras dispo. Il vaudrait mieux éviter la caserne.

Ryan : Bien sûr, chef. Au Coonie's dans une heure ?

Goldstein : À tout à l'heure.

Maddie et Craig le regardèrent avec impatience et finirent par lever les sourcils face à son silence.

— Alors ? demanda Craig.

— Il veut me voir – et *pas* à la caserne.

— Ouais, il y avait d'autres paparazzi postés là-bas.

Une pensée lui vint à l'esprit.

— Vous ne croyez tout de même pas que je vais me faire virer ?

— Non, dit son meilleur ami, mais tu devras sans doute prendre quelques vacances.

— Et pour faire quoi ? Je ne peux voir Grace et, apparemment, je ne peux pas rester chez moi. Si je m'inquiète trop pour elle ou pour Sloane, je vais péter un plomb. Mon travail, c'est tout ce qu'il me reste.

Maddie lui tapota gentiment la main.

— Ce n'est pas vrai. Tu nous as. Et je suis certain que ta famille sera ravie de te voir pour les fêtes.

— Je peux emprunter ta Camry ?

— Bien sûr. Et si on échangeait nos voitures pour un moment ?

Craig secoua la tête.

— Non, tu ne conduiras pas son Audi. Tu vas te faire suivre et ils finiront par découvrir qui tu es, si ce n'est pas déjà le cas. Et ils comprendront la supercherie. On va en louer une.

— Je peux le faire, répondit Ryan. Ne vous embêtez pas pour moi.

— Mon cul, oui, répliqua Craig.

— On peut louer une voiture pour t'aider, ajouta Maddie.

— Je vous rembourserai.

Craig lui donna une tape dans le dos d'un air condescendant.

— D'accord. Mais ne t'attends pas à recevoir la facture de mon vivant.

Ryan se leva et prit son ami dans ses bras.

— Je vous aime, putain.

— Et c'est réciproque.

— Bon, dit Ryan en soupirant, je vais devoir retrouver Daniel. Quand est-ce que vous irez à l'hôpital ?

Maddie jeta un œil à sa montre Fitbit.

— Tout de suite, en fait. Les heures de visite commencent dans quinze minutes.

— Tenez-moi au...

— Bien entendu, mon grand, répliqua-t-elle. On te dira tout.

Chapitre Trente-neuf

Grace

Elle se réveilla de nombreuses fois durant la nuit. La pauvre fermait à peine les yeux que des infirmières venaient l'examiner.

Son frère, quant à lui, parvint à dormir sans la moindre interruption dans un genre de fauteuil.

— Comment y es-tu arrivé ? demanda-t-elle le lendemain.

— Ça m'a demandé des années d'entraînement, répondit Steve en riant. Nous avons des fauteuils comme ça dans nos salles de garde.

— Merci d'être resté avec moi.

Il haussa les épaules comme si ce n'était rien.

— Tu es ma petite sœur, bien entendu que j'allais rester. Enfin, ça vaut ce que ça vaut, mais je crois que Ryan aurait dû prendre ma place.

Grace était si confuse. Apparemment, Ryan et elle étaient sortis ensemble ? Comment ? Son dernier souvenir de lui était cette conversation dans sa voiture où il lui disait ne pas vouloir être son ami.

— Dis-moi ce que tu sais.

Steven lui sourit.

— Pas grand-chose. De ce que j'ai compris, vous vous êtes retrouvés coincés au Mount Laguna pour Thanksgiving. Maman m'a dit que tu passais beaucoup de temps dehors depuis ton retour et, la nuit où je suis arrivé, j'ai vu son Audi garée dans la rue. Elle y est restée jusqu'au matin.

Une vision de Ryan et d'elle autour d'un bonhomme de neige lui vint à l'esprit. Ils riaient tous les deux.

— Maman et Papa sont au courant ?

— Maintenant, oui. Enfin, Maman avait déjà des doutes avant l'accident.

— Comment l'ont-ils appris ?

— Eh bien, il était avec toi dans l'ambulance et faisait les cent pas quand on est arrivés à l'hôpital. Lorsque l'infirmière nous a interdit de tous venir te voir en même temps, Maddie et moi avons décidé de le laisser accompagner les parents. C'est là qu'ils ont compris, je crois.

— Ils ne sont pas en colère ?

Son frère sembla confus.

— Non. Pourquoi le seraient-ils ? Ryan a l'air d'être un type bien.

— Il l'est. C'est juste que...

Grace lâcha un soupir sans terminer sa phrase.

— Quoi ? demanda Steven, les yeux écarquillés.

— Il a annulé son mariage en mai, un jour avant la cérémonie.

— Il a bien fait de ne pas s'engager avec une femme qu'il n'aimait pas. Et encore mieux, de ne pas l'avoir annoncé devant l'autel.

— Oui, mais nous nous sommes justement rencontrés la veille.

Voilà qui attira l'attention de son frère.

— Est-ce que vous avez...

— *Quoi* ? Mon Dieu, non ! Je ne ferais jamais ça.

— Alors, où est le problème ? On dirait que vous ne vous fréquentiez même pas avant Thanksgiving.

— Thanksgiving, Thanksgiving... comment ai-je pu perdre trois mois de ma vie, Steve ?

— Écoute, répondit-il en secouant la tête. Je sais que tu es frustrée. Ta mémoire reviendra, sans doute d'un coup. Ne stresse pas trop.

— Eh bien, c'est toi qui me stresses avec ces histoires de relation. Arrête.

Steven prit une profonde inspiration par le nez et acquiesça.

— D'accord. Je n'en parlerai plus.

Son frère avait fini par s'endormir et Grace contemplait le plafond. Ryan et elle étaient sortis ensemble. Comment était-ce possible ? Et ses parents ne lui en voulaient pas ? Dans quel genre d'univers parallèle venait-elle de tomber ?

****

Ryan
Ce petit-déjeuner avec Daniel fut encore pire que Ryan ne l'avait anticipé, même après qu'il s'était porté volontaire pour prendre quelques jours de congé afin que la caserne ne devienne pas un zoo.

Son patron était tout de même d'accord.

— Voilà la meilleure décision à prendre, dit-il.

— Quel putain de désastre, répondit Ryan en soupirant. Je suis vraiment désolé pour tout ça. Si je n'étais pas dans ce foutu calendrier, personne ne saurait qui je suis. Et si je n'avais pas mis mon uniforme...

Daniel grimaça.

— Oui… à propos de ça. J'ai déjà expliqué au chef que tu n'étais pas en service donc pas de problème de ce côté-là, mais les membres du conseil municipal demandent une enquête.

Il lui fallut fournir un effort titanesque afin de ne pas hausser le ton.

— Une enquête pour quoi, exactement ?

— Pour s'assurer que tu n'aies pas aggravé les blessures de la patiente.

— Elle n'a rien eu.

— Bien. Je vais simplement avoir besoin d'un rapport du docteur afin de clôturer ces bêtises.

— Est-ce que son nom sera révélé ?

— Eh bien, oui.

— Alors, non. Je refuse, répondit Ryan en secouant la tête.

— Quoi ? Pourquoi ?

La serveuse vint remplir leurs tasses avec du café frais et ils s'interrompirent donc pour lui sourire avant de continuer.

— Ryan, tout le monde sait qui elle est. D'après tes propres hommes, tu as le béguin pour elle depuis cet été.

Il ajouta du lait à son café et le remua à l'aide d'une cuillère.

— C'est génial. J'espère que je peux compter sur eux pour la boucler, parce que la dernière chose dont elle a besoin, ce sont des paparazzi qui la harcèlent alors qu'elle devrait se rétablir.

— Qu'est-ce que tu proposes, dans ce cas ?

Ryan reposa la cuillère sur la table.

— Ce que je propose, c'est de laisser libre court à l'enquête que le conseil municipal désire. Je refuse de l'impliquer là-dedans.

— Même si ça pourrait te sauver d'une rétrogradation ?

— S'il y a un moyen de m'innocenter sans révéler son nom, je serais content. Sinon, j'encaisserai les coups sans broncher, car je suis certain que les journalistes vont utiliser les lois sur la liberté à l'information pour récupérer son identité.

Son supérieur sembla pour le moins confus alors qu'il ajoutait du sucre à son café.

— Je ne comprends pas. Cette femme doit vraiment compter pour toi.

— En effet. Et elle n'a pas besoin de se faire salir dans tous les journaux.

— Tu sais qu'ils ne vont pas lâcher l'affaire avant de trouver son nom, hein ?

— Eh bien, j'espère pouvoir compter sur le silence de la caserne.

— Je peux t'assurer que nous resterons muets comme des carpes. J'essaierai de repousser l'enquête jusqu'à ce que tu sois prêt à revenir. Avec un peu de chance, ça te donnera un peu de temps pour te préparer.

— Merci.

Mieux valait profiter des congés payés que lui offrait sa position de capitaine.

— Je suis désolé de vous avoir embarqué là-dedans sans pouvoir faire quoi que ce soit. Dites bien aux hommes que je saurai me racheter.

Daniel fit signe à la serveuse afin de recevoir l'addition et reporta son attention sur Ryan, une lueur dans les yeux.

— Bah, ce n'est pas grave. McCallan a bien aimé l'idée de se faire reluquer durant son entraînement de la matinée.

Ryan rit. Cela ressemblait effectivement à sa jeune recrue.

Son supérieur regagna ensuite son sérieux.

— Écoute, j'espère que ta copine va bien et qu'elle sortira bientôt de l'hôpital.

— Moi aussi.

— Vois les choses sous cet angle : avec ton temps libre, tu pourras t'occuper d'elle vingt-quatre heures sur vingt-quatre, sept jours sur sept.

Ryan ne trouva pas le courage de lui avouer que Grace ne se souvenait pas qu'ils étaient en couple.

— Ce n'est pas faux, dit-il.

La serveuse posa l'addition, face contre la table en forçant un sourire. Il fallait qu'ils paient tout de suite.

Daniel s'en chargea.

— Contacte-moi après Noël, déclara-t-il, et dis-moi quand tu penses pouvoir revenir.

Ryan baissa les yeux avant de le regarder à nouveau.

— Je me sens vraiment coupable. J'ai horreur de vous laisser ; et pour Noël, en plus. Mes hommes devraient être à la maison pour profiter de leurs enfants. Quelqu'un va devoir manquer le Noël de sa famille pour me remplacer.

Daniel posa les mains sur la table et se pencha en avant.

— Tu sais quoi ? *Nous* sommes une famille – et c'est ce que fait une famille, non ? Tu serais le premier à remplacer un collègue dans une situation similaire. Nous nous en sortirons.

— Je sais. Mais c'est horrible de savoir que je suis le seul responsable.

Son supérieur se leva.

— Je te conseille de réfléchir à ce que je t'ai dit concernant le docteur.

— J'y penserai.

— Explique la situation à ta petite amie. Je suis certain qu'elle ne voudra pas te voir perdre ton grade.

Probablement, mais Ryan ne comptait pas l'ennuyer avec ça pour le moment.

— Je veux qu'elle se concentre sur son rétablissement, répondit-il vaguement.

— Très bien, déclara Daniel avant de lui donner une tape dans le dos. Joyeux Noël.

Ryan resta assis un long moment pour finir son café. Il n'avait nulle part où aller et n'aurait pas dit non à ce que sa boisson soit plus corsée.

Chapitre Quarante

Grace

Après l'acharnement de son frère – et surtout son statut de médecin – l'hôpital accepta de la laisser partir la veille du réveillon.

— Mais tu devras rester à la maison, déclara Steve en lui apportant les décharges. Il faut qu'on puisse garder un œil sur toi.

— Vous occuper de moi, tu veux dire, corrigea Grace avec un sourire sur les lèvres.

— Nous serons ravis de nous occuper de toi, dit Frannie en l'aidant à se lever.

— Je ne sais pas. Il se pourrait que j'aille chez Ava et Travis. Leurs trois chenapans seront moins compliqués à gérer qu'elle, ajouta sa sœur Hope d'un air taquin.

— Dit la fille qui s'est servi *d'une clochette* pour nous appeler quand elle avait la varicelle, répliqua Grace en tirant la langue.

Sa sœur était arrivée la veille.

— Ouais, mais c'était horrible de l'attraper en quatrième.

Leur mère frissonna.

— Doux Jésus, c'était horrible. Je crois que tu avais même des plaques dans la gorge.

— Je sais. J'étais vraiment misérable.

— Tout comme nous, rétorqua Grace. Je voulais prendre cette clochette et te l'enfoncer dans...

— Bien, interrompit Frannie.

Elle fut installée dans le siège du milieu à l'arrière du Suburban de son père lorsque sa mère déclara nonchalamment :

— Donc, je pensais inviter Ryan au dîner de Noël.

Son estomac se noua.

Maddie lui avait confirmé qu'ils sortaient ensemble depuis ce fameux séjour en montagne et qu'ils étaient très *intimes*. Le fait qu'elle ne se souvienne d'absolument rien ne rendait sa frustration que plus lourde à porter.

— Je suis certaine qu'il a autre chose à faire, Maman. D'ailleurs, il n'est même pas venu me voir.

Francine fronça les sourcils, confuse.

— Vraiment ?

— À quoi est-ce que tu t'attendais ? répondit Steven depuis le siège passager. Tu l'as presque jeté de ta chambre.

— Pas du tout.

Son frère pencha la tête en grimaçant.

— Mmmm, eh bien, tu n'étais pas des plus chaleureuses. Lui qui s'était fait un sang d'encre pour toi.

— Tu l'as jeté de ta chambre ? demanda Hope.

Grace se mit alors sur la défensive – même si une légère honte la gagnait.

— Je venais de me réveiller d'une opération aux urgences. Je ne me sentais pas bien et, non, je ne l'ai pas *jeté*.

— Tu ne l'as pas vraiment invité à revenir, grommela Steven avant de se retourner.

— Je ne me souviens même pas être sortie avec lui !

Leur mère lui caressa la main d'un air patient.

— Peut-être que passer un peu de temps avec lui t'aideras à t'en souvenir.

L'idée de le voir lui donna des fourmis dans les pieds. En vérité, Grace avait été surprise qu'il ne vienne pas à l'hôpital – déçue, même.

Elle ne voyait pas d'inconvénient à ce que sa mère l'invite au dîner de Noël mais, d'un autre côté, elle ne savait pas ce qu'elle ressentirait si Ryan déclinait.

Son frère avait pourtant raison : Grace ne s'était pas montrée très charmante à l'hôpital. Enfin, elle sortait d'un grave accident de voiture et ne se souvenait même pas de lui en bons termes.

— Et si tu me laissais lui demander, Maman ?

Il lui serait facile de déterminer s'il lui en voulait lors d'une discussion face à face. Cela lui permettrait peut-être de recouvrer la mémoire. Pourquoi pas, après tout ?

****

Ryan

Daniel l'appela dans la matinée du vingt-trois, avant que Ryan ne se rende chez sa mère pour le réveillon.

— Désolé, Ryan, mais l'enquête va débuter, dit son supérieur.

Il fulminait, mais sa fierté l'empêchait de le montrer.

— Je savais que ça allait arriver, répliqua-t-il d'un ton qui se voulait indifférent.

— Tu es certain que tu ne peux pas récupérer un rapport médical ? Ça t'aiderait grandement.

— L'enquête démarre le lundi avant Noël ? La situation doit être grave.

— Les membres du conseil municipal Grijalva et Zinkin ont pratiquement harcelé le chef tout le weekend.

— Tout ça pour des ragots à la con.

Tant de conneries pour pas grand-chose, pensa-t-il.

— Tu dois faire intervenir le syndicat, expliqua Daniel. Aujourd'hui. Dès maintenant, tu es en congés forcés jusqu'à ce que l'enquête se termine.

Il n'allait donc pas renoncer à ses vacances. Tant mieux.

— Oui, j'appelle Ramon dès que je raccroche, répondit Ryan.

— Désolé, Ryan. Je vais tout donner pour te défendre, mais je te conseille à nouveau de demander un rapport médical.

— Ce n'est pas votre faute, chef. Je sais que vous ne prenez pas le moindre plaisir avec cette enquête.

— Pas le moins du monde, en effet. Voilà qu'un de mes meilleurs capitaines se retrouve sur le banc des accusés, et pour quoi ? Pour rien. Mais que veux-tu, voilà le monde dans lequel on vit aujourd'hui. Les vindictes populaires ont plus de poids que le bon sens – ou la morale. Tout ce qui compte, ce sont les apparences.

— Le tribunal populaire, je comprends. Ils veulent du scandale.

Voilà l'une des nombreuses raisons pour lesquelles Ryan n'avait aucun compte sur les réseaux sociaux – Twitter, en particulier. Il commençait d'ailleurs à comprendre ce que Grace avait vécu – et ne voulait donc absolument pas qu'elle le revive. Jamais. Il se ferait rétrograder si nécessaire mais, avec un peu de chance, son syndicat prendrait sa défense et mériterait ainsi les milliers de dollars qu'il avait dépensé pour ses cotisations.

— Je te recontacterai bientôt, déclara Daniel avant de raccrocher.

La famille de Ryan supposa que son humeur massacrante était due au manque de nouvelles concernant Sloane. Ne pas savoir s'il lui était arrivé quelque chose pesait sur son moral, en effet. Toutefois, cela lui permettait de prendre du recul sur sa propre situation, et Ryan n'alla pas dans les détails devant ses parents. Nul besoin de gâcher l'esprit de Noël.

Néanmoins, ses problèmes n'étaient que secondaires face à l'impossibilité de voir Grace. Maddie et Craig l'avaient tenu informé de son état – Ryan leur faisait quasiment passer un interrogatoire lorsqu'ils revenaient de l'hôpital.

Il n'était toujours pas retourné chez lui, même si un contact de Craig lui avait indiqué que les paparazzi ne se faisaient plus très nombreux.

Le fait que des agents de police se tiennent dans les parages avait sans doute aidé. Que Dieu bénisse ses amis les hommes en bleu.

— Je table sur deux ou trois jours, dit Maddie d'un air taquin. Tu es déjà passé de mode.

— Ouais, mais tu peux être certaine qu'ils reviendront quand je serai rétrogradé, grogna Ryan.

— Attends, quoi ? Rétrogradé ? Qu'est-ce que tu racontes ?

Ryan raconta donc à ses deux amis la version courte de l'histoire.

— Tu dois en parler à Grace...

Maddie n'eut pas le temps de prononcer un mot de plus avant que Ryan ne l'interrompe.

— Non. Elle n'a pas du tout besoin de voir son nom faire la une à nouveau. Voilà qui ne l'aiderait pas du tout à recouvrer la mémoire. La seule chose que je gagnerais, ce serait l'éloigner encore plus de moi. C'était précisément pour ça qu'elle ne voulait pas qu'on se fréquente.

— Eh bien, techniquement, elle voulait éviter un tout autre scandale.

— Peu importe. Le résultat sera le même.

— Mais si tu risques la rétrogradation... intervint Craig.

Ryan secoua la tête.

— Non. Mon syndicat pense aussi que cette enquête est bidon. D'ailleurs, si je perds face à ma hiérarchie, j'irai aux tribunaux pour récupérer mon poste ainsi qu'une compensation. Et puis merde, je suis un très bon pompier ; je pourrai regagner une promotion. Dans tous les cas, je refuse que Grace soit impliquée. Point final. *Terminado.*

Maddie croisa les bras.

— Je ne sais pas si je suis d'accord. Je pense que Grace devrait avoir son mot à dire.

— Princesse, la dernière chose dont elle a besoin est de s'inquiéter pour cette histoire. La pauvre a déjà assez à faire.

— Je crois qu'il a raison, bébé, dit Craig en lui passant un bras autour des épaules.

Le téléphone de Ryan se mit à sonner et il crut d'abord qu'il s'agissait de son syndicat. Son cœur bondit lorsqu'il vit le nom de Grace s'afficher à l'écran.

— Hé, Doc, répondit-il en se rendant sur la terrasse. Quelle bonne surprise. Comment tu te sens ? Maddie m'a dit que tu étais rentrée chez toi cet après-midi.

— Salut, Ryan. Euh, je vais mieux. Je suis toujours fatiguée mais ma famille est aux petits soins.

C'est moi qui devrais être aux petits soins pour elle, merde.

— Je suis content de l'entendre.

Ryan mit un point d'honneur à ne pas lui poser de questions sur sa mémoire – Grace ne se gênerait pas pour lui annoncer un changement.

— Je n'ai pas eu l'occasion de te remercier pour m'avoir accompagnée dans l'ambulance. Ça me touche beaucoup. Je n'avais plus du tout peur avec ta main dans la mienne.

C'est bon signe, non ?

— Rien ni personne n'aurait pu m'arrêter, bébé.

Grace s'éclaircit la gorge.

— Je t'appelle parce que, euh, ma mère voulait savoir si tu avais quelque chose de prévu demain soir.

Ce serait le réveillon de Noël. Bien entendu, Ryan comptait le passer avec sa famille. Il savait également que Craig et Maddie avaient été invités chez les Ericson.

Donc, il mentit.

— Pas vraiment, non.

Sa mère allait lui tordre le coup – d'abord Thanksgiving, et maintenant le réveillon.

— Eh bien, dans ce cas, elle aimerait t'inviter à dîner avec nous.

Francine ? Mais qu'en était-il de Grace ?

Si Ryan ne pensait pas devoir la prendre avec des pincettes, il le lui demanderait directement. Enfin, le fait que ce soit Grace qui l'appelle comptait pour quelque chose, non ?

— Je serais honoré de passer le réveillon avec ta famille et *toi*.

Il s'assura de bien mettre l'accent sur ce dernier mot. Même si sa famille était charmante, elle n'était que secondaire à ses yeux.

— Le cocktail commence à seize heures trente, expliqua Grace. Mais il durera assez longtemps puisque ma mère veut absolument commencer le dîner à dix-huit heures pile. Donc, tu dois simplement venir avant. Enfin, tu peux venir quand tu veux, vraiment.

Grace commençait à divaguer — comme elle le faisait souvent quand elle était nerveuse, ce que Ryan trouvait adorable.

— Je serai là pour le début du cocktail, Doc.

— D'accord, euh, génial. À demain.

— J'ai hâte.

Il raccrocha et retourna à l'intérieur, où ses amis l'attendaient — même s'ils prétendaient le contraire. Ryan lâcha donc :

— Grace m'a invité à dîner demain. Qu'est-ce que je vais bien pouvoir lui offrir pour Noël ? Je ne peux pas lui donner le cadeau que j'avais choisi.

— Pourquoi pas ? Qu'est-ce que c'est ?

— Un négligé rouge en dentelle et un collier avec un diamant en forme de cœur.

— Pas mal, dit Craig en tendant le poing vers son ami.

Ryan tendit le sien à contrecœur.

— *C'était* pas mal quand elle se souvenait de nous. Maintenant, je peux oublier.

— En effet, concéda Maddie.

— Donc, qu'est-ce que je vais lui acheter ? Et merde, je dois aussi trouver quelque chose pour Frannie.

Maddie plissa les yeux.

— Comment est-ce que tu sais ça ?

— Je n'ai pas été élevé dans une grotte. Mon Dieu.

Sa remarque la fit rougir.

— C'est juste que la plupart des hommes n'y pensent pas... parce que... ce sont leurs femmes qui...

Ryan répliqua alors d'un air taquin :

— Ma petite Maddie, ma mère s'est assurée que j'étais capable de fréquenter la haute société, même si je n'avais pas une petite femme pour contenir mes instincts primaires.

La rousse leva un sourcil en le fusillant du regard malgré le sourire de Ryan.

— Tu fais bien le malin pour quelqu'un qui veut mon aide, dit-elle.

Son sourire s'estompa immédiatement.

— Je suis désolé ! Je m'excuse ! Tu as raison. J'ai besoin de ton aide. Je vais être gentil. Promis.

Elle lui tapota la joue.

— Voilà qui est mieux.

Puis Maddie sortit une bouteille de vin blanc du réfrigérateur, avant de l'ouvrir et de le verser dans un verre.

— J'ai quelques idées quant à ce que tu peux offrir à Grace et sa mère.

Chapitre Quarante-et-un

Grace

— Maman, je crois que tu en as trop fait, vraiment, déclara Ava en arrivant dans la demeure des Ericson vers midi, remarquant les femmes de ménage. Tes petits-enfants vont arriver comme une tornade et tout détruire.

— Comme ils le devraient, répondit Frannie depuis la table de la cuisine, ses lunettes de lecture sur le nez tandis qu'elle feuilletait des magazines.

Grace savait que ni Travis ni Ava ne laisseraient leurs enfants se comporter comme des sauvages – tout comme sa mère.

— Comment tu te sens, Gracie ? demanda Ava depuis l'îlot de cuisine avant de manger un reste de donut.

Grace se tenait en face de sa mère, les pieds levés – Frannie avait insisté.

— Je me sens comme si j'avais eu un accident de voiture il y a quatre jours.

— Tu as meilleure mine, c'est déjà bien.

Ava était restée avec elle durant sa deuxième nuit à l'hôpital, après s'être disputée avec Hope et Steven.

— Je suis née la deuxième, donc je prends la deuxième nuit, avait-elle dit. Vous pourrez revenir demain.

Maddie, comme toute meilleure amie, avait su rester à l'écart et était restée jusqu'à ce qu'une infirmière la mette dehors.

— Tu devrais aller t'allonger, déclara fermement sa mère d'un ton tout de même assez doux.

— Je suis un peu fatiguée, avoua Grace en se levant.

Et elle désirait être en pleine forme pour l'arrivée de Ryan.

Après sa sieste, elle se leva pour se regarder dans le miroir. Son visage s'améliorait de jour en jour, mais la pauvre avait toujours l'air de revenir d'un combat de MMA. Grace doutait que du mascara fasse l'affaire.

— Ce sera mieux que rien, j'imagine, marmonna-t-elle.

Elle prenait toujours des antidouleurs, ce qui rendait la douleur de sa cicatrice supportable. La médecine faisait vraiment des miracles.

Le traiteur et les employés de sa mère se démenaient lorsqu'elle descendit les escaliers, vêtue d'une robe en soie bleu marine que sa mère lui avait prêtée pour l'occasion. Le modèle était un peu trop large, ce qui permettait à ses bandages de respirer – sans pour autant compromettre son élégance. Il n'y aurait que les proches de la famille au dîner, mais Francine Ericson ne connaissait pas la demi-mesure, et les invités devaient venir sur leur trente-et-un.

— Tu es magnifique, ma chérie, déclara son père, vêtu d'un costume.

Grace se toucha doucement le visage et rit.

— Euh, je ne crois pas que *magnifique* soit le meilleur qualificatif.

Son père secoua solennellement la tête et vint lui prendre la main.

— Te voir ici, saine et sauve... rien ne saurait être plus beau. J'ai déjà reçu mon cadeau de Noël.

Des larmes lui montèrent aux yeux. *Mince, Papa, je viens de mettre mon mascara !*

Grace serra la main de son père dans la sienne.

— Je t'aime. Désolée de t'avoir fait peur.
— Ne le sois pas. Concentre-toi sur ton rétablissement.

On sonna à la porte à seize heures trente précises, et son estomac se noua. Travis ne sonnait jamais... il s'agissait peut-être de Ryan. Enfin, il serait le premier à arriver. Grace pensait qu'il viendrait un peu plus tard – puisqu'il avait sans doute travaillé dans la matinée. Néanmoins, l'espoir subsistait. Elle avait été impatiente de passer du temps avec lui pour travailler sur sa mémoire. Puisqu'ils étaient sortis ensemble, Grace était persuadée que ses sentiments étaient réciproques.

Elle fut donc incapable de réprimer son sourire lorsqu'elle le vit debout devant la porte, vêtu d'un costume noir immaculé et d'une cravate pourpre et portant un bouquet de roses rouges et de lys blancs dans la main.

— Salut, dit-elle d'un air timide en faisant un pas de côté. Entre, je t'en prie.

Ryan se pencha pour l'embrasser sur la joue qui n'avait pas de bleus.

— Tu es sublime.

— J'ai un miroir, tu sais. Pas besoin de mentir.

— Tu es dans un bien meilleur état que la dernière fois, Doc. Et je te trouve sublime, dans tous les cas.

Francine apparut.

— Ryan ! Je suis si contente de vous voir.

Alors que Ryan donnait les fleurs à sa mère, Grace eut un flash – il se tenait devant la piscine et lui avait apporté des roses. Grace lâcha un petit cri de surprise.

Ryan vint immédiatement lui toucher le coude tout en examinant son visage.

— Ça va ? demanda-t-il.

Peu certaine quant à ce qu'elle venait de voir, Grace hocha vaguement la tête.

— Mhmm, répondit-elle en souriant.

Il ne sembla pas convaincu.

On sonna à nouveau à la porte et sa mère indiqua le reste de la maison.

— Grace, ma chérie, et si tu emmenais Ryan dans la salle à manger pour lui offrir à boire et quelques hors d'œuvres ?

Ryan lui tendit un bras qu'elle prit volontiers. Son odeur était on ne peut plus sexy – et familière.

— Tu es très élégant, dit-elle. Je ne t'avais jamais vu en costume.

— Je l'ai dépoussiéré, répondit-il d'un air taquin, et son rire grave lui envoya des frissons dans le dos.

Ils s'arrêtèrent au bar que le traiteur avait monté et Grace saisit une serviette de table ainsi que les champignons farcis que lui tendait un des serveurs.

— Qu'est-ce qui te ferait plaisir ? demanda Ryan après avoir commandé un scotch avec des glaçons.

— Un Coca sans sucres, dit-elle avant de se couvrir la bouche pour mâcher. Je ne peux pas boire d'alcool avec mes médicaments.

— Un Coca sans sucres pour la demoiselle, déclara Ryan à la barmaid, qui lui faisait des yeux de biche.

Il ne lui accorda même pas un regard et reporta son attention sur Grace afin de lui donner sa boisson.

— Merci, murmura-t-elle alors qu'ils se dirigeaient lentement vers les chaises.

— Merci de m'avoir invité.

— Je suis contente que tu sois venu. Je crois que je te dois des excuses pour mon comportement à l'hôpital. Je, euh...

— Tu es pardonnée, interrompit Ryan.

— Ah, répondit Grace, bouche bée. Je croyais devoir ramper un peu plus.

Il haussa les épaules en souriant.

— Tu peux, si tu le souhaites. Mais ce n'est pas vraiment nécessaire. Tu venais de sortir d'un accident et d'une opération. Ta réaction était normale.

— Eh bien, merci, dit Grace avant de marquer une pause. Donc, j'imagine qu'on sortait ensemble ?

Ryan ricana.

— Je ne sais pas si on peut vraiment dire ça, puisque tu refusais qu'on nous voie en public. Seuls Craig et Maddie étaient au courant.

Sans souvenirs, Grace eut l'impression qu'il parlait de quelqu'un d'autre et ne put s'empêcher de penser : *Waouh, quelle connasse.*

— Et ça te convenait ? demanda-t-elle.

— Non, mais j'étais encore moins emballé par l'autre choix qui s'offrait à moi.

Ryan avait toujours eu le don de la faire frémir en un regard, comme s'il plongeait directement dans son âme. Cet instant ne faisait pas exception à la règle.

Elle se sentit rougir et baissa les yeux.

L'atmosphère était assez gênante entre eux, puisqu'ils ne savaient pas vraiment quoi se dire. L'amnésie de Grace provoquait un décalage assez important.

La dernière fois qu'une telle ambiance avait régné entre eux, ils se trouvaient dans la voiture de Ryan et ce dernier lui disait qu'il ne voulait pas être son ami. Voilà son dernier souvenir de lui – ce qui la rendait triste, puisqu'ils s'étaient si bien entendus auparavant.

Apparemment, ils s'étaient réconciliés pour passer à l'étape supérieure – et plus encore. Grace était simplement incapable de s'en souvenir.

****

Ryan

Craig et Maddie n'étaient pas encore arrivés – ils avaient dû travailler ce matin-là. Ryan se cachait toujours chez eux et essayait de se rendre aussi utile que possible. Il avait emmené Greta et Fritz en balade afin de les fatiguer avant de se préparer pour le dîner. Les chiens n'étaient pas vraiment des coureurs – contrairement à Tank – et avaient préféré marcher. Le golden retriever et son maître lui manquaient.

Tout comme Grace. Elle lui manquait plus que tout.

D'une certaine façon, son souhait avait été exaucé – ils passeraient Noël ensemble. En quelque sorte.

Mais il n'avait jamais voulu que la situation se déroule ainsi.

Ce purgatoire le tuait à petit feu. Avant le début de leur relation, une tension sexuelle avait toujours régné entre eux – et cette alchimie n'avait fait que gagner en puissance après Thanksgiving. Hélas, son amnésie le déboussolait. Ryan ne voulait pas réellement flirter avec elle, puisque Grace ne se souvenait que de leur échange avant la fête en l'honneur de Sloane. Ses avances seraient donc mal perçues. Il avait beau avoir des défauts, il avait toujours su respecter un rejet.

Ryan avait espéré qu'elle aurait recouvré la mémoire et que cette invitation signait le début d'une nouvelle étape dans leur couple. Mais ce n'était clairement pas le cas.

Cependant, la belle passa du temps avec lui et s'installa à ses côtés durant le dîner pour le présenter comme son *ami*.

Il souriait et faisait la conversation – qui tournait essentiellement autour de son métier, de ses contacts avec les Ericson, et de sa propre famille.

L'une des amies de Francine pencha la tête en apprenant qu'il était pompier.

— M. Mars, c'est bien ça ? Je vous ai vu dans...

Ryan l'interrompit immédiatement.

— Exact. Le calendrier est un projet très sympathique auquel je suis ravi de participer. Aidez-vous Frannie avec la Fondation des Blessés de Guerre ?

Fort heureusement, elle comprit que Ryan n'avait pas envie de parler de cet article calomnieux devant Grace et se laissa mener sur un autre sujet.

Au moins, Grace demeurait anonyme – pour le moment, du moins.

Maddie et Craig arrivèrent quelques minutes avant que le dîner ne soit servi et furent donc installés en bout de table. Ils vinrent les retrouver après le repas. Leurs amis apaisaient quelque peu l'atmosphère guindée qui régnait entre Grace et lui.

Ils retrouvèrent leurs conversations d'antan plusieurs fois. Puis les fiancés disparurent au bar et Ryan retrouva sa politesse.

La belle commençait à fatiguer, et il posa une main dans le creux de ses reins avant de murmurer :

— Tu devrais peut-être aller te coucher.

L'odeur familière de son shampoing ne manqua pas de lui parvenir.

Dieu qu'il avait besoin de la tirer contre lui à nouveau et de la tenir dans ses bras jusqu'au bout de la nuit.

Grace leva les yeux en souriant.

— Comment tu l'as su ?

— Je l'ai vu dans tes yeux.

Ryan la fixa du regard un moment tout en résistant à l'envie de l'embrasser.

— Viens, dit-il à la place, je vais te ramener dans la dépendance.

— Je dors dans la chambre d'amis, pour l'instant. Steven ne veut prendre aucun risque.

— Dans ce cas, je te raccompagne à ta chambre.

— Je dois souhaiter une bonne nuit à ma famille et à Craig et Maddie.

Ryan lui tendit le bras, tout comme il l'avait fait en arrivant, et Grace le prit volontiers. Ils trouvèrent facilement ses sœurs ainsi que Steven dans la pièce voisine, et ses parents étaient en pleine discussion avec Maddie et Craig.

— Je vais la ramener à sa chambre, dit-il à ses amis.

— Nous allons sans doute rentrer aussi, déclara Maddie. Mais on se voit à la maison ?

Il hocha la tête et Grace sembla confuse.

— Attends. Tu dors chez eux ?

— Oui, euh... commença Ryan d'un air nerveux en toussant dans sa main.

— Il nous aide avec les chiens, proposa rapidement Craig.

Des menteurs de génie, vraiment.

Francine plissa alors les yeux.

— Pourquoi auriez-vous besoin d'aide avec les chiens ?

— Eh bien, intervint Maddie, vous savez... nous travaillons beaucoup, avec les fêtes.

— Je croyais que tu t'occupais du chien de Sloane ? demanda Grace.

— En effet, répondit Ryan. Mais mon frère voulait l'avoir pour lui tout seul cette semaine, et un peu de compagnie canine me manquait, alors... Maddie m'a dit que je pouvais venir garder Greta et Fritz.

— Vous ne travaillez pas ? demanda Frannie d'un air sceptique.

— Je suis en congés pour le moment.

Il était évident qu'elle n'en croyait pas un mot, et Ryan se dépêcha de s'éloigner avec Grace. Ils traversèrent le hall et gravirent les marches d'un immense escalier en acajou avant de s'arrêter devant une porte blanche.

— Je t'ai acheté un cadeau, déclara Ryan en le sortant de la poche de sa veste.

— Oh, Ryan, répondit-elle avec des traits tirés. J'aurais préféré que tu t'abstiennes.

Son cœur se serra.

— Eh bien, tant pis.

Grace prit le paquet à contrecœur et lui adressa un sourire poli.

— Merci. C'était très attentionné de ta part.

— Tu ne vas pas l'ouvrir ?

— Si, bien sûr, répliqua-t-elle en riant nerveusement alors qu'elle ouvrait la porte. Viens.

Ryan prit le soin d'attendre dans l'embrasure de la porte jusqu'à ce qu'elle l'invite à s'approcher. La chambre était assez impersonnelle. Grace alla ensuite s'asseoir sur le lit et lui fit signe de la rejoindre.

— Assieds-toi, je t'en prie.

Il prit donc place à ses côtés tandis qu'elle déchirait l'emballage argenté du paquet jusqu'à découvrir le nom du bijoutier sur la longue boîte noire. Grace hésita longuement à l'ouvrir, sans doute effrayée face à ce qu'elle pourrait contenir.

Lorsqu'elle prit enfin son courage à deux mains, elle écarquilla les yeux en sortant un stylo Montblanc en argent de l'écrin en velours. Grace se tourna ensuite vers lui et murmura :

— C'est précisément ce que je voulais. Comment...

— On m'a aidé.

— Je l'adore.

Elle se mit alors à examiner le stylo de plus près et remarqua l'inscription gravée dans le métal : *Dr. Grace Ericson.*

Ryan avait voulu ajouter : *Toujours avec toi, Ryan* ; mais s'était ravisé à la dernière minute. La situation était beaucoup trop délicate et il voulait sincèrement que Grace apprécie son stylo, peu importe les circonstances.

— Je me sens coupable, déclara-t-elle. Je ne t'ai rien acheté.

Elle marqua une pause.

— Enfin, je ne m'en souviens pas.

— Je ne m'attendais pas à recevoir quoi que ce soit. Et si tu retrouves un cadeau pour moi, tu peux me le donner quand tu veux.

— Marché conclu, répondit Grace en souriant légèrement.

Un silence pour le moins gênant s'installa entre eux, jusqu'à ce Ryan dise :

— J'ai été vraiment ravi de te voir ce soir. Je suis content que tu ailles mieux.

— J'ai bien aimé te voir aussi.

Il ne lui demanda pas s'il la reverrait bientôt – le pauvre craignait sa réponse. Ainsi, Ryan se pencha et lui déposa un doux baiser sous l'oreille.

— Joyeux Noël, Doc, murmura-t-il avant de se lever lentement.

— Joyeux Noël.

Il partit sans un mot de plus, pas sûr de l'avenir qu'ils avaient ensemble.

Chapitre Quarante-deux

Grace

    Elle avait espéré que sa mémoire reviendrait d'un seul coup, comme dans les films. La venue de Ryan aurait pu constituer un élément déclencheur.

    Hélas, pas de chance pour elle. Seuls deux souvenirs lui étaient revenus à l'esprit – les roses près de la piscine, et le bonhomme de neige.

    L'alchimie qu'ils semblaient avoir partagée avait également disparu. Grace avait eu l'impression que Ryan s'était senti obligé de dîner chez elle.

Incroyable.

    Alors qu'elle ôtait la robe empruntée à sa mère pour enfiler sa chemise de nuit, elle fut plus que jamais convaincue que leur couple n'avait aucun avenir. Ses inquiétudes quant à la réaction de ses parents semblaient s'être résolues avec le temps – trois mois de sa vie dont elle ne se souvenait plus. Néanmoins, d'autres obstacles leur barraient maintenant la route. Il était temps d'admettre qu'ils n'étaient pas faits l'un pour l'autre.

    Pourtant, les larmes lui vinrent immédiatement aux yeux. Ryan était un homme formidable – et si beau. Jamais elle n'avait vu un type aussi élégant en costume. Soudain, Grace le vit torse nu, au bord d'une piscine. Son esprit n'eut aucun mal à lui redonner les détails des tatouages qu'il avait aux bras. Sans oublier son sourire inimitable qui laissait apparaître ses fossettes et ses dents parfaitement blanches. Des gens l'acclamaient autour d'eux.

    Oui, c'était le quatre juillet, chez Craig et Maddie.

Ils avaient passé une magnifique soirée ensemble.

Puis un autre souvenir lui revint. Ryan était toujours torse nu – décidément – mais portait cette fois son pantalon ignifugé ainsi que ses bretelles. Ce devait être lors du shooting du calendrier que Mme Butler avait mentionné plus tôt. Ryan était M. Mars, apparemment.

Grace se demanda alors si elle avait gardé le calendrier dans la dépendance – ou un quelconque objet qui pourrait stimuler sa mémoire. Après avoir avalé ses pilules avec la bouteille d'eau sur sa table de nuit, elle décida que cette mission pourrait attendre le lendemain matin. La pauvre était épuisée.

Hélas, elle évita de s'y rendre – trop effrayée à l'idée de trouver un merveilleux cadeau de sa part dont elle aurait tout oublié.

****

Ryan

La réponse de Grace le jour de Noël fut polie mais assez impersonnelle – comme si Ryan était son grand-oncle. Le vingt-sept, il avait les pouces près à pianoter sur l'écran de son téléphone alors qu'une petite voix dans sa tête lui disait : *Arrête. Elle ne veut pas te parler, tu te fais du mal.*

Même s'il ne voulait pas l'admettre, il était possible que Grace ne recouvre jamais la mémoire – ainsi, elle n'aurait aucune envie de passer du temps avec lui. L'inconfort de la belle avait été plus qu'évident lors du réveillon.

— Je dois rentrer à la maison, marmonna-t-il dans sa barbe alors qu'il déposait ses couverts dans le lave-vaisselle.

Fritz et Greta levèrent la tête, comme s'ils comprenaient son choix.

Ryan prépara donc ses affaires, mit sa literie dans le lave-linge et nettoya la salle de bain qu'il avait utilisée tout en attendant le retour de ses amis. Hors de question de partir sans leur dire au revoir.

Ce fut Maddie qui arriva la première.

— Hé, coloc' ! dit-elle en entrant, toujours vêtue de son uniforme.

— Comment c'était au boulot ?

— Je suis contente d'être enfin en weekend, répondit-elle en soupirant. Je vais aller prendre une douche.

Craig passa la porte un quart d'heure plus tard, le visage rongé par la détresse.

— Qu'est-ce qu'il y a ? demanda Ryan.

Son meilleur ami ignora sa question et répondit :

— Où est Maddie ?

— Sous la douche.

Craig hocha la tête, visiblement perdu dans ses pensées. Ryan alla lui chercher une bière dans le réfrigérateur.

— Ça va, mec ?

Son ami ouvrit la bouteille et jeta la capsule dans la poubelle.

— Non, déclara-t-il avant de boire une longue gorgée.

Ryan attendit qu'il termine pour lui fournir plus d'explications. Hélas, Craig lui dit simplement :

— Je veux attendre que Maddie revienne.

Pendant ce temps, Ryan alla mettre la literie fraîchement lavée dans le sèche-linge – chose que remarqua Maddie en entrant dans la cuisine.

— Tu nettoies tes couettes ?

— Oui, je rentre à la maison.

— J'en conclus que tu n'as pas lu les magazines aujourd'hui, répondit-elle en grimaçant.

Il baissa la tête et soupira, trop effrayé pour demander quoi que ce soit.

— Ils ont eu vent de l'enquête, expliqua Maddie. Heureusement, ils n'ont pas pu te retrouver, donc les seules photos dont ils disposent sont celles du calendrier et de l'accident. Ils ont donc mis celle de l'année dernière – la photo de groupe où tu tiens un chiot dans les bras.

— Qu'ils aillent se faire mettre, grommela-t-il avant de se tourner vers Craig. C'est ce que tu comptais nous annoncer ?

Son meilleur ami avait un air sinistre.

— Deux véhicules transportant des marines en provenance de Camp Pendleton ont été frappés par des mines en Afghanistan hier soir.

Le cœur de Ryan s'arrêta, tandis que Maddie devenait blanche comme un linge. Elle tomba sur un tabouret.

— Il y a déjà un décompte des victimes ? demanda Ryan.

Il dut s'asseoir près de Maddie tant les vertiges le prenaient.

— Rien de définitif pour le moment, répondit Craig en secouant la tête.

— Je crois qu'il ne nous reste plus qu'à prier, déclara doucement Maddie.

— Ouais, dit Craig en lui posant une main sur l'épaule.

Oh que non. Ryan allait se mettre minable.

— Tu as le numéro du type qui t'a loué le chalet au Mount Laguna ?

— Oui, bien sûr. Pourquoi ?
— Je crois que j'ai besoin de quitter San Diego.
— Foutaises, répliqua Craig. La dernière chose dont tu as besoin est d'être coincé là-bas tout seul. Pourquoi ne pas rester ici ?

Ryan secoua la tête.

— Je veux être seul et me bourrer la gueule, sans m'inquiéter des paparazzi à l'affût devant chez moi.
— Qu'ils viennent, et je leur mettrai moi-même les menottes.
— Ils s'en foutent, du moment qu'ils ont la photo qui leur fera écouler des tirages.
— J'ai une amie qui bosse comme manager au Paradise Point, proposa Maddie. Je suis certaine qu'elle te ferait un bon prix pour le weekend. Au moins, tu resterais en ville.

Ryan désirait à tout prix quitter San Diego – tel était le but de la manœuvre.

Lorsqu'il ne sauta pas sur l'offre de Maddie, Craig remarqua :

— Tu ne peux pas prendre le risque de te retrouver coincé si tes supérieurs te convoquent lundi.

Il marquait un point. Puisque Ryan n'était techniquement pas en vacances mais plutôt en congés forcés, il se devait d'être disponible.

— D'ailleurs, et si on avait des nouvelles de Sloane ?

Tandis qu'il aurait bien fait un doigt d'honneur à l'enquête, Ryan ne pouvait se permettre d'en faire de même avec Sloane.

— Ouais, tu as raison.

Maddie avait les yeux rivés sur son téléphone.

— Mon amie me dit que tu peux y aller quand tu veux. La réservation est à mon nom.

Il lui sourit tout en secouant la tête face à une telle impulsivité. Tout de même, il lui était reconnaissant.

— Merci.

— Prends ma voiture, insista-t-elle. J'ai toujours celle qu'on a louée.

— Dites-moi si vous avez du nouveau sur les marines, dit Ryan avant de partir.

Ou sur Grace. Hélas, il n'osa pas prononcer son nom.

**

Lorsqu'il n'était pas assis au bord de la plage privatisée de l'hôtel à contempler les dauphins, Ryan passa la majeure partie du weekend dans sa chambre, complètement ivre. Il n'y avait pas de room service, mais Uber Eats faisait très bien l'affaire pour se remplir la panse comme un étudiant découvrant les joies de l'argent et des livraisons à domicile.

Il avait tenté de regarder un porno la première nuit, mais la déprime avait été telle qu'il s'était contenté de boire jusqu'à s'évanouir.

Bien qu'il ne se souvienne pas d'avoir envoyé de messages à quiconque, Ryan jeta à un œil à son téléphone dimanche après-midi tandis que l'aspirine faisait effet.

Il avait commencé par Craig – une déclaration d'amour virile assez commune dans un état d'ébriété si avancé.

Son meilleur ami lui avait d'ailleurs intimé de *ne pas* contacter Grace. Ryan n'avait pas dû lire cette partie, puisque ses autres messages le firent grimacer de gêne.

****

Grace

Elle était allée au lit assez tôt samedi soir, frustrée, déprimée et confuse. Frustrée car seul des bribes des trois derniers mois voulaient bien lui revenir en tête – mais rien de concret. Déprimée car un vide se creusait un peu plus chaque jour dans son âme. Enfin, confuse car elle n'avait aucune idée de quoi faire concernant Ryan.

Son téléphone vibra donc. *Quand on parle du loup.*

Ryan : Putain, tu me manques, Doc.

Grace hésita. Devait-elle répondre ? Elle avait jeté un œil à leurs conversations avant l'accident, et ils avaient formé un couple – c'était évident. Pourtant, elle avait le sentiment que lui répondre ne ferait que lui donner de faux espoirs.

Tout de même, elle ne put résister à la tentation.

Grace : Je suis désolée. J'aimerais beaucoup me souvenir des moments que nous avons passés ensemble. On dirait que nous étions heureux.

Ryan : On était les plus heureux du monde, putain. On était amoureux. J'allais t'épouser, Grace.

Waouh.

Rien dans leurs précédents messages n'indiquait un mariage. Jamais Grace n'y aurait même pensé. Pas vrai ?

22h57, Ryan : Toutes les nuits ta chaleur me manque.

Elle ferma les yeux alors que les premières larmes arrivèrent. Comment pouvait-elle l'avoir oublié ? Après en avoir rêvé tout l'été – et surtout après l'avoir vécu ? Que la vie était cruelle.

23h00, Grace : Je ne sais pas quoi te dire, à part que je suis désolée. Mon amnésie n'est pas juste du tout pour toi.

23h02, Ryan : L'odeur de tes cheveux me manque.

23h03, Ryan : Ta peau nue et douce me manque.

Ce dernier message lui donna des papillons dans le ventre. Le suivant, en revanche, lui réchauffa le bas-ventre. Comment répondre ?

23h05, Ryan : Ça me manque d'avoir la tête coincée entre tes cuisses.

Il ne lui fallut pas longtemps pour comprendre qu'il était ivre – chose que Ryan confirma dans le message suivant.

23h08, Ryan : Si j'étais pas complètement bourré, je viendrais chez toi pour te rafraîchir la mémoire.

23h11, Ryan : Je pourrais prendre un Uber.

Cela la poussa à répondre.

23h12, Grace : Je ne crois pas que ce soit une bonne idée.

Néanmoins, une minuscule partie d'elle voulait que Ryan la rejoigne. Enfin, pourrait-il entrer dans un tel état sans réveiller toute la famille ?

Savoir qu'il s'était faufilé dans la dépendance pour lui faire l'amour toute la nuit à de multiples reprises sans pouvoir s'en souvenir était la plus cruelle des farces.

23h14, Ryan : Pas besoin d'en dire plus, Doc. J'suis plus malin que j'en ai l'air. Je te dérangerai plus, promis.

Non !

Ce fut sa réaction initiale, et elle l'écrivit dans un premier temps – avant d'effacer et de réécrire le mot une dizaine de fois. Peut-être était-ce pour le mieux.

Dans ce cas, pourquoi avait-elle passé le reste de la nuit à pleurer ?

Chapitre Quarante-trois

Grace

Elle ne put se résoudre à sortir du lit dimanche et dit à sa famille qu'elle ne se sentait pas bien.

Fort heureusement, ils la laissèrent tranquille et se contentèrent de lui apporter ses pilules ainsi que ses repas.

Steven était retourné à contrecœur au Massachusetts la veille – seulement après que Grace l'avait rassuré quant à son état. Elle lui avait promis de faire en sorte que son docteur lui transmette ses rapports.

Enfin, elle ne comptait tenir cette promesse que si elle avait l'impression de recevoir une expertise plus que douteuse – ce qui n'avait pas été le cas jusqu'alors. Bien au contraire, en réalité. Son frère avait sans doute *motivé* le personnel de l'hôpital à bien s'occuper d'elle.

Grace aimait beaucoup cet aspect de lui. Un grand frère protecteur lui avait souvent manqué durant son enfance.

Ryan lui faisait souvent cet effet lorsqu'ils se voyaient. Elle avait le sentiment de toujours pouvoir compter sur lui.

Avec un peu de recul, elle aurait dû répondre à Ryan, afin de lui dire qu'elle ne voulait pas qu'il abandonne, mais simplement qu'il se montre patient. Enfin, son état ne lui aurait sans doute pas permis de comprendre.

****

Ryan

Alors qu'il discutait avec l'amie de Maddie à la réception dimanche après-midi, cette dernière lui proposa un tarif plus que réduit s'il restait une journée de plus. Évidemment, Ryan décida de repousser son départ à lundi. L'hôtel se situait sur la baie et n'était donc pas très adapté pour le surf, mais les clients avaient des vélos à disposition. Il en prendrait donc un pour se rendre sur une plage plus propice et louer une planche.

Son foie le remercierait de renoncer à l'alcool, au moins pour un après-midi. D'ailleurs, les vagues l'avaient toujours aidé à se recentrer – et Dieu savait qu'il avait besoin de paix intérieure.

Craig l'avait informé que Sloane faisait partie des survivants de l'attaque, mais qu'il était blessé – la gravité des blessures étant encore à déterminer. D'après ce que Ryan avait compris, Sloane était soigné dans un hôpital en Allemagne jusqu'à ce qu'il soit en état de prendre l'avion pour revenir aux États-Unis. Même de retour sur le sol américain, il ne reviendrait pas à San Diego tout de suite.

Voilà la lueur espoir qui éclairait sa vie pour le moins merdique en ce moment. Son ami était vivant et Ryan remerciait le ciel. Peu importe ce que Sloane devrait surmonter pour se rétablir, il avait tout une tribu pour lui prêter main forte à chaque étape.

Ryan s'apprêtait à quitter sa chambre lundi matin lorsqu'il reçut un appel de Daniel.

— Est-ce que tu peux venir au centre-ville vers une heure ? Le conseil municipal souhaiterait s'entretenir avec toi.

Il jeta un œil à sa montre. S'il se dépêchait, il pourrait faire un peu de surf – ce qui l'aiderait à garder la tête froide durant l'entretien.

— Oui, répondit-il, mais je dois m'assurer que Ramon Batista, mon représentant syndical, puisse m'accompagner.
— Où ça, exactement ?
— À l'hôtel de ville. Salle de conférence A.
— Je vous appelle s'il ne peut pas venir. Sinon, on sera là-bas à une heure.

Ryan raccrocha, mais il n'eut même pas le temps de composer le numéro de Ramon avant que son téléphone vibre.

Ramon : Les enquêteurs veulent te voir aujourd'hui à 13h. Ils auraient dû nous donner plus de temps donc fais-moi savoir si tu veux que je reporte.

Ryan : J'y serai.

Mais d'abord, il devait surfer quelques rouleaux.

**

Fort heureusement, le costume noir qu'il avait porté chez les Ericson n'avait pas bougé de son placard chez Craig et Maddie. Ryan avait donc pu éviter de passer chez lui.

Il était quelque peu en retard, mais les dieux du parking devaient être de son côté puisqu'il trouva une place non loin de l'hôtel de ville. Ses jambes peinaient un peu plus à le porter à chaque pas.

Bien entendu, les paparazzi l'attendaient et prirent des photos de lui alors qu'il gravissait les marches du perron. Il lui fallut user de toute sa volonté afin de ne pas se ruer sur eux pour éclater les appareils contre le sol. Ces vautours auraient adoré le scandale. Une fois arrivé à l'intérieur et passés les portiques de sécurité, Ryan alla se tenir près d'un ascenseur et chercha le panneau qui indiquait où se trouvait la salle de conférence A. Ce fut alors que Francine Ericson sortit d'un autre ascenseur, vêtue d'un tailleur Chanel violet et noir – qui allait parfaitement avec ses talons et son sac à main hors de prix.

— Frannie ?

Elle se retourna en entendant son nom et sourit.

— Bonjour, Ryan.

— Bonjour. Que... que faites-vous ici ?

— Je rends une petite visite à deux membres du conseil. Messieurs Grijalva et Zinkin.

Il plissa les yeux tout en lui jetant un regard suspicieux.

— En quel honneur, si ce n'est pas indiscret ?

— Eh bien, en toute franchise, Ryan Kennedy, il s'agit d'une affaire dont *vous* auriez dû me parler. Je ne suis pas très enjouée à l'idée d'être laissée pour compte. Si nous allons entretenir une quelconque relation à l'avenir – et, pour votre information, mon cher, je l'espère fortement – vous devriez sans doute ne jamais l'oublier.

— Je ne voulais pas que Grace soit mêlée à tout ça.

Francine l'observa un moment, une lueur bienveillante dans les yeux.

— Vous tenez vraiment à elle.

— En effet.

— Et vous étiez prêt à être rétrogradé pour la protéger ?

— À me faire virer, même.

Elle lui caressa le bras.

— Je ne crois pas que vous aurez à vous en inquiéter.

Si seulement cela ne tenait qu'à Frannie.

— Malheureusement, répondit Ryan, le conseil ne partagera peut-être pas votre avis.

Un sourire apparut sur les lèvres de Francine – il n'était pas réellement sincère, mais seulement poli. Ryan était ravi d'enfin apprendre à décoder ses humeurs.

— J'ai été ravie de vous voir, Ryan. S'il vous arrive quelque chose, n'oubliez pas de m'en parler.

— Oui, madame.

Elle s'éloigna alors, avant de s'arrêter pour le regarder.

— Et donnez-moi de vos nouvelles, dorénavant.

— Oui, madame, répéta-t-il en souriant.

Ce fut avec un clin d'œil que Francine disparut avec grâce dans le couloir, tandis que le bruit de ses talons retentissait sur les murs beiges du bâtiment.

Ryan la regarda simplement en se demandant ce qui venait de se passer. Francine avait un très grand pouvoir au sein de l'élite de San Diego. Si l'on en croyait les rumeurs, elle savait tout, sur tout le monde. Jamais un événement ne se déroulait dans la ville sans qu'elle n'y prenne part, d'une façon ou d'une autre.

Il appuya sur un bouton afin d'appeler l'ascenseur et attendit avant d'entrer à l'intérieur pour se diriger vers le troisième étage.

Voilà l'occasion parfaite pour Francine Ericson de démontrer toute l'étendue de son pouvoir.

Chapitre Quarante-quatre

Ryan

Il arriva devant la salle de conférence et vit son représentant syndical, un attaché-case en cuir marron à la main.

— Hé, Ryan. Prêt ?

— Oui, répondit-il après une profonde inspiration.

Ramon ouvrit donc la porte et lui fit signe d'entrer. Les membres du conseil se tenaient autour d'une table et étaient plongés dans une conversation effrénée. Ils jetèrent un regard en direction des deux arrivants et ne s'interrompirent que lorsque Ryan et Ramon s'installèrent.

— M. Kennedy, commença un homme potelé au crâne dégarni qu'il essayait de cacher avec quelques mèches.

Il était vêtu d'un costume gris clair ainsi que d'une cravate rayée bleu et blanc qui tenait à peine autour de son cou. Son apparence tout entière hurlait : *fonctionnaire de la première heure*.

— Nous vous remercions d'être venu.

Ryan voulait rétorquer : *comme si j'avais eu le choix* ; mais dut rester courtois.

— Je vous en prie.

— De nouveaux éléments nous ont été apportés, et je suis heureux de vous informer que l'enquête n'a désormais plus cours.

Ryan lança un regard à Ramon. Il devait y avoir une entourloupe, non ?

— Que cela signifie-t-il, exactement ? demanda Ramon. Sera-t-il fait mention d'une disculpation complète dans le dossier de M. Kennedy ?

Un autre homme, qui portait des lunettes ainsi qu'un polo blanc, prit la parole.

— Nulle mention de cette enquête n'apparaîtra dans son dossier. Comme s'il ne s'était jamais rien produit.

Ryan était désormais convaincu d'une chose : si vous vouliez faire quoi que ce soit dans cette ville, il fallait recourir à Francine Ericson. Et elle s'était battue pour *lui*.

— Vous êtes donc libre de reprendre le travail quand bon vous semble, reprit l'homme aux lunettes. Mais vos congés payés se terminent aujourd'hui.

— La ville, ainsi que la brigade des sapeurs-pompiers, feront publier une déclaration qui ne laissera aucun doute quant à votre innocence, ajouta le fonctionnaire.

Tant mieux. Qu'ils se la mettent bien profond, ces scribouillards de merde. Avec un peu de chance, les paparazzi le laisseraient tranquille et il pourrait travailler à nouveau.

Ryan se leva donc. Il ne comptait pas remercier les enfoirés qui avaient voulu lui causer du tort, mais les règles de bienséance ne l'autorisaient pas à partir sans un mot.

— Messieurs, dit-il en hochant la tête.

— Merci d'être venus, M. Kennedy et M. Batista. Nous vous présentons toutes nos excuses pour la perte de temps que cette enquête a causée.

Si Ryan avait passé du temps avec Grace, cela ne l'aurait pas dérangé du tout. Il aurait même posé des congés pour s'occuper d'elle. Hélas, il n'avait fait que se cacher tout en se battant contre le chagrin.

Alors que l'ascenseur descendait, il se demanda ce qui avait poussé Francine à se battre pour lui. D'une part, il devait s'agir d'honnêteté – Ryan n'avait rien fait de mal et devait être défendu. Mais d'un autre côté, il espérait – un peu – qu'il s'agisse d'autre chose. Grace avait-elle joué un rôle dans cette décision ?

Ce qui signifierait qu'elle était au courant des ragots qui circulaient à son sujet – et il ne le désirait pas du tout. La pauvre n'avait pas besoin d'ajouter du stress à son état.

— Dans combien de temps la déclaration sera publiée, à ton avis ? demanda-t-il à Ramon.

— Je parie qu'on la verra avant la fin de la journée.

— Tant mieux. Je veux retrouver mon travail, ma maison et mon chien.

Bon, le chien était techniquement celui d'un ami – qu'il espérait revoir très bientôt.

**

Il s'installa à la table de Craig et Maddie afin de leur raconter toute l'histoire – et surtout l'apparition de Frannie à l'hôtel de ville.

— Personne de sensé ne dirait *non* à Francine Ericson, déclara Craig en ricanant.

— Est-ce que Grace est au courant ? demanda Ryan.

Maddie secoua la tête.

— Je ne crois pas. Enfin, elle ne me l'a pas dit. Frannie nous a coincés quand tu l'as raccompagnée dans sa chambre, et je crois que l'une de ses amies a dit qu'elle croyait t'avoir vu dans un magazine.

— Eh bien, j'espère que ça ne changera pas. Et je dois une bonne bouteille à Frannie.

— C'est une grande fan de Pinot noir, révéla Maddie.

— Putain, je suis content d'en avoir terminé avec ces conneries. Je peux enfin rentrer à la maison et vous laisser tranquille.

— Comme si tu nous avais agacés, répondit Maddie.

— Ouais, c'était super de t'avoir pour les chiens, concéda Craig.

— Vous pourriez engager un promeneur, vous savez.

— Ouais mais non. Je ne veux pas qu'un inconnu vienne chez moi en mon absence. C'est d'ailleurs pour ça que nous n'avons pas de femme de ménage.

Maddie leva les yeux au ciel.

— Et c'est géééénial, dit-elle. On en aurait bien besoin, avec tous ces poils de chien partout dans la maison.

— Hé, j'ai craqué pour un robot aspirateur. Qu'est-ce qu'il te faut de plus ?

— Une femme de ménage ! répliqua Maddie en riant.

Son fiancé secoua la tête.

— Pas besoin. On est propres.

Ryan était quant à lui persuadé qu'une femme de ménage s'occuperait de leur maison avant la fin du mois de janvier. Craig avait beaucoup de mal à refuser quoi que ce soit à Maddie.

— Eh bien, dit-il, je vous suis très reconnaissant de m'avoir hébergé. Vous pensez que je peux rentrer ce soir ? Je ne sais pas si la ville a déjà publié la déclaration, mais je me doute que ça va faire du bruit.

Maddie jeta un œil à son téléphone et grogna :

— Oh, putain.
— Quoi ? demandèrent Craig et Ryan à l'unisson.
Elle leur montra l'écran.
— Je ne crois pas que tu puisses rentrer ce soir.

Chapitre Quarante-cinq

Ryan

— Putain, je dois rêver, marmonna-t-il en contemplant l'article à l'écran.

M. Mars, 'Innocent'.

L'enquête tombe à l'eau !

Il y avait une photo de lui devant l'hôtel de ville, vêtu de son costume noir et de ses lunettes d'aviateur, le visage grave.

— Eh bien, tu es beau gosse, au moins, songea Maddie en regardant son téléphone.

— Ouais, c'est vrai que c'est le plus important, répliqua Craig avec sarcasme.

— Il est élégant, c'est tout. Tu sais qu'on a davantage tendance à pardonner les gens quand ils sont beaux.

— Je n'ai besoin du pardon de personne, rétorqua Ryan. Qu'est-ce que ça peut leur foutre, à tous, que je fasse ci ou ça ?

— Bienvenue dans le monde de Gracie, dit Maddie. Elle avait vingt ans.

Naviguer dans cet océan de conneries était déjà éprouvant à trente-six ans – Ryan doutait fortement qu'il en aurait été capable seize ans plus tôt.

— Je comprends maintenant ses réticences.

— Ouais, mais ce n'était qu'au début, répondit Maddie. Elle se rend maintenant compte que de l'eau a coulé sous les ponts et...

— Elle *s'était* rendu compte, corrigea Ryan. Puis elle a perdu la mémoire.

— Ça reviendra. Sois patient.

— Qu'est-ce que je peux faire d'autre ?

— Tu pourrais tourner la page et sortir avec d'autres femmes, remarqua Craig.

Maddie jeta un regard noir à son fiancé.

— Tu ne nous aides pas.

— Quoi ? demanda-t-il en levant les mains. Il a posé une question et je lui réponds...

— C'était une question rhétorique, expliqua Maddie à travers des dents serrées.

— Les amis ! s'exclama Ryan en claquant des doigts. Concentrez-vous. Qu'est-ce que je dois faire ?

— Honnêtement ? répondit Maddie. Rien. La ville sait désormais que tu n'as rien fait, donc pas de souci pour ton travail. Ils vont maintenant dire des conneries en espérant que tu répondes.

— Oui mais, comme Daniel me l'a fait remarquer, ce sont les apparences qui comptent. Si le public veut ma tête, on finira par la leur servir sur un putain de plateau.

Maddie secoua la tête.

— Ne fais pas de folie qui pourrait les satisfaire. Tu vas les avoir à l'usure. Ils finiront par se lasser.

— Ouais, mais après combien de mensonges sur moi ?

**

Il s'allongea dans la chambre d'amis de Craig et Maddie, alors que l'odeur de l'adoucissant avec lequel il avait lavé la literie lui envahissait les narines. Son regard était perdu au plafond.

Cette soirée serait la dernière de l'année. Deux semaines plus tôt, il s'était imaginé la passer avec Grace. Si la belle refusait de l'accompagner à une fête, il avait espéré lui faire l'amour pendant le grand décompte. Et pourtant, le voilà, seul, à se cacher chez ses amis tout en gâchant leur réveillon à force de tenir la chandelle.

Ryan donnerait tout pour rentrer chez lui, dormir dans son lit, et enfiler de nouveaux vêtements.

En revanche, il n'avait pas hâte de nettoyer son réfrigérateur – même si ce dernier devait être presque vide. Il avait été trop occupé par son travail pour le remplir.

Comment sa vie avait-elle pu basculer à ce point ?

D'abord l'accident, puis les ragots.

Peut-être aurait-il dû mettre son égo de côté et accepter les réticences de Grace, au lieu de se noyer dans le travail. Elle serait sans doute dans son lit à cette heure-ci. Merde, ils auraient même pu se réveiller ensemble tous les matins pour ensuite acheter leurs cadeaux de Noël – s'il avait pu la convaincre de sortir avec lui en public.

Mais non, il était seul dans une chambre d'amis.

Fritz et Greta refusaient même de dormir avec lui. Les boules de poils montraient une loyauté sans faille envers Craig et refusaient de quitter sa chambre une fois la nuit tombée.

Soudain, son téléphone se mit à vibrer. Plusieurs fois. Cela lui rappela l'époque où Lauren le harcelait presque lorsqu'il ne lui répondait pas tout de suite.

Lorsqu'il saisit enfin l'appareil sur la table de nuit, il vit huit messages, tous différents. La majeure partie venaient de son équipe, mais d'autres étaient en provenance d'hommes d'autres casernes.

De plus en plus de messages arrivaient pour le féliciter.

Qu'est-ce que c'est que ce bordel ?

Enfin, un des messages comportait un lien menant au site de la brigade de San Diego, et il cliqua dessus.

Il y avait une photo de Grace et lui, devant le chalet. Ryan l'avait prise lorsqu'ils réalisaient le bonhomme de neige. Leurs joues étaient rouges mais ils avaient le sourire aux lèvres.

La douce époque où nous étions heureux.

Sous la photo se trouvait une grande déclaration, en provenance du chef de la brigade.

L'introduction était un récapitulatif de l'accident dans lequel Grace avait été impliquée. Il y était fait mention du nombre de véhicules détruits et du nombre de blessés. L'accident avait apparemment été causé par un téléphone au volant. Puis, Pete nomma Ryan et Grace.

Ryan se sentit pâlir tout en lisant et relisant l'article, sans que les mots ne lui arrivent au cerveau.

Comment sa propre brigade pouvait-elle le trahir de la sorte ? Et qui avait réussi à obtenir cette photo de Grace et lui ?

Le capitaine Kennedy, qui venait de finir son service, était en route pour rentrer chez lui lorsqu'il tomba nez à nez avec l'accident, où d'autres personnes s'occupaient des blessés. N'écoutant que son devoir, le capitaine s'arrêta pour proposer de l'aide à son unité, et ce fut alors qu'il remarqua la voiture de sa petite amie, bonne pour la casse. Il partit donc à sa recherche, et la trouva devant une ambulance. La photo qui fait depuis le tour des magazines fut prise à cet instant.

L'étreinte du capitaine Kennedy n'eut aucun impact négatif sur l'état de Mlle Ericson. La brigade de San Diego s'accorde à dire que la réaction du capitaine aurait pu être celle de n'importe quel pompier dans de pareilles circonstances. En plus du fait qu'il n'était pas de service lors des faits, une enquête interne a déterminé que le capitaine n'a rien fait de mal, malgré les nombreux articles calomnieux à ce sujet.

Nous nous tenons donc tous derrière le capitaine Kennedy et sommes ravis d'annoncer le prompt rétablissement de Mlle Ericson, qui profite actuellement du soin et de l'attention de ses proches. Aucune autre déclaration ne sera faite à l'avenir concernant cet incident.

Sincèrement,
Chef Pete Tees.

En moins d'un quart d'heure, Ryan se prépara et franchit la porte.

****

Grace

Il n'était que huit heures lorsqu'elle termina son petit-déjeuner en compagnie de ses parents et de sa sœur Hope. On sonna ensuite à la porte.

— À cette heure-ci ? demanda Frannie. Mais qui cela peut-il bien être ?

Grace avait la nette impression que sa mère le savait déjà – tout comme elle.

Hope se leva donc pour ouvrir la porte et revint quelques instants plus tard avec Ryan, qui se passait une main dans les cheveux – une habitude lorsqu'il était contrarié.

— Bonjour à tous, dit-il en hochant solennellement la tête. Pardon de vous interrompre en plein petit-déjeuner.

— Mais pas du tout, répondit sa mère en se levant pour se diriger vers la cuisine. Puis-je vous préparer quelque chose ? Une omelette ? Des pancakes ?

Ryan jeta un regard nerveux en direction de Frannie, puis du reste de la famille.

— Je, euh, j'en déduis que vous n'avez pas vu la nouvelle.

— La déclaration de Pete ? demanda son père avant de boire une gorgée de café.

Ryan se montra confus.

— Oui. Je vous jure que je n'ai rien à voir là-dedans.

Puis il se tourna vers Grace.

— Je ne les laisserais jamais écrire ton nom, Doc.

— Asseyez-vous, proposa Robert en indiquant la chaise vide près de Grace.

Elle lui fit de la place, et l'homme qui avait été son petit ami s'installa prudemment.

— Donc, vous avez vu l'article ? demanda-t-il.

— Je l'ai vu ce matin, avoua doucement Grace.

— Et ça ne te dérange pas ?

— Bien sûr que non, répondit Frannie en lui versant un café. Comment croyez-vous qu'ils ont obtenu la photo ? Que puis-je vous préparer, mon cher ?

Le pauvre. Il ne savait pas du tout sur quel pied danser. *Bienvenue chez les Ericson.*

— Maman a vu l'article que tu as sans doute vu hier et a décidé que le meilleur moyen de contre-attaquer était d'y aller de face.

— Il fallait reprendre le contrôle face à ces empaffés, ajouta Frannie depuis le fourneau, où elle préparait les pancakes que Ryan n'avait pas demandés. J'ai donc passé un coup de fil à Pete en lui expliquant qu'il devait publier un communiqué de presse et tuer le scandale dans l'œuf, comme il aurait dû le faire il y a dix jours.

Elle lança ensuite un regard sévère à Ryan.

— Bien entendu, si j'avais été mise au courant plus tôt, j'aurais pu vous éviter cette enquête.

— Mon beau-frère a également contacté le magazine, en leur suggérant fortement d'arrêter les insinuations à ton encontre s'ils désiraient éviter un procès, expliqua Grace en finissant son bacon.

— Tu n'as pas l'air très contrariée, je n'en reviens pas, murmura Ryan.

— Je suis contrariée par ce que tu as traversé. Et tout seul, en plus. Tu aurais dû m'en parler.

Il jeta un regard en direction de son père et de sa sœur, avant de s'approcher d'elle pour poser ses mains sur les siennes.

— Je ne voulais pas t'embarquer là-dedans encore une fois. J'ai compris ce que tu as vécu.

Grace examina son beau visage un moment. Il était vraiment un homme formidable et il était amoureux d'elle – enfin, il le semblait –, et elle savait en son for intérieur qu'elle tenait à lui. Nul besoin de sa mémoire pour le lui dire.

— Tu avais prévu quelque chose pour ce soir ? demanda-t-elle en souriant légèrement.

Ryan lui rendit son sourire en secouant la tête.

— Rien du tout.

— Ça te dirait de changer ça ?

Il la regarda droit dans les yeux et murmura :

— Oh que oui.

Chapitre Quarante-six

Ryan

Il décida de retourner chez lui pour la bonne et simple raison qu'il avait grand besoin d'enfiler de nouveaux vêtements. Puisqu'il ne voulait pas que les paparazzi découvrent le tour de passe-passe que Maddie avait mis au point en lui prêtant sa voiture, Ryan se rendit chez Craig pour sortir l'Audi du garage. La Camry avait été parfaitement adéquate, mais rien ne valait sa voiture. Il passa tendrement les mains le long des coutures du cuir qui enveloppait le volant en réalisant à quel point elle lui avait manqué.

Donc, Ryan avait regagné le droit de travailler, obtenu un rencard dans la soirée avec Grace, et récupéré sa voiture. La journée était bonne – même si le début avait été plus que mouvementé, et qu'il restait encore plusieurs heures pour que tout dégénère.

Il refusait désormais de considérer quoi que ce soit comme acquis.

Personne ne semblait attendre près de sa maison, ce qui était bon signe. Ses voisins l'avaient sans doute maudit à chaque seconde pour tout le tapage que les paparazzi avaient dû causer. En toute franchise, il ne leur en voudrait même pas. Ryan trouverait un moyen de se faire pardonner.

L'année prochaine.

Pour le moment, il avait de plus gros problèmes – comme ce qu'il ferait avec Grace dans la soirée. Elle lui avait indiqué qu'elle ne souhaitait pas sortir en raison de son visage encore gonflé, mais qu'il avait cependant carte blanche pour quoi que ce soit d'autre.

— Je m'en occupe, avait-il promis comme un imbécile.

En effet, Ryan n'avait aucune idée de ce qu'ils pourraient faire ensemble. Si la belle n'avait pas perdu la mémoire, le programme aurait été évident : un dîner aux chandelles à la maison, peut-être un peu de danse dans le salon, puis ils feraient l'amour toute la nuit – ou bien ils baiseraient comme des bêtes. Les deux, sans doute.

Mais maintenant ?

— Ah, ne me dis pas ça, avait répondu Maddie lorsqu'il lui avait demandé conseil en venant chercher ses clés de voiture. Comme si tu n'avais jamais eu de rencard de ta vie.

— Oui, mais son but a toujours été de les attirer dans son lit, avait ajouté Craig en riant.

Ryan avait haussé les épaules. Son ami n'avait pas vraiment tort. La rousse avait ensuite levé les yeux au ciel.

— Ah là là. Fais ce que tu ferais en temps normal, sans essayer de coucher avec elle.

— Comme ce que tu faisais avant Thanksgiving, avait dit son meilleur ami.

— Oui, mais nous n'avions jamais eu un vrai rencard avant ça. On traînait avec vous et on se draguait.

Qui ne tente rien n'a rien.

Craig ne s'était pas laissé berner.

— Désolé, mec, mais je sors avec ma fiancée ce soir. J'ai gardé ces tickets suffisamment longtemps. Tu vas devoir te débrouiller tout seul.

Maddie avait alors soupiré d'un air exaspéré.

— Fais-toi livrer du chinois de chez Golden Dragon. Elle adore ça. Je ferais vite si j'étais toi, parce qu'ils vont être débordés ce soir. Netflix dispose d'un bon catalogue ces temps-ci, donc vous pourrez trouver quelque chose de sympa à regarder. Ou jouez à des jeux de société. Gracie adore, surtout le Trivial Pursuit.

Son visage avait dû révéler son inquiétude, puisque Maddie avait ajouté très lentement :
— Ça va aller.
— Je ne veux pas merder, c'est tout. J'ai un peu l'impression d'avoir une deuxième chance, tu vois ?
— Ryan, Grace n'a pas changé. Bien sûr, elle ne se souvient pas de grand-chose concernant ces trois derniers mois, mais tu n'as pas affaire à une inconnue. Ses préférences sont toujours les mêmes, tout comme son sens de l'humour. Tu la connais.
— Ouais, c'est vrai. Tu marques un point.

Néanmoins, sa nervosité ne s'était toujours pas estompée lorsqu'il passa la prendre dans la soirée.

****

Grace

Elle observa Ryan remonter l'allée jusqu'à la porte d'entrée, plus sexy que jamais dans son jean délavé et son pull brun clair. Avant même qu'il ne puisse sonner, Grace lui ouvrait déjà la porte. Elle eut envie de se gifler – pourquoi ne pas ramper à ses pieds, aussi ?
— Salut, dit-elle avec entrain. Tu es très beau.
— Oui, mais impossible de faire mieux que toi, Doc, répondit Ryan avant de l'embrasser sur la joue.

Grace avait usé de son fond de teint pour dissimuler les bleus encore tenaces qu'elle avait sur le visage. Les gonflements s'étaient presque tous dissipés, et elle fut touchée par le compliment.

Après avoir décidé de rester à la maison, ils s'étaient mis d'accord pour ne porter que des tenues décontractées.

— Comme pour Thanksgiving, avait dit Ryan en ricanant lorsqu'elle l'avait proposé.

Si seulement Grace s'en souvenait. Il était évident qu'ils s'étaient bien amusés.

— On y va ? demanda-t-elle en saisissant sa veste près de la porte.

— Est-ce que tu dois dire au revoir à ta famille ?

— Ils sont déjà partis. Mes parents sont à une soirée dans un hôtel et Hope est avec des amis.

Ils sortirent donc, et Ryan attendit patiemment qu'elle ferme la porte à clé avant de lui prendre la main.

Grace se souvint de cette magnifique balade sur la plage main dans la main le soir du quatre juillet et sourit.

Il lui ouvrit ensuite sa portière et attendit qu'elle soit installée avant de la refermer pour passer du côté conducteur. Ryan se tourna vers elle et dit :

— Je me disais qu'on pourrait se faire livrer du Golden Dragon, et j'allais commander plus tôt pour qu'on soit sûrs de l'avoir.

— J'en salive déjà, pour tout te dire. Plutôt malin.

Ryan continua.

— Mais je ne voulais pas commander à ta place, donc on peut commander maintenant et passer prendre les plats sur la route, ou on peut rentrer directement chez moi et aller les chercher plus tard.

— Je ne voudrais pas que tu doives ressortir plus tard. Prenons-les sur le trajet.

Ils commandèrent, mais il leur faudrait attendre une heure.

— Tu veux aller chercher un petit dessert en attendant ? demanda Ryan.

— Oui, il y a une supérette au coin de la rue.

— Je sais, répondit-il avec un léger sourire avant de démarrer le moteur.

Grace lui jeta un regard suspicieux.

— Pourquoi est-ce que tu souris ?

— Désolé, j'ai oublié que tu ne t'en souvenais pas. Je t'avais avoué que je faisais mes courses là-bas dans l'espoir de te croiser.

Elle pencha la tête tout en la secouant lentement alors qu'un souvenir lui revenait.

— Ouais... je crois que je m'en souviens. On se racontait nos secrets.

— Exactement, dit-il avec entrain.

Ils sortirent donc de l'allée et elle lui posa plus de questions.

— Comment est-ce qu'on s'est retrouvés coincés à la montagne, toi et moi ?

— Nos amis nous ont eus en beauté.

Grace hocha la tête et le vit anxieux.

— Tu t'en souviens ? demanda Ryan en la regardant brièvement.

— Non, mais je les vois bien faire un truc de ce genre-là.

Cela le fit rire, et elle ne tarda pas à suivre.

Ils sortirent de l'Audi – toujours en plein fou rire – et se prirent la main à nouveau. Ryan fronça les sourcils devant l'entrée de la supérette.

— Merde, Doc. Désolé, dit-il doucement en baissant la tête.

— Qu'est-ce qui ne va pas ?

— Des photographes, à une heure. Ils ont dû nous suivre depuis la maison de tes parents.

Grace secoua la tête.

— Je m'y attendais, en vérité. C'est pour ça que je me suis maquillée.

Il éclata à nouveau de rire.

— Tu crois qu'ils s'en iront si je t'embrasse ?

— Probablement pas, ronronna-t-elle en passant les bras autour de son biceps alors que sa tête venait se poser sur son épaule. Mais il n'y a qu'un seul moyen de le savoir.

Un sourire se dessina sur les lèvres de Ryan et il la tira contre l'un des piliers du bâtiments, près des chariots – comme s'il voulait se faire discret.

Il prit ensuite son visage entre ses mains et la regarda dans les yeux un instant avant que leurs bouches ne se rencontrent. Ryan prit son temps, et Grace dut se tenir à sa taille pour garder l'équilibre en ouvrant les yeux.

— Waouh, murmura-t-elle en croisant son regard.

— J'ai tendance à te faire cet effet-là, bébé, dit-il avec un clin d'œil avant de l'emmener à l'intérieur.

— C'est vrai.

Chapitre Quarante-sept

Ryan

Cette soirée passée avec elle avait été parfaite jusqu'ici. Il avait toujours du mal à croire que Grace l'avait laissé l'embrasser devant les appareils photos mais, d'un certain côté, il comprenait que cela lui avait redonné du pouvoir. C'était désormais elle qui décidait des détails sur lesquels ils baseraient leurs torchons – et pas l'inverse.

Ils mangèrent, rirent, burent du vin et s'installèrent de chaque côté du canapé sous une couverture pour regarder *L'amour à tout prix* alors que la nouvelle année arrivait lentement. Ryan n'aborda pas le sujet du retour à la maison de ses parents – et ne lui demanda donc pas si elle voulait dormir chez lui. Étant donné que Grace n'avait pas apporté de sac, la réponse était déjà toute trouvée.

— Ah, on doit pauser le film et mettre ABC pour assister au compte à rebours, déclara Grace lorsqu'elle remarqua qu'il ne restait plus que quelques minutes avant minuit.

Ryan s'exécuta et ils se redressèrent tous les deux. Il alla ensuite dans la cuisine, revenant avec le champagne qu'ils avaient acheté et deux verres. Grace avait déjà changé de chaîne et le compte à rebours indiquait deux minutes. Il versa donc du champagne dans les deux verres et lui en tendit un.

Ils comptèrent de dix à zéro avant de trinquer en criant : *Bonne année !* à minuit pile. La belle lui lança alors un sourire charmeur par-dessus le bord de son verre tandis qu'elle en buvait une gorgée. Ryan le posa près du sien et la prit dans ses bras.

— Bonne année, Doc, murmura-t-il contre ses lèvres avant de l'embrasser.

Le baiser démarra gentiment, comme celui de la supérette, mais lorsque Grace se mit à gémir en lui agrippant les cheveux, leurs langues accélèrent la cadence.

Elle s'appuya contre lui et pouvait sans nul doute sentir son érection.

— Je me demandais si tu allais m'embrasser à nouveau, dit Grace.

— J'ai dû me retenir toute la nuit, bébé.

— Pourquoi ? ronronna-t-elle en passant une main sur son torse.

— Parce que je ne savais pas si tu en avais envie.

— Eh bien, je suis contente que tu te sois enfin lancé.

Ryan se pencha en avant pour l'embrasser une fois de plus avant de demander :

— Tu veux finir le film avant que je te ramène chez toi ?

— Non, répondit-elle en secouant fermement la tête.

Ryan fut quelque peu déçu. Il ne voulait pas que la nuit se termine si vite, mais cette soirée avait été si belle... impossible de se plaindre.

— D'accord, déclara-t-il d'un ton qui se voulait nonchalant.

— Si je dors dans ton lit ce soir, est-ce que tu tenteras quoi que ce soit ?

Un vent d'espoir souffla sur lui.

— Bien sûr que non. Je suis un gentleman.

Grace lui attrapa la main et le mena jusqu'à sa chambre.

— Et si je décide que je n'ai pas envie d'un gentleman ?

Son érection revint en un dixième de seconde.

— Gracie, je serai tout ce que tu as envie que je sois.

****

Grace

Elle n'avait pas beaucoup bu – sa témérité n'était donc pas due à l'alcool. Non, elle se sentait simplement à l'aise avec Ryan. Et en sécurité, bien sûr. Il ne tenterait jamais d'abuser d'elle, sous aucun prétexte.

Mais après l'élan d'excitation que lui avait provoqué ce baiser qu'elle avait attendu toute la nuit, Grace voulait peut-être qu'un certain pompier abuse d'elle...

Une fois dans la chambre, elle se sentit soudain timide et demanda :

— Est-ce que tu as un T-shirt que je peux porter pour dormir ?

Ryan alla donc en chercher un blanc dans un tiroir et le lui donna.

— Je vais te laisser te préparer pendant que je m'occupe de la vaisselle, déclara-t-il en lui faisant un clin d'œil.

Après s'être déshabillée pour enfiler le T-shirt, Grace alla dans la salle de bain attenante et vit une brosse à dents rose aux côtés d'une bleue. L'espace d'un instant, elle fut frappée par la jalousie... avant de réaliser qu'il s'agissait sans doute de la sienne.

Tout de même, elle devait s'en assurer. Hors de question d'utiliser la brosse à dents de quelqu'un d'autre.

Grace se rendit alors dans la cuisine, où elle le vit refermer le lave-vaisselle.

— C'est la mienne ? demanda-t-elle en levant la brosse en l'air.

Ryan leva les yeux vers elle et son visage se transforma, comme si elle venait de le paralyser. Il déglutit péniblement.

— Oui, dit-il simplement sans la lâcher des yeux.

Elle se sentit gênée et tira sur l'ourlet du T-shirt pour se couvrir les cuisses – ce fut alors qu'elle réalisa que ses tétons étaient absolument visibles sous les lumières de la cuisine.

Sans jamais la quitter du regard, Ryan s'approcha doucement d'elle, comme s'il avait affaire à un animal apeuré. Les pieds de Grace semblaient la clouer au sol alors qu'elle l'observait – aucun risque qu'elle ne s'échappe.

Elle ne savait pas trop comment réagir une fois nez à nez avec lui et lâcha :

— Je dormais souvent ici ?

Ryan hocha la tête.

— Oui, dit-il en regardant sa bouche. J'allais d'ailleurs transformer mon débarras en un bureau pour toi.

Son cerveau fonctionnait désormais en pilote automatique.

— Ah. C'est gentil.

— Je suis prêt à tout pour toi, déclara Ryan, à quelques centimètres de sa bouche.

Leurs lèvres se rencontrèrent alors et ils passèrent de zéro à cent en deux secondes. Grace n'avait qu'une envie : lui sauter dessus et enrouler ses jambes autour de lui. Hélas, ses plaies n'étaient pas encore totalement cicatrisées.

Ryan la souleva donc à la manière d'une jeune mariée, éteignit les lumières d'un coup de coude, et la porta jusqu'à son lit, où il la déposa avec délicatesse.

N'ayant plus que son boxer sur la peau, il arriva au-dessus d'elle sans pour autant la toucher.

— Tu as des restrictions ? demanda-t-il.

Grace hésita. Elle ne voulait pas qu'il s'arrête, mais ne pouvait pas vraiment mentir non plus.

— Un peu. Je ne suis pas censée porter quoi que ce soit de lourd, ou faire du sport.

— D'accord, répondit Ryan en souriant. Je vais être doux.

Pour le mieux, sans doute. Tout de même, elle ne put résister à la tentation.

— Mais pas *trop* doux.

— Je ne te ferai jamais de mal, Doc.

— Je sais.

Ryan l'avait déjà parfaitement démontré.

Chapitre Quarante-huit

Ryan

Se réveiller aux côtés de Grace après lui avoir fait l'amour et l'avoir tenue contre lui toute la nuit était une manière formidable d'accueillir la nouvelle année. Désormais, il fallait simplement que la belle se trouve dans son lit tous les matins.

Tu as peut-être les yeux plus gros que le ventre, mon cochon, réprimanda sa conscience. Quelques jours plus tôt, il avait cru perdre la femme de sa vie et sa carrière. Ryan semblait désormais avoir retrouvé les deux.

— Bonjour, murmura Grace en se blottissant contre lui, un bras autour de son ventre.

— Comment tu te sens ?

— Épuisée, mais de la meilleure des façons, ronronna-t-elle.

Ryan avait tenu parole et s'était montré très doux – tout en lui donnant le maximum d'orgasmes possible. Si Grace était incapable de se souvenir de leurs premiers ébats, il désirait s'assurer de graver les nouveaux dans le marbre.

Les enjeux étaient colossaux.

Grace s'était montrée plus réceptive que jamais et l'avait fait jouir en un temps record. La deuxième manche avait été plus longue, mais Ryan s'était assuré qu'elle goûte à l'extase avant lui.

C'était une question de fierté pour lui – et cela n'avait jamais déplu à ses partenaires.

— Alors, ça t'a rappelé des choses ? demanda-t-il d'un air taquin avant de le regretter immédiatement lorsqu'elle fronça les sourcils.

Il ne voulait pas lui mettre la pression. *Mais quel con !*

— Le docteur m'a dit que je recouvrerai sans doute la mémoire en voyant un détail, un truc insignifiant. Si je la recouvre un jour. Il est possible que ça n'arrive jamais.

— Cette idée ne me terrifie plus autant qu'avant, avoua Ryan.

— Pourquoi est-ce que ça te terrifiait ? demanda Grace en levant les yeux vers lui.

— Parce que je ne savais pas si tu voudrais continuer sans te souvenir d'être tombée amoureuse de moi.

— Je ne l'ai pas oublié. Je suis tombée amoureuse dès notre première rencontre.

— Je te demanderais bien pourquoi tu as résisté si longtemps mais, après tout ce que je viens de vivre, je comprends tout. Absolument tout.

— Et il y a encore le souci de mon internat, répondit-elle en posant la tête contre son torse. Ça va poser problème.

— Tu ne t'en souviens pas, mais nous avons déjà tout réglé. Ça ne posera aucun problème, sauf si tu pars à Boston.

— Ah bon ? demanda-t-elle.

— Eh oui.

Ryan s'attendait à ce qu'elle proteste, mais elle murmura simplement :

— Ah, tant mieux.

C'est ça, ma belle. Laisse-moi prendre soin de toi.

**

Durant les semaines qui suivirent, il passa tout son temps libre avec Grace. Il passait la prendre chez les Ericson –

puisqu'elle n'avait pas récupéré de nouvelle voiture – pour l'emmener chez lui.

La photo de leur baiser fit la une d'un ou deux magazines, mais le nouveau scandale du moment éclata peu après et on les oublia très vite.

Grace avait cependant repris le travail des paparazzi en postant régulièrement des photos d'eux sur son compte Instagram. Apparemment, elle avait triplé son nombre d'abonnés depuis, et les gens adoraient le couple qu'ils formaient tous les deux.

Le cliché le plus populaire était celui qu'ils avaient pris chez Craig et Maddie le quatre juillet. Les commentaires l'avaient fait ricaner, mais Ryan adorait que tant de personnes soient de leur côté – surtout leurs proches.

Il avait enfin présenté Grace à sa famille et, comme il s'y était attendu, tout le monde l'adorait. Josh avait même eu un petit coup de cœur pour elle – logique, puisqu'ils avaient le même âge.

Toutefois, Ryan n'aurait aucun mal à le recadrer, et le fit d'ailleurs un jour où il vint déposer Tank chez lui.

— Beurk, dit son frère. C'est la sœur que je n'ai jamais eue. Mais ça me donne de l'espoir. Si *tu* as pu trouver quelqu'un pour t'aimer, je n'aurai *aucun mal* à faire pareil.

— Ferme-la, répliqua Ryan en souriant.

— Où est-ce que tu vas ?

— On se rend à la casse pour sa voiture. Son assurance a enfin terminé les procédures et ils vont lui en payer une nouvelle.

— Seulement maintenant ?

— La police l'a gardée durant l'enquête.

Le premier accident avait été causé par un homme qui utilisait son téléphone au volant, ce qui avait ensuite entraîné une réaction en chaîne. La pauvre Grace s'était retrouvée prise en sandwich entre deux voitures et d'autres véhicules furent broyés dans la rue. Au total, onze voitures avaient été touchées. Fort heureusement, aucun mort à déplorer.

— Tu es sûr qu'elle est prête à voir ça ? demanda son frère.

— Je me suis posé la même question, mais Grace a insisté. Donc on y va.

Josh secoua la tête.

— Bonne chance, mec. J'espère que ça ira pour elle.

— Ouais, moi aussi.

Ryan fut content qu'elle le laisse au moins l'accompagner – enfin, c'était probablement dû au fait qu'elle n'avait pas d'autre moyen de transport.

****

Grace

Ils se garèrent près d'une baraque de sécurité qui se tenait devant un grand grillage et donnèrent son nom à un homme qui le chercha ensuite dans la liste qu'il avait dans les mains. Après un instant, il appela un autre homme dans une voiturette de golf, et ce dernier les conduisit jusqu'à sa voiture.

— Tu es certaine d'être prête à la voir ? demanda Ryan pour la énième fois.

— Ça va aller, déclara-t-elle.

Grace cherchait surtout à se rassurer elle-même.

Puis elle vit sa Prius, ou du moins ce qu'il en restait. L'arrière était complètement enfoncé alors que l'avant n'était pas dans un meilleur état. Le capot était presque replié sur lui-même. Le pare-brise avait explosé vers l'avant et un trou gigantesque se trouvait au centre. Comment avait-elle pu survivre ?

— J'ai eu tellement de chance, dit doucement Grace en s'approchant de l'épave.

Ryan la prit par la main, le visage pâle. Il était tout aussi choqué qu'elle.

— Moi aussi. Je ne sais pas ce que j'aurais fait sans toi.

Grace lui lâcha la main et fit le tour de la carcasse qui était autrefois sa belle Prius. Ryan lui montra la plaque d'immatriculation qui avait été raccrochée à l'arrière.

— C'est grâce à elle que j'ai compris que c'était ta voiture.

— Tu as un tournevis ? Je veux la récupérer.

Ryan lui sourit et alla en chercher un dans sa voiture. Grace fut époustouflée de pouvoir ouvrir une portière afin de regarder à l'intérieur. La Prius avait toujours été propre, mais elle désirait s'assurer que rien d'important ne s'y trouvait avant que la carcasse soit broyée.

Près de la banquette arrière, elle remarqua un sac à rayures blanches et roses ainsi qu'un petit sac argenté. Dans ce dernier se trouvaient des talons noirs qui susciteraient le désir de n'importe quel homme et dans l'autre, un négligé noir en dentelle ainsi que des bas résille.

— Waouh, s'exclama Ryan avec un sourire espiègle sur les lèvres en découvrant la lingerie. Où est-ce que tu as trouvé ça ?

Grace remit le tout dans le sac.

— J'étais en route pour te montrer tout ça avant l'accident. Je comptais t'envoyer une photo de moi dans ton lit afin que tu écoutes les excuses que j'avais à te présenter.

— Tu n'en aurais pas eu besoin pour obtenir mon attention, dit-il doucement.

— Tu m'avais évitée toute la semaine, répondit Grace en réprimant des larmes. Je ne savais plus vraiment quoi penser.

Ryan la tira contre lui avant de lui caresser les cheveux.

— Je suis désolé, mon bébé. Je...

Il s'interrompit et la fit reculer.

— Attends. Comment est-ce que tu te souviens de ça ?

Grace lâcha alors un cri de surprise avant de mettre la main devant sa bouche.

— Mon Dieu, je m'en souviens, dit-elle avec les yeux écarquillés. J'avais appelé Maddie dans la cabine d'essayage. Elle m'avait convaincue d'acheter la tenue parce que ça te pousserait à rentrer plus tôt du travail.

— De quoi d'autre te souviens-tu ? De Thanksgiving, aussi ?

Grace baissa les yeux. S'en souvenait-elle ?

Elle commença à hocher lentement la tête.

— Je venais de sortir du bain... j'avais perdu ma serviette en te rentrant dedans.

Il lui sourit.

— Le meilleur jour de ma vie.

— On a joué à action ou vérité...

Ryan l'encouragea à poursuivre.

— On a... oh, waouh. On l'a fait. Et pas qu'un peu.

— Oh. Que. Oui, répondit-il avec un sourire diabolique sur les lèvres.

— *Et,* quand on est retournés à San Diego.

Grace marqua une pause pour le regarder.

— Mais ensuite, tu ne voulais plus me voir ?

— Ce n'est pas vrai, répliqua Ryan sur la défensive.

— Mais tu me refusais sans arrêt de venir me voir. Tu travaillais.

— Je travaillais, en effet.

— Tu ne m'évitais pas ?

Ryan serra la mâchoire et prit une profonde inspiration par le nez avant de soupirer.

— Si.

— Pourquoi ?

— Tu ne t'en souviens pas ? demanda-t-il en penchant la tête.

Grace baissa de nouveau la tête en fouillant les recoins de son esprit. Enfin, elle lui jeta un regard embarrassé.

— Parce que je ne voulais pas être vue avec toi en public. Je te traitais comme un *vilain petit secret*.

Son sourire ironique lui indiqua qu'elle venait de taper en plein dans le mille.

— Je suis désolée, murmura Grace.

Ryan vint l'embrasser sur la joue.

— Mais j'aime être vilain avec toi. Et puis, bébé, quand tu as décidé de l'annoncer au monde entier, tu l'as fait en fanfare.

Grace sourit.

— Quand je prends une décision, je ne fais jamais les choses à moitié.

— Donc... ça signifie que tu es à deux cents pourcent ? Pour nous ?

— À deux cents pourcent, répondit-elle sans la moindre hésitation, avant de rétropédaler légèrement. Enfin, je suis toujours inquiète quant à mon internat.

— On s'en inquiétera en temps voulu, Doc. Je ne m'en fais pas.

Elle écarquilla alors les yeux.

— Je t'ai acheté un cadeau de Noël ! Et je sais exactement où je l'ai caché !

****

Ryan

Ils s'étaient mis d'accord pour échanger leurs *véritables* cadeaux de Noël le lendemain, après le service de Ryan.

— Mais tu m'as déjà offert mon cadeau, avait protesté Grace.

— Non, je t'ai offert *un* cadeau, mais pas celui que j'avais acheté au départ.

Ryan avait également deux choses à chercher pour les inclure à son cadeau. Heureusement pour lui, il ne faudrait pas beaucoup de tissu pour les emballer et il pourrait le faire au travail.

Grace lui envoya un message en milieu de journée.

Doc : J'ai vraiment horreur de chercher une voiture à acheter ! Je n'arrive pas à me décider. Ça te dirait d'en voir quelques-unes avec moi sur ton jour de repos ?

Ryan : J'en serais ravi. Tu veux que je passe te prendre ce soir ?

Doc : Non, ma mère m'a dit que je pouvais emprunter sa voiture.

Merde. Ryan appréciait la conduire chez lui – car la belle restait toujours dormir pour ne pas le déranger. Avec la voiture de Frannie, elle pourrait facilement rentrer chez ses parents. Grace n'avait pas encore repris ses marques dans la dépendance, et il lui était impossible de se faufiler chez les Ericson.

Ses parents ne s'étaient d'ailleurs jamais plaints de ne pas la voir rentrer le soir, mais il se doutait que passer la nuit dans leur maison le propulserait immédiatement en haut de leur liste noire – chose à éviter à tout prix.

Ryan quitta donc la caserne et prit un plat à emporter de chez Danny's BBQ. Il avait pu s'occuper des petits cadeaux supplémentaires sur sa pause déjeuner.

Bien entendu, ses hommes l'avaient remarqué et ne s'étaient pas gênés pour le taquiner, mais il s'en fichait pas mal. Ryan avait simplement hâte de voir Grace déballer ses cadeaux.

****

Grace

Il avait ouvert la porte du garage et l'attendait en lui faisant signe de garer la voiture à l'intérieur. Ryan referma ensuite la porte et vint l'accueillir devant la portière de la Lexus de sa mère.

— Je n'ai pas envie qu'on voie sa voiture ici, expliqua-t-il avant de remarquer les paquets sur le siège passager. Ils sont pour moi ?

— Oui.

— Tous ?

Il n'y en avait pas une trentaine non plus. Grace avait pu les prendre en un seul trajet.

— Bien entendu, répliqua-t-elle. Ceux de Tank sont à l'arrière.

Les cadeaux du chien se trouvaient dans un sac et étaient déjà déballés – sauf les friandises, bien sûr.

Ils amenèrent le tout à l'intérieur et Ryan posa ses cadeaux sur la table basse du salon tandis que Grace posait ceux de Tank dans la cuisine. Elle prit alors une profonde inspiration.

— Qu'est-ce qui sent si bon ?

— J'ai pris le dîner chez Danny's BBQ.

— Miam, je meurs de faim.

— Tu veux commencer par le repas ou par les cadeaux ?

L'adulte qu'elle était voulait évidemment manger, mais l'enfant qui sommeillait toujours en elle fut dévoré par la curiosité que les paquets lui inspiraient.

— Les cadeaux ! s'exclama Grace.

Ryan rit et se pencha afin de les prendre.

— J'espérais que tu serais d'accord avec moi.

Avant de se rendre dans le salon, il donna un os à Tank, qui était resté poliment assis près de ses cadeaux.

Ils allèrent ensuite s'installer sur le canapé.

— Est-ce que tu veux commencer ? demanda Grace.

— Dans ma famille, on ouvre chacun un cadeau, l'un après l'autre.

— Dans la mienne aussi !

— Et les plus jeunes commencent toujours.

— Pareil, avoua-t-elle en gloussant alors qu'elle prenait le plus petit paquet.

Ryan le lui reprit rapidement des mains.

— Garde celui-là pour la fin.

Grace lui lança un sourire espiègle et saisit donc le plus gros paquet. À l'intérieur se trouvait un négligé rouge en dentelle qu'elle posa contre son buste.

— Il est magnifique. Merci beaucoup.

— Pour ton information, je l'ai acheté avant que tu n'achètes le noir. Et je serai *ravi* de voir les deux. Histoire de les comparer, tu sais.

Grace feignit l'innocence en levant un sourcil.

— Je suis certaine que ça pourra se faire.

Ryan inspecta ses cadeaux.

— Est-ce qu'il y a un ordre à respecter ?

— Euh... dit-elle en prenant un paquet de la taille d'un livre. Commence par celui-ci.

Il le déballa et ouvrit prudemment la boîte avant de sourire jusqu'aux oreilles.

Il s'agissait d'un boxer noir en soie couvert de camions de pompiers rouges.

Grace vint lui toucher le genou et l'imita :

— Pour ton information, j'ai hâte de te voir le porter.

— Quand tu veux, bébé, répondit Ryan avant de l'embrasser.

Le collier avec le pendentif en diamant en forme de cœur lui coupa le souffle lorsqu'elle le déballa ensuite.

— C'est... waouh. Tu n'aurais pas dû.

Ryan retira alors soigneusement le collier de l'écrin afin de le passer autour de son cou.

— Bien sûr que si.

— Merci, dit Grace en le prenant entre ses doigts. Je l'adore.

Il découvrit ensuite un bon pour plusieurs passages gratuits dans l'une des meilleures stations de lavage de San Diego et Grace se sentit quelque peu gênée.

— Tu m'avais dit que si tu n'avais plus le temps de bichonner ton Audi... commença-t-elle d'un air penaud.

— Qu'on avait inventé les stations de lavage, répondit-il.

— Et, tu sais, je me disais justement que je te prenais pas mal de temps...

Ryan l'embrassa tendrement.

— J'adore. C'est parfait.

Elle ouvrit un nouvel écrin en velours, plus petit, et Grace lui lança un regard nerveux avant de découvrir un porte-clés doté du logo de la brigade des pompiers : *SDFD*.

— Je me disais que le tien était un peu trop standard, déclara-t-il en souriant.

Grace grimaça lorsqu'elle le vit prendre le plus gros paquet. Lorsqu'elle l'avait acheté, elle s'était dit que c'était mignon mais, avec le recul, son choix ressemblait à un cadeau assez générique. Néanmoins, cela ne pouvait être plus éloigné de la vérité.

— Un ensemble de perceuses sans fil, dit-il avec le même enthousiasme que son père émettait lorsqu'elle lui offrait une nouvelle cravate pour la fête des pères.

— Maintenant que j'y pense, tu en as sûrement déjà un. J'ai le ticket de caisse, donc tu peux l'échanger si tu veux.

— Non, c'est génial, dit-il en examinant le contenu de la boîte. On n'en a jamais assez, de ces petites bêtes.

Il leva ensuite les yeux et lui sourit sincèrement.

— Merci, bébé.

Il ne leur restait plus qu'un cadeau chacun et Grace alla prendra la petite boîte. Ryan la lui reprit des mains et se retourna.

— Je crois qu'on devrait le garder pour la toute fin.

— D'accord ? répondit-elle en penchant la tête.

Son dernier cadeau se trouvait dans une boîte plus grande que nécessaire, et il fallut quelques instants à Ryan pour trouver la petite carte cadeau Airbnb.

Il eut l'air confus.

— Euh, on peut l'utiliser pour retourner au chalet, par exemple, expliqua Grace. Ou n'importe où ailleurs, si tu préfères.

Il la tira sur ses genoux et lui embrassa le cou.

— C'est mon cadeau préféré. J'ai hâte d'y retourner avec toi.

Grace se contorsionna alors pour le regarder et lui saisir le visage.

— Je t'aime. Merci de ne pas avoir abandonné.

— Comment aurais-je pu, bébé ? demanda Ryan avant de l'embrasser doucement pour ensuite poser son front sur le sien. Je t'aime aussi.

— Est-ce que je peux enfin ouvrir mon cadeau ? dit-elle d'un air taquin.

Ryan le lui donna donc. Il était assez léger, et Grace s'en trouva confuse.

— Qu'est-ce que c'est ?

— Ouvre-le.

Il s'agissait d'une des télécommandes du garage et d'une petite boîte avec une clé à l'intérieur.

Alors qu'elle tentait de comprendre, Ryan murmura :

— Emménage avec moi, Grace.

— Ce n'est pas trop tôt ?

— Non. J'ai failli te perdre, et je ne compte pas te prendre pour acquise. Je veux m'endormir dans tes bras chaque soir et me réveiller à tes côtés chaque matin.

— Tu veux savoir pourquoi je t'ai acheté les perceuses ?

Malgré cette question aux allures incongrues, Ryan sourit.

— Bien sûr. Pourquoi ?

— Pour que tu puisses installer des étagères dans ton débarras et me faire un bureau, un jour.

Il la regarda dans les yeux.

— C'est donc un oui ?

— Oui, affirma Grace, les larmes aux yeux.

— Oui ! s'exclama-t-il en levant un poing en l'air avant de la soulever dans ses bras tandis que Tank aboyait d'un air confus.

Ryan la reposa au sol et vint caresser le chien.

— C'est bon, mon pote. Elle va venir vivre avec nous !

Lorsqu'il leva les yeux vers elle, souriant si fort que ses fossettes et ses dents blanches apparaissaient, Grace ne put contenir sa joie.

Au lendemain de leur première rencontre, il avait avoué qu'elle était *la bonne*. Dans son for intérieur, elle avait partagé son sentiment – mais était incapable de l'admettre, surtout à elle-même. Désormais, Grace était en mesure de l'accepter.

Et sa vie devint parfaite.

Épilogue

Ryan

Les résultats quant à l'internat de Grace seraient annoncés ce jour-là et sa nervosité crevait le plafond. Le pauvre était sans doute encore plus angoissé qu'elle.

Il avait feint un calme olympien tout en lui expliquant qu'il la suivrait, peu importe sa destination – et il était sincère. Mais, bien évidemment, cela serait plus simple dans certains cas plutôt que d'autres. Ryan et Francine désiraient vraiment la voir rester à San Diego mais Tucson serait une bonne alternative, tout comme San Francisco. En ce qui concernait Salt Lake City, les trajets seraient un peu plus longs mais toujours faisables. Boston était au cœur de toutes ses inquiétudes, car cela l'obligerait à quitter la brigade de San Diego pour se réinstaller dans le Massachusetts. Ryan était inquiet, en vérité ; il ne savait pas exactement si Steven avait le bras long ou si une telle influence existait dans le milieu médical.

Il se tenait aux côtés de Grace, avec Maddie. De l'autre côté se trouvaient Francine, Robert et Ava.

On avait remis une enveloppe à Grace et elle la fit tourner lentement dans ses mains. À l'intérieur se trouvait leur destin pour les quatre prochaines années. La belle ne pourrait l'ouvrir qu'au signal donné par un employé de l'université.

Elle l'ouvrit alors et fixa la feuille du regard une bonne dizaine de secondes avant que les larmes lui montent aux yeux. Était-elle triste ? Ou heureuse ? Impossible à deviner pour Ryan.

— Alors ? lâcha enfin sa mère.

Un énorme sourire se dessina sur ses lèvres et Grace bondit de son siège en s'exclamant :

— San Diego !

Frannie tapa dans ses mains avant de remercier le Seigneur d'avoir exaucé ses prières.

Grace vint alors passer les bras autour du cou de Ryan pour s'y blottir et pleurer à chaudes larmes.

Il voulut l'imiter mais se contenta de la tenir contre lui tout en remerciant le ciel à son tour.

Francine et Robert étreignirent Ava, puis Grace vint les rejoindre. Sa joie était palpable.

Maddie vint alors faire un câlin à Ryan et murmura :

— Putain, me voilà soulagée.

Puis elle rejoignit sa meilleure amie.

Il se sentit presque coupable en jetant un œil aux autres docteurs – tous n'étaient pas ravis.

— On va faire la plus grande fête de l'histoire, déclara Maddie. Il y a tant à célébrer. Sloane revient à la maison, Grace et toi restez, Craig et moi pouvons enfin choisir une date...

— Absolument, affirma Ryan. Il y a tant à fêter. Où est-ce qu'on le fera ?

— Fera quoi ? demanda Francine.

— La fête de l'année pour célébrer les résultats de Grace et le retour de Sloane, expliqua Maddie.

— Et votre date de mariage, enfin ! ajouta Grace.

— La fête de l'année ? demanda Frannie avec une lueur dans les yeux.

— Et voilà, vous venez de créer un monstre, déclara Ava en secouant la tête.

****

Grace

À bien y réfléchir, il s'agissait de la deuxième meilleure fête de l'année. La réception de Craig et Maddie raflait la première position haut la main. Bien entendu, sa mère y était pour quelque chose.

Francine avait un don.

Et elle n'avait pas beaucoup apprécié que Ryan et elle partent se marier en cachette. Mais ils s'étaient bien rattrapés en lui donnant une magnifique petite-fille, Jane Francine, un an plus tard. Margaret Maryann, leur deuxième, avait vu le jour deux ans après sa sœur aînée.

Ryan était totalement gaga de ses fillettes. Grace avait eu de bons exemples avec son propre père et Travis, le mari d'Ava, mais aucun n'arrivait à la cheville de son homme. Il ne vivait que pour sa famille.

Un après-midi, au bord de la piscine de Craig et Maddie, Ryan jouait avec les filles et son meilleur ami tandis que Maddie et elle sirotaient des mimosas à l'ombre.

— Tu te souviens comment tu lui as résisté ? demanda son amie en indiquant la piscine.

Grace hocha la tête en observant Ryan jeter Jane dans les airs tandis qu'elle criait de joie.

— Jusqu'à ce que nos meilleurs amis décident de se rebiffer.

— Ouais. Je t'avais bien dit que tu me remercierais un jour.

Son mari posa les yeux sur elle et sourit, révélant les fossettes dont leurs filles avaient hérité. Lorsque Grace lui rendit son sourire, Ryan lui lança un clin d'œil et cela ne manqua pas de la faire frissonner.

Comme toujours depuis leur première rencontre.

— Merci, dit-elle doucement à Maddie.

****

Scène Bonus !

Cliquez ici https://dl.bookfunnel.com/v8t7y2d74x pour découvrir les derniers gages de Grace et Ryan au chalet !

Cliquez ici pour vous procurer l'histoire de Maddie et Craig, *Le Playboy et la Princesse du SWAT*.

https://www.amazon.fr/dp/B0CNPLG3MW

Le Playboy et la Princesse du SWAT
Scène sociale de San Diego, Livre 6

Elle, c'est une nouvelle recrue coriace du SWAT et lui, un playboy capitaine du SWAT... qui va dompter qui ?

Maddie Monroe

Trois choses qu'on ne devrait pas faire quand on est une bleue, et la seule femme de l'équipe du SWAT des services de police de San Diego : 1) prendre son bizutage personnellement, 2) leur montrer qu'on en bave trop, et 3) craquer pour son capitaine.

Surtout quand le capitaine en question est le plus gros playboy de toute la police.

J'ai réussi à suivre les règles numéro un et deux sans problème... mais j'ai un peu plus de mal avec la troisième. Chaque fois qu'il fait ce sourire à se damner, qu'il croise ses bras musclés en expliquant une nouvelle technique ou qu'il traverse le poste de police en roulant des mécaniques...

Tout ce qui me vient à l'esprit, c'est à quel point j'aimerais lui offrir ma virginité, emballée dans un paquet-cadeau avec un gros nœud rouge dessus, ce qui est une très mauvaise idée en raison des règles numéros un, deux et trois. Enfreindre la troisième est un moyen infaillible de me faire virer de l'équipe et de passer le reste de ma carrière à donner des contraventions.

Apparemment, mon cœur — et d'autres parties de mon corps — n'ont pas reçu le mémo.

Craig Baxter

La première fois que j'ai remarqué Maddie Monroe, elle était mouillée et couverte de mousse alors qu'elle lavait le fourgon blindé du SWAT dans le cadre de son bizutage. Depuis, j'ai la trique pour elle.

Je ne peux pas coucher avec une subordonnée — ce serait un suicide professionnel, et j'ai travaillé bien trop dur pour arriver là où je suis aujourd'hui. Maintenant que j'y pense, elle aussi, et elle aurait probablement beaucoup plus à perdre.

Donc, non, pas d'aventure avec Maddie Monroe. Il y a beaucoup de femmes parmi lesquelles je peux choisir et qui ne travaillent pas pour moi.

Apparemment, mon cœur — et d'autres parties de mon corps — n'ont pas reçu le mémo.

Deux cœurs — et d'autres parties du corps — peuvent-ils surmonter le fait de ne pas avoir reçu ces mémos et trouver un moyen d'être ensemble sans entacher leurs carrières ?

Tess Summers

Nouvelle Gratuite

Cliquez ici https://dl.bookfunnel.com/euvw5uenbv pour recevoir une nouvelle mettant en scène Lauren et Tristan (des personnages du roman : *Le Mécano et L'Héritière*).

Le Petit-Déjeuner Est Servi
Scène Sociale de San Diego
Bonus

Avec ses amants, ce n'est que pour une nuit et certainement pas pour la vie. Il compte bien y remédier.

Lauren n'a de temps que pour l'entreprise qui est devenue son bébé et n'a que faire d'une relation sérieuse. Ainsi, lorsqu'elle rentre à la maison en compagnie du patron de sa meilleure amie après un gala de charité et déjeune avec lui le lendemain, un problème évident se pose. Lauren ne passe jamais une nuit entière avec un homme — jamais.

La meilleure stratégie est sans doute de ne pas répondre à ses appels. Mieux vaut ne pas prendre de risques.

Hélas, Tristan n'est pas arrivé à la tête d'un des plus gros cabinets juridiques de Californie en abandonnant face au premier obstacle. Cet homme est prêt à tout pour obtenir ce qu'il veut — c'est-à-dire Lauren dans son lit chaque soir et dans ses bras chaque matin.

Une remarque de Tess

Je vous remercie d'avoir lu *Braver ses Défenses* ! L'histoire de Ryan et Grace a tardé à venir, je sais. Les personnages ont longtemps refusé de me parler, peu importe mes suppliques. Ainsi, j'ai préféré attendre dans l'optique d'un résultat optimal. Gracie ne m'a pas lâchée depuis que je l'ai décrite pour la première fois en tant qu'adolescente dans mon premier roman, *Opération Bête de Sexe*. Ryan, quant à lui, a fait son apparition dans la suite directe, *Le Désir du Général*. Fort heureusement, ils ont fini par accepter de se livrer à moi et leur histoire d'amour s'est lentement construite. J'ai adoré la partager avec vous et j'espère que vous l'avez appréciée autant que moi.

J'ai commencé à narrer l'histoire de Sloane et vous aurez peut-être la chance de la lire bientôt. Néanmoins, je dois admettre qu'il s'est montré plutôt réticent jusqu'ici et qu'il m'a mise en rogne. Enfin, c'est un personnage si torturé que je me dois de le pardonner.

Si vous avez apprécié ce livre (ou non), puis-je vous demander de laisser un commentaire sur la plateforme où vous l'avez acheté ? Ces commentaires sont très importants pour que d'autres lecteurs s'intéressent à mes œuvres – que vous les aimiez ou non, votre avis est toujours le bienvenu !

Bisous
Avec toute mon affection,
Tess

Bientôt disponible !
C'est la bonne : Une deuxième chance à l'amour
Une nouvelle de la Scène Sociale de San Diego

Les pères de famille avaient-ils le droit d'être aussi sexy ?

Paige

Quand je me suis réveillée le matin de Noël, je ne savais pas si j'avais reçu une orange ou un bout de charbon dans ma chaussette. En repensant aux événements d'hier soir, je tablerais plutôt sur le charbon puisque j'ai été très vilaine. Ce devait être une erreur – moi qui était toujours une femme exemplaire. Mais le bel homme nu blotti contre moi semblait me promettre de biens meilleurs cadeaux que le père Noël ne pourrait jamais m'offrir. Qu'à cela ne tienne, ce charbon entretiendra la flamme qu'il a éveillée en moi.

Grant

Je voyais désormais mes enfants un weekend sur deux et quelques jours durant les vacances – une raison de plus pour détester mon divorce. Me rendre au réveillon de Noël de mon associé semblait être un bien meilleur programme que de me saouler seul dans mon appartement témoin devant un sapin en plastique. Je ne m'attendais vraiment pas à recevoir les avances d'une ancienne présidente de l'association des parents d'élèves. Ni à me réveiller dans son lit le lendemain sans vouloir le quitter. Hélas, on ne vit pas si vieux sans traîner un certain passif avec nous. La grande question est donc : les nôtres sont-ils assortis ?

Cette histoire d'amour chaude et feel-good donne une seconde chance à l'amour et vous adorerez suivre Paige et Grant jusqu'à partager la fin heureuse qu'ils méritent tant – mais pas avant de découvrir que les rencontres amoureuses ne sont pas de tout repos, même à leurs âges.

Remerciements

Sylvain Mark : Je te suis très reconnaissante du soin que tu portes à mes œuvres. Merci pour ces belles traductions.

Plume Editing : Merci pour tout ce que vous faites afin de rapprocher ce livre – comme tous les autres – de la perfection. Je suis contente de savoir que mes histoires sont entre de bonnes mains avec vous.

OliviaProDesigns : Une autre couverture sensationnelle. Merci !

Renee Rose : Merci d'être toujours là pour moi et de lire mes productions lorsque je me pose des questions. Tu es une femme en or ! Je chérie notre amitié.

Kae Popp : Je serais perdue sans toi. Merci pour tout ce que tu fais afin de me remonter le moral.

Mes chers lecteurs : Il ne se passe pas un jour sans que votre soutien et vos encouragements me touchent. Merci de me permettre de partager mes histoires.

Le véritable Pete Tees : Si tu te souviens bien, c'est *toi* qui as insisté pour que je nomme le chef des pompiers en ton honneur ! J'ai beaucoup apprécié ton expertise dans le domaine.

Enfin, et surtout, M. Summers : Merci pour m'accompagner dans cette folle aventure qu'est la vie et sourire en me laissant concrétiser les idées – parfois tirées par les cheveux – qui me passent par la tête. Tu es mon héros.

D'autres œuvres de Tess Summers :
Le Mécano et L'Héritière
Scène sociale de San Diego, Livre 5

Des tatouages, des muscles et une barbe ? Oh là là.

Ben McCallister ne ressemblait à aucun homme avec lequel l'avocate Harper Finch était sortie. Premièrement, ses mains étaient rugueuses et calleuses à force de travailler toute la journée dans son garage. Deuxièmement, ses bras, son dos et son torse musclés étaient couverts de tatouages. Troisièmement, il conduisait une Harley. Les hommes avec qui Harper sortaient étaient de ceux que son père accepterait : des cols blancs, des mains aussi douces que les siennes, et avec peut-être un minuscule tatouage caché sur l'épaule.

Mais quelque chose chez cet homme viril lui plaisait… sa douceur et sa générosité – en dehors de la chambre à coucher, bien sûr. À l'intérieur ? Disons simplement qu'il ne se contrôlait plus, ce qui convenait parfaitement à Harper.

Ben était un rêve devenu réalité. Seulement, sa famille et son lourd secret rendait tout rêve impossible… Elle devrait se contenter d'une amourette d'été.

Elle aurait pourtant dû se douter que Ben McCallister ne se contenterait pas de si peu.

https://www.amazon.fr/dp/B0CJ4XXXCS

Cendrillon et le Marine
Scène Sociale de San Diego, Livre 4

Une nuit. Pas d'attaches. Qu'est-ce qui pourrait mal tourner ?

Cooper

J'étais plutôt heureux de vivre la vie insouciante d'un célibataire prospère. De l'argent à dépenser, des femmes à n'en plus finir, aucun engagement, aucun problème – la belle vie. Du moins, c'est ce que je pensais jusqu'à ce que je tienne la petite fille d'un ami dans mes bras et qu'elle me sourie.

C'est à ce moment-là que j'ai réalisé ce qu'était la vie, la vraie. C'est aussi à ce moment-là que je me suis rendu compte que j'avais besoin de trouver une femme avec qui avoir un enfant.

La chasse à la parfaite candidate peut commencer, mais... d'abord, je devrais peut-être avoir une dernière aventure - vous savez, un dernier coup d'éclat.

Kate

Grâce à quelques mauvaises décisions, je suis serveuse pour me payer l'université. Ce n'est pas toujours facile, mais je suis déterminée à m'en sortir et à assumer mes responsabilités.

Néanmoins, je reste une femme. J'ai des besoins. Je n'ai tout simplement pas le temps pour quelque chose de sérieux. Naturellement, quand un Marine chaud comme la braise me propose une aventure d'un soir, je suis tout à fait d'accord.

Hélas... il s'avère qu'il désire plus que ce que je suis prête à donner.
https://www.amazon.fr/dp/B0CBCXRNBX

Prêt à Tout
Scène Sociale de San Diego, Livre 3
Être prêt à tout n'a jamais été aussi amusant.

Cassie

Je suis une femme à la carrière fulgurante. Le succès me colle à la peau et je suis rarement satisfaite par autre chose que ce qui se fait de mieux – y compris dans ma vie amoureuse. Si tu me veux, tu as intérêt à venir préparé, car je ne suis pas une adepte des séries B.

La seule chose qui m'intéresse, c'est ma carrière. Aucun homme n'est assez fort pour me dompter. Ni assez courageux pour secouer mon univers. Ni assez confiant pour gagner mon cœur. Mais je n'ai jamais rencontré un homme comme Luke Rivas.

Luke

Cassie est une femme fougueuse, explosive et exigeante qui dispose d'assez d'assurance pour intimider les hommes les plus aguerris. Elle est passionnée, ambitieuse et n'est clairement pas intéressée par l'idée d'une relation à long-terme.

Mais voilà le hic, je la veux, et une fois en ma possession, elle ne pourra plus résister à mon charme.

Je vais briser cette carapace rugueuse qu'elle porte si bien autour d'elle et la soumettre à ma volonté. Pour moi, elle fera une entorse à chacune de ses règles. Et pour arriver à mes fins...

Je suis prêt à tout.

https://www.amazon.fr/dp/B0BWGKSMYZ

Le Désir du Général
Scène Sociale de San Diego, Livre 2

Il est facile de se laisser séduire, mais tomber amoureux est plus difficile qu'on ne l'aurait imaginé.

Brenna Roberts n'a pas eu beaucoup de chance avec les hommes, entre son défunt mari coureur de jupons et le lapin qu'on lui a posé à son dernier rendez-vous, annoncé dans la section des potins du journal. Elle commence à douter que les hommes bien existent encore. Puis elle rencontre le général décoré des Marines, Ron Thompson. Stoïque, séduisant et un vrai mâle alpha... il est littéralement son héros lorsqu'il la sauve d'une mauvaise situation.

Le général décoré des Marines Ron Thompson ne cherche pas l'amour. La luxure peut-être, mais pas l'amour. En tant que star militaire en pleine ascension, il préfère garder la tête froide et se concentrer sur son objectif : sa promotion. Mais lorsque la veuve du joueur de baseball professionnel Danny Roberts s'assied à sa table à la réception de mariage des Sterling, tout change. Heureusement pour lui, il a toujours été du genre à faire les choses en grand, et c'est ce qu'il fait quand il s'agit d'elle.

Mais elle n'est pas sûre d'être faite pour être avec un militaire pour quelque chose de plus qu'une simple aventure. Le sexe est peut-être incroyable, mais les longues périodes de séparation et son incapacité à discuter de son travail pourraient être trop difficiles à supporter pour elle. Pourtant, il ne cesse de lui sauver la mise et il lui est impossible de rester à l'écart.

Le Désir du Général est un roman d'amour qui met en scène des personnages principaux d'une quarantaine d'années, avec des scènes érotiques et des notes romantiques qui feront fondre votre Kindle et votre cœur.

Il s'agit du deuxième livre de la série Scène Sociale de San Diego. Chaque livre est un livre indépendant avec une fin heureuse et sans mensonges.

https://www.amazon.fr/dp/B0BNCPR1WB

Opération Bête de Sexe

Scène sociale de San Diego, Livre 1

Devenir une vraie bête de sexe était censé lui faire perdre ses inhibitions, pas son cœur.

Après avoir été larguée sans ménagement par son petit ami, Ava Ericson sait comment le reconquérir : en devenant une vraie bête de sexe. Elle rencontre l'avocat Travis Sterling et décide qu'il est l'homme idéal pour l'aider à mettre la théorie en pratique : l'opération bête de sexe est lancée.

Ava Ericson pensait avoir planifié sa vie : obtenir son doctorat, épouser Brad Miller à la fin de ses études de droit, avoir deux bébés et demi... et du sexe médiocre pour le reste de ses jours. Mais lorsque Brad la quitte en apprenant qu'il a passé le barreau, prétextant de nouvelles "opportunités", elle doit repenser son avenir. Convaincue que son manque d'expérience est la raison pour laquelle Brad a rompu avec elle, elle lance l'Opération Bête de Sexe (OBS), un plan pour devenir une véritable déesse au lit et récupérer Brad. Les choses risquent de déraper lorsqu'elle rencontre le célèbre avocat Travis Sterling, un célibataire qui, elle en est sûre, peut lui apprendre une chose ou deux dans la chambre à coucher. Alors qu'elle s'amuse à mettre en pratique les théories de l'OBS, elle se rend compte que la véritable "opération" sera de faire en sorte que les deux ne tombent pas amoureux.

Amusant et romantique, Operation Bête de Sexe fait monter la température avec des scènes explicites tout en encourageant l'amour à tout conquérir.

https://tesssummersauthor.com/scène-sociale-de-san-dieg

Autres œuvres de Tess Summers :

L'élite de Boston :

Liam et Utah—*Une Voleuse Méchamment Espiègle*
 Disponible en 2024
Aiden et Dakota—*Un Cardiologue Méchamment Mal Luné*
 https://www.amazon.fr/dp/B0CQR689KF
Maverick et Olivia—*Un Secret Méchamment Vilain:*
 https://www.amazon.fr/dp/B0C47JZC39
Zach et Zoé—*Décisions Méchamment Mauvaises*
 https://www.amazon.fr/dp/B0BNFMNCPZ
James et Yvette—*Un Père Méchamment Canon*
 https://www.amazon.fr/dp/B0BC6RT2VD
Hope et Evan—*Prescription Méchamment Canon*
 https://www.amazon.fr/dp/B0B668YD5M
Steven et Whitney—*Docteur et Méchamment Canon*
 https://www.amazon.fr/dp/B09YNKLPGP
Parker et Xandra—*Mûr et Méchamment Canon*
 https://www.amazon.fr/dp/B09SBXF6KZ

Les Agents d'Ensenada

Étincelle - Préquel de la série Les Agents d'Ensenada
https://tesssummersauthor.com/les-agents-d'ensenada

Brasier
https://tesssummersauthor.com/les-agents-d'ensenada

Combustion
https://www.amazon.fr/dp/B0BKR199TW

Ravivée
https://www.amazon.fr/dp/B0BSP5DJ7M

Poudrière
https://www.amazon.fr/dp/B0C7SFX8HF

À PROPOS DE L'AUTEURE

Tess Summers est une ancienne femme d'affaires et professeure qui a toujours aimé l'écriture mais qui n'avait jamais le temps de s'asseoir et de se plonger dans la rédaction d'une nouvelle, et encore moins d'un roman. Luttant désormais contre la sclérose en plaques, sa vie a subi des changements drastiques, et elle a enfin le temps d'écrire toutes les histoires qu'elle avait voulu partager avec le reste du monde – y compris celles avec une touche d'humour et de sensualité !

Mariée depuis plus de vingt-six ans et mère de trois enfants désormais adultes, Tess jouait le rôle de famille d'accueil pour chiens mais elle finit par échouer et les adopta. Elle et son mari (et leurs trois chiens) passent le plus clair de leur temps entre le désert d'Arizona et les lacs du Michigan ; elle vit donc toujours dans un climat ni trop chaud ni trop froid, mais juste comme il faut !

CONTACTEZ-MOI !

Inscrivez-vous à ma newsletter :
https://www.subscribepage.com/tesssummersfranaisenewsletter
E-mail : TessSummersAuthor@yahoo.com
Visitez mon site web : www.TessSummersAuthor.com
Facebook : http://facebook.com/TessSummersAuthor
Mon groupe Facebook : Tess Summers Sizzling Playhouse
TikTok : https://www.tiktok.com/@tesssummersauthor
Instagram : https://www.instagram.com/tesssummers/
Amazon :
https://www.amazon.fr/Tess-Summers/e/B01LZFU30C
Goodreads : https://www.goodreads.com/TessSummers
Twitter : http://twitter.com/@mmmTess

Printed in France by Amazon
Brétigny-sur-Orge, FR